YANTU FENGJING ZUIMEI SHI NI

芭阿柚 ◎ 著

沿途风景最美是你

中国华侨出版社

图书在版编目（CIP）数据

沿途风景，最美是你/芭阿柚著. —北京：中国
华侨出版社，2014.11 （2021.4重印）

ISBN 978-7-5113-4988-0

Ⅰ.①沿… Ⅱ.①芭… Ⅲ.①长篇小说—中国—当代
Ⅳ.①I247.5

中国版本图书馆CIP数据核字（2014）第257084号

沿途风景，最美是你

著　　者／芭阿柚

出 版 人／方　鸣

策　　划／周耿茜

责任编辑／月　阳

责任校对／高晓华

装帧设计／顽瞳书衣

经　　销／新华书店

开　　本／710毫米×1000毫米　1/16　印张／16　字数／240千字

印　　刷／三河市嵩川印刷有限公司

版　　次／2015年1月第1版　2021年4月第2次印刷

书　　号／ISBN 978-7-5113-4988-0

定　　价／45.00元

中国华侨出版社　北京市朝阳区静安里26号通成达大厦3层　邮编：100028

法律顾问：陈鹰律师事务所

编辑部：（010）64443056　64443979

发行部：（010）64443051　传真：（010）64439708

网　址：www.oveaschin.com

E - mail：oveaschin@sina.com

目录

CONTENTS

C O N T E N T S

"哟，梵梵恭喜你啊。"同事美丽穿着紧身超短裙再一次阴阳怪气地走到梵梵位置旁的时候，所有想要看好戏的人都正襟危坐了。她启启红唇说，"能被派到南京那边的分公司真的是太好了。交通不拥挤，人民还热情。哪像我被派到了大北京啊……"

看着美丽那"狗嘴里吐不出象牙"的小样，梵梵恨不能瞬间变成泼妇冲上去撕烂了她的嘴。全公司上下谁不知道她梵梵有个从大学起就开始交往的男朋友，现就在北京奋斗着，想实现设计师的梦想。都这个份儿上了，上头突然派她去南京还能有几个意思？

肯定是美丽背后搞的鬼。

"那是。像您这样总是习惯性地逛夜店又晚睡的人，皮肤本来就老化得很快。再加上首都的沙尘暴一刮，估计过不了几天你连抬头纹都出来了。我就不一样了，我粗枝大叶，环境越艰辛，活得越坚强。为了让你的肌肤焕发光彩，我去请求老总把我往'艰苦'的北京遣送！"

"真是看不出来你属蟑螂的啊。"美丽讪讪地笑笑，抠了抠修好的美甲，有一眼没一眼地瞥着梵梵。

梵梵深呼吸，吐了口气，从座位上站了起来。笑容满面地对美丽说："千万别谢我。真的，美丽，你本来就很美。"

"神经病。"美丽一看梵梵拿着文件夹往老总办公室走去，有心想拦她，也伸不出手，只好瞪着大眼睛怒视着她。"你知道什么，我最爱北京了，打小我就和北京有缘。知道我妈为什么给我取'美丽'这名么，因为北京最美……"

美丽这个女人最可爱的地方，就是智商低。梵梵无语地笑笑，嘴里没说什么，接着扭头叩响了老总的门，但是也没有把这事说开。老总估计也明白她的意思，退了一步跟她说，如果她真的不愿去南京，那就调她和美丽一起去北京共事。

呵呵，和美丽一起，还不如去戈壁。于是，调北京还是调南京，这事就等于没说，也没有下文了。

趁着国庆将至，梵梵索性向老总提前请了两三天假，理由是——"人生太寂寞，想不通人为什么会死，想在家多想几个晚上。再者，国庆那天太挤了买不到票，所以想把行程提早……"

于是，老总完全相信并且慎重地点点头，批准了。

这样无耻的请假理由居然被批准了，叶梵梵心里还在嘲笑老总的善良，忍不住抿嘴偷笑。可是她并没有办法预料到之后那令她完全哑然失笑的意外发生。

上海虹桥机场。

"姐，你还真闷声不吭地准备飞北京找你的情郎，给他一个从天而降的惊喜啊？"坐在候机室里闲着无聊，正巧远在美国的亲弟弟一个心有灵犀的电话打了进来。一开口就冷不丁地泼了一大盆的冷水，"姐，别怪做弟弟的没提醒你啊。你这样的情况搁电视剧里只有两种结果。要么有惊无喜，要么无喜都是惊。"

叶梵梵无语地喝了口面前的奶茶，换了只手接电话，说："叶畅畅，你怎么没告诉我你去美国修的是编剧专业啊？"

"喷，我说姐姐你能不能听句劝啊。我就没看好你和那个樊落，他毕业想都没想就自己一个人跑北京。真的心里有你，怎么忍心去异地？换作我要是有个这么内外兼修的女朋友，死都不要离开她半步！"叶畅畅身为一个优质高富帅，很好地秉承了叶梵梵从小灌输给他的理念，即本事作为一个男人必须绅士且要有睁着眼睛说瞎话的本事。

"哎哟，我的弟弟可真是长大了。不过你长大的也只有年龄，其他的尤其是脑子纯属逆生长。男人，总归得是有梦想的。在北京放飞理想的有志青年，有什么错？"

于是，电话里的叶畅畅开始了一连串的炮轰，那些话全部在梵梵的耳朵里被消了音。

"好了，弟弟。我要登机了，先不聊。回头给你信息。"

"嗯，登你的基吧，太皇太后。"弟弟气鼓鼓地开着玩笑，末了儿，他特认真地说，"姐姐也老大不小了，别再和樊落耗着了。你要是再晚些结婚，就成黄花菜了。"

还没来得及反驳的叶梵梵就这样成了明日黄花。好像也只有这样，这个操碎了心的弟弟才会主动结束对话。叶梵梵笑了笑，感到安心。这么欢脱的弟弟，真的是拿十个帅哥都不换。

除了樊落。

飞机起飞，高空的云层看起来并没有其他人照片中的那么引人遐想。梵梵觉得脖子酸，想要看手机，却发现手机早就关机了。

陡然间，鲜少眼皮痉挛的右眼皮却鬼使神差地跳了又跳，接着跳了三跳。那个叶畅畅嘴里"有惊无喜"的诅咒刹那间跃出脑海。

好长时间，回过神，飞机降落在了首都机场。

叶梵梵下飞机的第一件事，就是以迅雷不及掩耳之势将手机开机。提示音不断响起，梵梵心中愣是一阵窃喜，都是樊落打来的，果然心里最惦记的人是她。

随着人群涌动到大巴附近，梵梵拨通了樊落的电话，嘟了几声后，她亲昵地说了声"喂"，那边的回应并不是亲昵的"梵梵"，而是焦急不安的"你关机干什么呢？"

第一下出人意料的反应，梵梵站在机场大巴的售票门外怔住了。

"想给你个惊喜，猜猜我现在在哪儿？"

"你别是到北京来了吧？"

什么意思，有惊无喜的节奏要来了是吗？

"哈哈哈，我怎么可能来北京，我又不是笨蛋！这种送惊喜的行为根本不是我的风格好吗？现在在厕所蹲坑才是我的 style！"梵梵说得很大声，周围拖着行李车、一脸疲惫的旅人和她擦肩而过的时候都奇怪地看了一眼，大概是在说，"这姑娘没事吧？"

呵，怎么能没事，现在不要太严重了。

"呼，梵梵你真的吓了我一跳。其实我打这么多个电话是想告诉你，我有机会去国外深造了！和法国知名设计师一起工作，学习！"

"这是好事啊！"梵梵激动了一秒后，阴沉着脸，语调却轻松愉快地问，"所以你现在是在哪儿？"

求上帝不要让我猜中！梵梵祷告着。

"你绝对猜不到，我已经在法国啦！"

呵呵，这个还真没猜到。

樊落继续兴奋地说着："其实我昨天就想告诉你来着，但是见过大师之后太激动了。梵梵，你一定会替我高兴的是不是？"

"高兴。"叶梵梵皮笑肉不笑地应答着，随口问了一句。"那我们这算是异国恋，还是就不恋了？"

话一出，电话那头的樊落竟然沉默了。这沉默就好像酝酿过的，不知怎么的，天旋地转的刹那，梵梵突然就觉得好伤心、好失望。

"梵梵，我不奢望你等我，但是……"

但是什么，"什么"对梵梵来说几乎就是个屁。

"其实樊落我实话告诉你吧，我压根儿没有在厕所，因为我这个白痴居然为了这次工作是被分派到北京还是南京好纠结了好几天，特意提早请假来北京只为听听你的想法。没想到，我这么不识相。我不想毁了你的好心情，可是抱歉，是你先让我原本不好却想得到你治愈的心情变得更加糟糕的！"

"你、你在北京?!"终于惊慌失措了。

"我身在北京，心在厕所！"就算是这样，叶梵梵也还是顽固地死守住最后的一点自尊，然后挂断了电话，再也不准备开机了。

接着，叶梵梵一个扭头直接买了去南京的机票。

第二章　南京　南京

　　下了飞机，已经是晚上十点了。所谓的落地请开手机，无非就是告诉叶梵梵，其实，她多希望樊落疯了一般地打她电话，或者是打叶畅畅的电话，不顾一切地找寻她，求得她的原谅。

　　哎，所谓的希望，就是关键时刻拿来失望的东西吧。

　　"最爱我的果然只有我弟弟。"叶梵梵苦笑着看着手机的短信，把最后的吐槽留给了自己，紧接着血槽清了零。

　　走出机场，连大巴都没有了。清冷的黑夜，梵梵自认这次的行动有些乱来。因为实在不行，她还有家可回，为什么要赌气来了陌生的南京？这下好，彻彻底底地赔了夫人又折兵。

　　"姑娘，酒店宾馆订了没？这个时间点，坐我的车带你去，快国庆了，都订不到房间啦。"

　　烦不烦。

　　梵梵心里说着，脸上勉强地笑笑，摆摆手走过了准备包围她的司机。在她心里认定了出门在外没有一个是好人的真理，伤心欲绝的时候就更加如此，爱到不行的人都弃她而去了，难保司机半路把她载到了偏僻的地方先劫财后劫色，那真的是人财两空啊。

"哎呀，姑娘你别不信，现在这里附近的酒店都被订光了。你就这样过去是找不到睡的地方的。"有一位大姐看着梵梵一个人寂寥地拎着行李箱，好心地不耐烦地说道。

这时，周围有一群像是学生模样的背着包的旅客，梵梵立马指着他们说："我不是一个人。我和他们是一起的，谢谢。"

都这样艰难的时刻了，还要对别人说谢谢，真的是谢谢你全家了。

话音刚落，梵梵演技大发，不知道冲着人群中的谁边挥手边快步跟了上去。然后隐约听见后面有个男的也对着那善意的大姐说："我不是一个人，和那群孩子是一起的，不好意思。"

大姐无语，讪讪地说："这趟飞机上的人是不是都是一个团的?"

梵梵扑哧一声给笑了出来，然后深深地叹了口气。后来自然没有和那群孩子一起走，她拦下了一辆出租车，因为不知道去哪里，梵梵坐在后座上，一时间语塞。

"去××度假大酒店。"

后座上忽然间又多了一个人，直截了当地给出了目的地。司机通过后视镜看了看梵梵和另外一个男生，很识相地没有多问，方向盘一转直奔目的地。

"那个××度假大酒店，你预定过了是吗?"反正也孤身一人，梵梵也豁出去了。侧过身子询问旁边似乎对南京很熟悉的男生。

男生惊讶了一下，看了眼梵梵，清了清嗓子说："我要是预定过了，你准备干什么?"

"我能干什么……"难不成还要抢你房?后半句话梵梵没有说出口，因为放心不下姐姐的叶畅畅又打电话来了。"我已经到南京了，现在在出租车上，别担心。"

"你去南京干什么?现在北京时间快深更半夜了，你睡哪儿?我如花般的姐姐你别想不开啊!"

叶畅畅那边声音很大声，梵梵烦躁地拉开了与手机的距离，又重新放回耳朵边说："以后再形容我的美貌的时候，麻烦在如花后面加个似玉。因为如花已经被周星驰玩坏了，你懂得……"

"噗。"旁边的男生听了不该听的话，给出了直接的反应。

梵梵也果断地不友好地"啧"了一声。

"姐，你要是如花我也就放心了。就如花这样，肯定是别人被她先奸后杀了……"然后又一阵吧啦吧啦教育了叶梵梵一番。"那你现在旁边有谁么，有没有人和你一起？"

"哦，没有人一起。"梵梵瞟了眼身边的男生，也压根儿没看人家的长相，只知道个子应该是蛮高的。反正也不认识，也不可能认识。但是她捂着话筒轻声问了句那人，"你说的是什么酒店？"

"××度假大酒店。"男生也轻声地回答。

"姐，你这是和谁要去度假大酒店开房呢？给我把电话给旁边那人，快点！"叶畅畅这少爷真是任性得可以，被家里人惯坏了，就连外面的人也不放过。

梵梵尴尬地扯扯嘴角，把手机递给了旁边的男生，对他说："和我弟弟说两句，说你不认识我，只是一起坐车。"

男生倒是大方地接过了电话，感觉就那么回事。"嗯，我和你姐姐……刚认识。对，现在去大酒店的路上……哦，这样子。原来你姐在法国的男朋友不要她了……你这么和我说出来，不怕你姐姐回头撕碎了你吗？哦，了解，你不怕死。嗯，好的。"

叶梵梵越听越觉得不对劲，什么情况，搞得两个人像是旧相识一样。男生把手机还给了叶梵梵，仔细地看了看她说："你弟弟说他很放心。"

"喂？"叶梵梵半信半疑地接过电话没头脑地喂了好几声，结果什么反应都没有。

"哦，忘了告诉你。你弟弟话没说完，你手机就没电了。所以他那句'shit，你要是敢动我姐，我分分钟研究出导弹轰了你……'这话我没听见。"

叶梵梵这才瞪大了眼睛看着邻座的男生，不过怎么都没办法集中精力看清他的样子。顿时有了一种羊入虎口、在劫难逃的感觉。

"呵呵，借你的手机一用。"梵梵不得已，好在车子还在路上奔驰。这深夜似乎离她和樊落发生波折的白天已经隔了一个世纪，现在在做什么她完全不知道。

男生也"呵呵"笑了声，掏出黑屏的手机对叶梵梵说："我的手机早没电了。所以，我还想问你有充电宝么？"

"……"

南京啊，南京。

叶梵梵深觉得老天爷不仅玩弄了她的感情，还玩弄了她的人生。身边尽是不靠谱的人，这些愚蠢的人类！但是，她又停止了这样的想法。因为，她也是一个不折不扣的人类，会烦躁、会争吵、会被骗，亦会被伤害，所以又只好这样不明不白地活了下去。

"……要不你住这里，我去旁边的小破宾馆看看。"令人望而生畏的大酒店，这种金碧辉煌的程度敢情是这样？！

那谁，暂且称其男生为那谁吧。

那谁拉住她，几乎是硬拖着她进了似乎是铺满金砖的酒店大厅。前台接待人员深夜了还笑容满面地说："您好，请问有什么需要帮助？"

"标间还有么？"男生开口就问了这么一句。

"哦，标间正好还有一间。"

喂喂，"正好"这个词有几个意思？叶梵梵捂着脸，差点就想落荒而逃了。

那谁顿时拍手叫好："太好了。我姓梁，手机号码是135××××××××。"

"梁先生您好，您订的总统房，这是您的房卡。"接待员毕恭毕敬地将金晃晃的房卡交到了他的手上。

叶梵梵像个二缺一样傻了眼地立在那里，看着前面那谁伟岸的背影，差点想要流口水。这个世界上，如果她弟弟都是高富帅，那么高富帅就遍地开花了。

事实就是，果不其然。

"喏。"这个金光闪闪的"暴发户"手里拿着房卡和发票在梵梵眼前晃。

"这怎么好意思呢，我们刚认识啊。"叶梵梵想着，这哥们儿真有品！居然会把总统套房让给她住，而他自己去住标间，真是人间有真情，人间有真爱啊。

"有什么不好意思的啊。这是标间的发票，把自己的名字填了，顺便把钱交了啊。幸好，还有一间标间，要不然你就得真的去破宾馆了。"

说完，他顺手把行李递给了来接他的服务员，扬眉吐气地朝电梯走去。

梵梵："……"

"小姐，您的房卡。"依旧是毕恭毕敬的态度。

叶梵梵也懒得笑了，接过房卡，自个拎着行李箱坐上了电梯。在电梯门关上的一刹那，表情终于回归了落寞。

"梁缙梁大少爷，你突然跑去南京干什么？"

此时的梁缙早已经洗完澡坐在笔记本前和好友视频聊天，但是头发还是湿漉漉的。"我就是觉得人生太寂寥，出来找找对生活的希望。"

"少扯那些有的没的。你不就是怕再被你妈妈拉去相亲么？躲得了一时，躲不了一世，明不明白？按我说，你就不应该从加拿大回来。"

梁缙笑笑，一点都没有真相被揭穿的尴尬："你说我跑到斯瓦尔巴群岛怎么样？我妈妈应该不会杀过来了吧。"

"天真。那群岛附近有个中国的黄河站，有咱中国两字，你妈妈就不会觉得有多远。"顿了顿，好友又说，"你说你从广州跑到了南京，有意思么？有这个时间，怎么不跑冰岛去？"

"呵，最危险的地方就是最安全的地方。"

"嗯，最好在那个安全的地方找个自己喜欢的女孩子带回家，然后你就一辈子安全了。"

说到这个，梁缙的脑海里忽然浮现了叶梵梵的模样，不禁觉得有趣，好笑。"我跟你说，我今天碰见了很有意思的一个女孩子，包括她的弟弟……"

坐在床沿，望着窗外的景象，梵梵说不出的失落。手机充着电，却开不了机。于是，她慎重地思考起了她和樊落之间的事情。

从异地变成了异国，还维持着恋情，到底是可能还是不可能？扪心自问，叶梵梵觉得自己见到帅哥可能也会把持不住，更不要说樊落见到美女了。

可是，女人的直觉总是来得可怕。

想来想去，梵梵竟然觉得叶畅畅的话有几分道理。如果樊落是真的爱她，那么他所有的计划里应该有一部分是关于她的。

好像，他从来没有计划过他们的未来。或者说，梵梵的存在就像这次南京之旅，已经成了一个意外与迫不得已的选择了。

那么南京，会不会给她一个满意的答案？

第三章　金锁？锁金

　　南京的第二天是个好天气，即将到来的金秋十月，现在就已经展露端倪了。拉开窗帘，叶梵梵就被阳光刺到了眼睛，揉了揉才发现时间不过才早上九点。

　　失眠的可怕在于，你好不容易睡着了，却又发现该醒了。

　　"哦，开机开机。"第二件事，当然是必须看手机。叶梵梵就是这样一个自我折腾，紧接着自我折磨的人。

　　没有什么惊喜，手机里安安静静地躺着几条类似于"南京人民欢迎您"的短信。再者就是叶畅畅这小子没完没了的短信、电话轰炸，对于姐姐的爱，他可真是一点都不吝啬。

　　"来都来了，去吃吃南京的美食吧。"叶梵梵面无表情，却又想装出很丰富的表情，于是就顶着一张哭笑不得的脸走出了房间门。

　　走到外面，用手机查看了下，发现离自己最近一站的美食只要坐半个小时公交车就能到了。于是，毫不犹豫就上了车。

　　南京，有个特别好的地方，就是随时随地都有公交车而且不挤。最为重要的是，即便到了这种普天同庆的长假里，南京也一直保持着低调谦卑的态度。

叶梵梵坐在公交车后面靠窗的位置，看着这些她不认识的南京人民，听着她听不懂的南京话，隐约地觉得自己到了南京是个正确的选择。

你说，要是追樊落到了法国，不是歇菜了？外国人长得就不一样，更不要说语言了。流落在法国街头，可不是一件有趣的事情。更何况，坐车上的时候还目睹了一大姐跺着小脚、红着小脸硬要在高架桥上下车的景象，虽然此情此景没有什么好评论的，但是听得懂普通话，真的是万幸。

"哦，好像是这里……"叶梵梵在一个小站下车，匆忙地在手机里查着资料，确定一定以及肯定那个传说中的正宗"鸭血粉丝汤"就在附近。

走到街对面，叶梵梵抬头看了看半弧度的牌子，立马扯着嘴角嫌弃地"诶"了一声，然后本能地拿出相机将这一标志性的一站给拍了下来。

"金锁村……呵呵，我这是到大明湖畔了么？"叶梵梵忍不住吐槽，忽然感觉到有人轻轻地拍了下她的脑壳，立马瞪着眼凶狠地别过头去。然后——

"锁金村啊，小姐。长没长眼睛？"

呃，这不是那谁？叶梵梵立马无辜地眨了眨眼睛，对自己的反应感到不可思议。昨晚不是压根儿没看清那男人的长相么，现在怎么一下子就认出来了？难道是男人身上特有的气息？哎哟，真是不害臊……明明就是因为对方长得帅！

"你笑什么？"梁缙被叶梵梵莫名其妙的笑弄得头皮发麻，忍不住又用食指戳了戳她的脑袋。"昨晚睡得好么？"

叶梵梵的脑子瞬间被那个问题刺激得清醒，管理了下自己不合时宜的表情，勉强地说："呵呵，还好吧。哦，忘了说谢谢。"

梁缙双手在插裤袋里，歪着头打量着她，啧啧地说："还好，我没睡标间，看来标间的床不怎么舒服啊。你看你，黑眼圈重得可以去死了……"

"……你才去死！"叶梵梵差点没克制住自己伸腿踹死他的冲动。这男人对着一个失意的女人也可以毒舌成这样，看来不是等闲之辈。

叶梵梵无语地捂了下眼，不再搭理这个从天而降的男人，继续往前走。进入锁金村，有一段路全是上坡，走了好一会儿。叶梵梵忍不住了，扭头对着旁边这个慢悠悠、颇有游玩雅致的男人问道："你能不跟着我么？"

"走了快二十分钟了。不知道路，不会问么？"梁缙淡然地又飘出了一句话。

叶梵梵听后，甚至感觉到自己要呕吐似的。出来散个心也这么不省心，还这么气人。看来这老天是存心和她作对了！

"这位大爷，这个金锁村……"好不容易找到个报亭，叶梵梵上前挤出个笑脸，刚开口说了半句话，就被身后的梁绾急忙地捂住了嘴巴。

只见他笑呵呵地对报亭里拿着报纸，透过滑在鼻梁上的老花镜看着他们的老伯说："不好意思，两瓶矿泉水。"

叶梵梵烦躁地甩开他的手，怒喝道："你大爷！你干什么!？"

"嘭"，更烦躁的声响来自老伯。显然是听见了叶梵梵嘴里的"你大爷"，然后顿生不爽，将矿泉水略重地搁在了一边。

然后叶梵梵闭嘴了。

"老伯，不好意思。我想问下这个锁金村里那个正宗的鸭血粉丝汤的店在哪里？"梁绾边有礼貌地付了钱，边温柔地询问。

老伯先是瞟了眼叶梵梵，再看了眼面前这个笑容如春风般和煦的美男子，犹豫了下伸出手往后面那条路指了指说："往前走个五分钟就到了。"

"哦，谢谢了。"说完，梁绾拉着叶梵梵赶紧逃离了报亭。走在路上，还语重心长地教育道，"一个小姑娘，怎么能爆粗口呢？瞧你把大爷吓得……"

大概心情不好的时候，说什么话都是错的。叶梵梵低落地想着，如果樊落在的话，事情根本不会变成这样。有樊落在，她只需要负责笑靥如花。

"你管着吗？"最后，叶梵梵也只能有气无力地回击了一句不痛不痒的话。两个人继续往前走着，叶梵梵想起什么似的，奇怪地问他："你在总统套房睡得也不好吗？怎么也起得这么早？"

"我起得早是因为我晚上睡得好。没看见爷的脸精致得无与伦比吗？"

叶梵梵有点了解，这男的可能是个傻×。但重点的问题好像是，"你也百度过南京的美食，要不然你怎么也会在这里？"

梁绾淡然地摇摇头，说："我什么都不知道，我是跟着你过来的。"

摊上了这么个二货，叶梵梵真是天煞孤星啊！重要的是，她这一路上被人跟踪都毫无察觉啊！看来叶畅畅真的是她的导师，就她这样的，在外面怎么死都不知道。

百般折磨之后，两个人总算是平安地坐在了美食店里，各自要了一大碗福满堂的"鸭血粉丝汤"，意思就是粉丝汤里什么山珍海味都有。

锁金村里面好像有个学校，至于高中还是大学，叶梵梵光靠学生的打扮也难以分辨。只知道，这股青春的气息缠绕在这里，久久不肯散去。

来吃的人络绎不绝，但是店里却有条不紊，甚是得心应手。于是叶梵梵焦躁的心情莫名地有点被治愈了。城市通常是快节奏的，但是南京却让她感觉到安稳、轻松。

"哦，鸭胗？"就在这时，叶梵梵觉得自己要来吃什么鸭血粉丝汤就是个错误，因为她压根儿不吃动物的内脏。怎么办，这可是一大碗福满堂啊！不吃，会不会折寿？

梁缙倒是吃得很欢乐，吃东西的样子也还是很好看。余光瞥见叶梵梵停下来的动作，故意非常遗憾地说："你这样子，鸭子在天之灵会难过的。它为了你付出了生命，你却犹豫要不要接受它的好意。哎，我要是鸭子，我一定伤心死了。"

这话，瞬间吸引了邻桌女生们的注意。她们纷纷开始交头接耳，长着耳朵的人都听得见女生们在讨论梁缙怎么长得这么帅。

但是，唯独叶梵梵额角挂着三根黑线。

"喏。"梁缙出乎意料地将叶梵梵碗里的"山珍海味"挑了个干净，然后说，"你说你这么善良，吃什么鸭血粉丝汤？直接吃粉丝不就完了吗？哎，害我要吃鸭子兄弟这么多的内脏。"

"谢谢。"叶梵梵略感激地说，然后指着他的碗说，"但是，能不能把鸭血还给我，鸭血我还是会吃的。"

梁缙："……"

"吃得好饱。"叶梵梵伸了个懒腰，迎着正午的阳光，皱着眉头，很是满足。出来后，又在这条本是上坡的路上走着，只不过现在是下坡。

"我觉得我这辈子可能都不会再吃鸭子了。"梁缙无力地说着，双手交叠在脑后，看着叶梵梵似乎心情好一点的样子，终于问道："你有名字吗？"

叶梵梵怔怔，眯着眼警惕地问道："你又找碴儿，是吗？"

"梁缙。"

"嗯?"

"我的名字。"

呃，这什么情况? 叶梵梵不好意思地想着，这身份不明的帅哥是对她感兴趣了么? 虽然樊落在她眼里也是顶天立地美男子一枚，但是眼前这个几乎可以说是"此人只应天上有"。

忽然间，这个一米八七的帅哥俯身凑近叶梵梵说: "我觉得'鸭血小姐'这个名字挺适合你的。"

"你……"个混蛋! 终于咽下后三个字，叶梵梵咬牙切齿得恨不能朝他脸上挥个几拳，让他得瑟!

"不喜欢么? 那我换一个……"

叶梵梵从包里拿出便利贴和笔，刷刷地写了几笔，拉下来啪地贴在了梁缙的额头上，然后把包一拉，对着他说，"别再跟着我。"

梁缙看着气鼓鼓朝前走的叶梵梵，耸耸肩，抬手撕下了眼前的便利贴。然后，在阳光下笑得别样好看。

"叶梵梵。"

摆脱了梁缙后的叶梵梵，那稍微轻松的心又凝重了起来。为了应景，叶梵梵临时决定去气氛凝重的南京大屠杀纪念馆，也就这地方能让人不自觉地想要屏住呼吸，安静地存在。

因为至少不笑，也没人觉得煞风景。

万万没想到的是，在离国庆还有两天的这个时候，纪念馆外面已经排起了长龙，让远在好几米外的叶梵梵咽了口口水。

"我想去哭一会儿……"叶梵梵垂头丧气，张望了一会儿，发现没有插队的可能性。因为现在的心情连插个队的脸皮都拿不出来。

这时候，叶梵梵看见旁边站着一男一女大学生模样的人，手里好像拿着明信片之类的东西。由于排队这件苦恼的事情，叶梵梵觉得有必要搭个讪了。

"同学，这是什么？"

"哦，这个是手绘的明信片。"两位同学见有人主动上前询问，立刻热情奔放起来。"全都是自己设计的，明信片上手绘了南京的景点，很有收藏的价值。"

呵呵，是很有花钱的价值吧。叶梵梵拆开来看了看，想着都来南京了还不得告诉全世界？最起码，也必须让某些人知道。"多少钱一份？"

"二十块。"

"二十块，有点贵啊。"叶梵梵心里的价位是十块，因为不管手绘还是纪念版，对于叶梵梵来说都不过是用来承载思念的一张纸。"说到底也是明信片，用来写思念是不是太贵了点啊？"

"不贵的，就剩下两份了。手绘的没有一样的，每一份都是独一无二的。"同学们如此极力推荐着。

"花二十块钱来表达思念，你的思念也太随便点了吧？"

这冷不丁的吐槽着实吓了叶梵梵一跳，错愕地瞪着再次不声不响就出现的梁缙，这家伙是不是在她的身上装了 GPS？

"剩下两份都卖我吧。"梁缙看了眼目瞪口呆的叶梵梵，伸手准备掏钱。就在他拿出钱包的时候，叶梵梵眼疾手快地按住了他的手，大手一挥，特别土豪地对那两位同学说："不用找了！"

"你给了人家四十块，你让人家同学不用找你什么啊，空气啊？"梁缙冲她背影喊着，笑呵呵地追了上去。

叶梵梵再次气急败坏地拿着手绘明信片站在了队伍的最后面，但是排在最后面的时间非常短暂，因为永远有人在不断地取代最后的位置。

而身边的位置，或许也迟早有一天会被其他人取代。就像现在，站在她旁边的是萍水相逢的梁缙，而不是远在法国的樊落。

"给我啊。"梁缙大手瘫在叶梵梵的面前，一本正经地说。

叶梵梵白了他一眼，不客气地回应道："你傻了是吧？明信片的钱是我出的，给你什么啊，给你空气啊？"哼，报复，谁不会啊！

"你中午那会儿吃的鸭血粉丝汤是不要钱的么？"梁缙瞬间点破了一个事实，那就是他们两个之间的"债务"还没有理清。

叶梵梵狠狠地在心里爆了下粗口，拧着眉头，理直气壮地反击："粉丝汤里值钱的都给你吃了好吗？我最后连鸭血都没有吃到！"

"怪我吗？我吃了那么多内脏，我的灵魂现在正在接受鸭子兄弟的拷问，真是罪孽！"梁缙边说还边捶着胸口做出一副"我是真的觉得好罪过"的样子。

"那我还得谢谢你了啊!"叶梵梵咬着牙说,一把抓过他的手,把一份明信片重重地拍在了他的手掌心。"我谢谢你全家!"

"扑哧～"排着长队的那些听到他们对话的游客都笑了,而且是那种"哎哟,小两口儿还分得这么清楚"的暧昧不明的笑。

真的,叶梵梵听见了这些琐碎的嬉笑声,恨不能掉头走出这个冗长又丢人现眼的队伍。但是,这个梁缙显然没有这样的觉悟。他居然对叶梵梵说:"还是把明信片先搁你包里吧,我两只手还得拿东西呢。"

"拿你大爷!你两手空空来的,你要拿什么东西?"叶梵梵压低声音,真想扑过去撕烂他的嘴。

就在这时,队伍快速剧烈地移动了起来。身后的人推不动结实壮硕的梁缙,但是轻轻一挤就把叶梵梵撞了个趔趄。

但是,好在,好在梁缙及时抓住了叶梵梵的手臂,稳稳地将她拉在怀里。这种时候,叶梵梵就算是情感泛滥也是情理之中的事了。

"现在知道,我要拿的是什么东西了吧?不过,好像有点超重。"

"……"去死吧,梁缙!叶梵梵想着,该死的情感泛滥。一跺脚,又莫名地想起了樊落。想起毕业旅行那次,她和樊落的厦门之旅,在海滩边差点被石头绊倒的她,也是这样被樊落拉了回来。现在她又被拉了回来,多么温暖的举动!

队伍窸窸窣窣地朝前移动,梁缙扯了下她,让她走在前面,而他则护着她走在了后面。渐渐的,叶梵梵觉得背着双肩包的肩头都轻松了不少。稍微回头,发现梁缙从后面单手向上托住她的包,几乎承载了全部的重量。

叶梵梵假装不知道,继续往前走着。有些事情,好像来得不是时候,又好像是恰到好处。无论哪一种,叶梵梵都说不出好坏。

南京大屠杀纪念馆,走进里面就看见几幢不规则的立体四边形黑色建筑物立在那里。或许,眼睛看见的不准确,但是叶梵梵当时看见的就是这样的情况。

从进到馆里开始,整个气氛就是黑沉沉的,带着透不过气的压抑。踏入门槛,看见的就是墙上刻着南京大屠杀中英日文的简介。叶梵梵没有来得及看完,因为讲解员一直在催促大家往里走,往里走。于是,叶梵梵也只能简单地拍了张照。

"唔，要是我活在那个时候，估计也被纪念了。"依旧紧紧走在身后的梁缙轻声说道，"你多拍几张，回头我去找我那几个没来过中国的日本朋友算个账。"

"你还能怎么样？能搭起中日友好的桥梁是最好不过了。历史反正在这里，就算他们自欺欺人地装作不存在，不承认，历史也会在时间的长河中惩罚他们的。"叶梵梵说得很正经，也很有感触。

梁缙尴尬地干咳了声说："我是说，他们几个还欠我好多钱没还。"

叶梵梵："……"

随着流动的人群，叶梵梵和梁缙走到了一个像是防空洞的地方，四面都是以前那种砖墙，感觉走回到那种战乱时期，根本找不到可以躲避的地方。

"都是人，我都看不见路……"

"小心点。"又一个还好，梁缙从后面单手搂住了她的腰，叶梵梵才没有一个不小心踩空从梯级上碾着游客的躯体滚下去。"别只顾着拍照，看着点路。"

"知道了。"叶梵梵漫不经心地回应着，然后扭头望着他一字一句地说，"然后，你的手可以拿开了么？"

"我拿开了你要是滚下去怎么办？发生这么丢脸的事情，你倒是滚得好、滚得巧的，那我总不能挖个地洞钻进去吧？"梁缙的这话就不能细细揣摩，因为一揣摩，所有的好感都会灰飞烟灭。

很不幸，叶梵梵揣了。

"你怎么不去死？"该死的，居然嫌弃她，怕丢脸怎么不滚得远远的？！

梁缙忽然笑着拍拍叶梵梵的头说："咱们就不能愉快地聊会天？"

"……滚！"

两个人从进入纪念馆开始就一路地吵，但是每次都以梵梵的失败告终。她牙尖嘴利的人生历程中，头一次碰见了敌手。在这之前，她一直以为美丽将会是终结者，没想到山外有山，人外有人，而且还是个男人。

总觉得吵架吵不过男人是女人的耻辱啊。

最后，纪念馆的出口就像是一线天，忽然开辟了一条光明之路。或许历史就是这样的意义吧，不管过程多么的黑暗艰辛，但是路的前方总归是有曙光的。

"历史是一面镜子，历史的教训不能忘记。"走出纪念馆，叶梵梵心头上的重量减轻了不少。而这句话让她联想到自己身边的人，所有的人都可能是自己的一面镜子，好的或者不好的，那都是由自己本身映射到别人眼里的。

有人与你针锋相对，那或许他也是因为看到了你眼里的不友好。世界上，没有事情是突如其来，都是有着因果。

"你先回去吧，我想一个人思考下人生。"走到外面马路上的时候，梵梵看着川流不息的道路，内心有种强烈的空虚感席卷而来。

梁缙愣了会儿，看了看她，又看了看四周，犹豫地问道："你一定要坐在草坪的石头上看着这些土豪的车思考人生么？"

对，现在的情况就是叶梵梵失落无比地坐在马路边的一块草坪的小石头上，两眼空洞地盯着某一个地方发呆。估计，现在她的脑子里想的东西多得不知道该怎么表达了。至于梁缙的话，她没有听进去半句。

傍晚的太阳，光线暗得特别快。叶梵梵在此之前曾经看过手机，樊落确实来短信了。短信内容是"梵梵，赶紧回去吧。有时间我再打电话给你。"

呵呵，赶紧回去吧。隔了一天才发这样的短信，难不成她叶梵梵不收到他的短信就死皮赖脸地横死在北京街头吗？怎么会这样呢，这些年，总有这样或者那样的人不顾叶梵梵的感受，私自做出了一些让她难过的事情。最后，她还不是只能一笑了之，反过来安慰人家说，"没事，当然是自己的事最重要啦。以后还有机会嘛。"

为什么偏偏是她，为什么非要她做出一副善解人意的样子？这些年，被最好的朋友放过她鸽子的人还少么？这次倒好，直接被男朋友放了一大群"和平鸽"！

最后想想，近些年对她最真诚的人居然是同事美丽。这个女人虽然经常找碴儿，却向来是心直口快，好就是好，不好就是不好。

"我怎么这么惨……"嘀咕完，叶梵梵总算是忍不住对着黑暗的马路哭了起来。

就在这样悲痛欲绝的时刻，一旁默不作声的梁缙忽然拉起她往街对面跑，边跑边解释说："没时间哭了。我在攻略里找到了一家超好吃的大排档，赶紧坐公交车。"

被拉起的时候，叶梵梵的眼泪因离心力的作用飘在了半空中。等到眼泪被风干，她才在公交车上怒喝梁缙："你有病是不是啊？我在哭你没看见啊，你这个人是不是有病啊？神经啊你，我和你很熟吗？你凭什么管我?!"骂着骂着，心又克制不住颤抖起来，眼泪再次泛滥。

梁缙看着叶梵梵崩溃的样子也有点崩溃了，尤其是在公共场合。车上的男女老少都睁着大眼睛看着，虽然不知道他们心里怎么想，但是换作梁缙的话一定是这么想的——"啧啧，这女的怎么这么蛮横？这男的是傻缺么，不会带女朋友打的吗，非得坐公交车?"

哦，Shit！梁缙终于被自己的想法给惊醒了，他应该带叶梵梵坐出租车啊！

"对，我有病，我是神经，我和你不熟，但是这些都不足以构成我不管你的理由啊。是不是？你看，你要是一个人坐在那里出事的话，警察来帮你。然后你也这么和警察折腾，骂人家'我和你很熟吗，你是不是有病，你凭什么管我'，你觉得警察会怎么做?"梁缙说的时候还故意用了女声，惹得车上几个小青年忍不住笑了。"绝对妥妥地把你铐回派出所醒酒啊!"奈何不了不说话的叶梵梵，梁缙最后说出了答案。

然后，一车人都笑了。

至于叶梵梵，黑着脸，挥手就给了梁缙胸口一拳，泪眼婆娑地看着他问："去哪个大排档?"

"南京大排档啊。"见到恢复元气的叶梵梵，梁缙可算是松了口气。从她包里拿出纸巾递给她，"谢天谢地，你还有理智。"

"我问你什么大排档?"

"南京大排档啊!"

"你就是有病!"

下车后，站在名为"南京大排档"店前的叶梵梵石化了。

"我都跟你说了八百遍'南京大排档'了，你非要接着问。啊，你是不是在说相声?"

"……"

南京大排档很有特色，服务员都穿着另一个年代的衣服，代入感特别强，好像真的穿越到了那个复古的年代。不仅如此，就连建筑都是一个味道。

四方的木桌子，木板凳。见景如此，你就忍不住挥手道："小二，上菜！"

然后真的有人回应你："来啦！您的一份虾黄豆腐、清炒菊花脑、云斗煮干丝、鸡汁野山菌，天王烤鸭包，菜上齐啦！二位慢用！"

叶梵梵饿得前肚贴后背了，哭累了也玩累了，于是面对色香味俱全的美食完全感动到落泪。"能吃上饭真是太好了！"

"嗯，在外面可是排了二十分钟的队。"对此，梁缙倒是颇有微词。虽然是他推荐要来这里吃饭的，可是没想到生意这么红火，他们一走进去就只能排队等号。等的期间，差点被叶梵梵哀怨的眼神杀死。

"唔，这虾黄豆腐不错，味道很新奇。"

叶梵梵说一句，梁缙尝一口。

"这个什么烤鸭包味道美极了，吃不完打包呗？"

"一共就三个，你已经吃了两个了。"

"……"

吃饭的时候，叶梵梵好几次被那道鸡汁野山菌给烫到了舌头，梁缙就不停地给她倒水，然后想着她今天忽冷忽热、一下子哭一下子笑的样子，忽然纳闷："这不就是个疯子吗？为什么我要给自己找这样的罪受？"

"梁缙，你的右手中指流血了。"叶梵梵惊讶地说着，动作却很麻利。从包里掏出了纸巾和创可贴。"把手给我。"

"哦……"梁缙忽然就觉得有点鬼使神差，他就这样把手伸了过去。手指是什么时候割伤的，为什么没注意到？还有刚刚叶梵梵是不是叫他名字了？

叶梵梵认真地处理了下伤口，小心翼翼地将创可贴贴了上去。"怎么割伤的啊？"然后视线忽然注意到自己左手上戴着的手链，上面居然也隐隐地有着血迹。"啊，是不是赶公交车的时候拽我拽的啊？"

梁缙心里一怔，忙收回手，黑着脸问道："你确定你手上戴着的是手链而不是凶器？"

"是你自己天堂有路不走，非要拽我来着。"

"你应当预见自己的行为可能发生危害社会的结果，因为疏忽大意而没有预见，或者已经预见到而轻信能够避免，以致发生这种结果的，是过失犯罪！"说完，他愤愤不平地竖起了中指。

"过失犯罪，法律有规定的才负刑事责任。"叶梵梵得意地一耸肩，身子往后一仰，摆出一副"我才是大爷"的模样说，"不好意思，我大学修的是法律专业。"

班门弄斧，死得惨不忍睹。叶梵梵倒是笑得花枝乱颤，接着津津有味地吃着美食，瞥一眼闷声不吭的梁缙，心里更加欢脱了。想着，让你跟我斗，知识果然就是力量啊！

第一回合，梁缙完败。

吃饱喝足的两个人几乎走不动道，梁缙和叶梵梵几乎是互相搀扶着上了辆回酒店的公交车。也不知道为什么，这两个人执着于坐公交车。

时间，晚上八点。

借着外面街道的路灯光，梁缙望着叶梵梵的侧脸，好奇地问："你为什么来南京？"

"哦。"这会儿，叶梵梵已经觉得这个话题无所谓了，只是原因让她觉得心酸和沉重，但是——"被男朋友甩了。"

事实，就是这么简单。

"你这么直白让我很难接话啊。"当事人都没觉得尴尬，反倒问话的人觉得气氛古怪了起来。

"那你呢？是甩了女朋友，还是女朋友甩了你？"叶梵梵笑着看着他问。

这个问题对于梁缙简直就不是个问题，于是他脱口而出说了句："是甩了我妈。"

当时，连公交车车身都抖了两抖。

叶梵梵扯了扯嘴角，相当轻蔑地说道："原来是离家出走啊。"

"用点脑子好吗，小姐？"

"我死了，呃。"表示不想再用脑的叶梵梵假装嗝儿屁了。

"……"

等到他们回到酒店各自房间的时候，已经是晚上九点了。叶梵梵在房间整理着包里一整天下来装的东西，发现她居然什么都没买。

"唔，还有明信片……"叶梵梵看着包里两份的明信片，想起了梁缙。正犹豫着要不要给人家送去时，弟弟的爱心电话一来就把叶梵梵给送到了梁缙的总统套房的门口。

那华丽的总统大门一开……不要想多，梁缙没有半裸着健硕的身体，也没有出浴时头发上滴着诱惑的水滴，因为开门的压根儿就不是他，而是深夜送上精美夜宵的侍应生。

"真会享受啊，半夜三更了还吃这么多。"叶梵梵站在房间中央，脚踩着毛茸茸的地毯，无比羡慕忌妒恨地自言自语。

然后她开始张望，房间里电视机开着，可是人没在。重点是再过半小时芒果台就要播放那个超级搞笑的《我们都爱笑》了。怎么，这家伙刚刚是在看《快乐大本营》？呵呵。

"笔记本在哪里？"叶梵梵的重点终于来了。因为弟弟不放心她，非要她找台电脑和他视频聊天。叶梵梵的标间当然不可能上网，于是就上梁缙的总统房来了。

"小姐，你干吗？"

正当叶梵梵欣喜地发现笔记本的所在，凑上前抚摸的时候，身后传来了冰冷的声音。她忐忑地转身，却发现自己被困在了……半裸着健硕的上身，头发上滴着诱惑水珠，腰间裹着浴巾的梁缙的怀中！

诶，刚刚这一幕是不是有点熟悉？

梁缙的双手撑在叶梵梵后背靠着的电脑桌的两侧，翘着嘴角似笑非笑地说："哟，这酒店服务可真周到，不仅知道爷爱喝哪款酒，竟然还买酒送美女，还是爷喜欢的款。嗯，不错，给好评！"

"醒醒吧你！"叶梵梵一个拳头打中了梁缙那装满少儿不宜画面的脑袋，拧着眉头说，"给你的明信片。"

"下手可真重。"梁缙苦笑着挪开身子，接过明信片，瞅了眼漫不经心的叶梵梵，困惑不已，"你知道你现在这个点出现在男人的房间是几个意思么？"

"嗯。"叶梵梵的回答依旧漫不经心，指着笔记本说，"借我用用。"

"……自便！"这个女人是不是脑子生锈了？梁缙超级郁闷地想着，自己这招赤裸裸的美男计居然遭到了无视！简直是奇耻大辱啊！

不过，她这么突然地出现，没来得及准备得更高大上也是情有可原啊。

"我和我弟弟视频，你要么穿上衣服，要么回避。"叶梵梵不客气地说道。

"这是我的房间，叶小姐。"梁缙已经满不在乎地坐在地毯上，手里端着红酒，看着电视节目。

叶梵梵无语，只能把笔记本移了位，让摄像头只对准自己。

"哇，姐你住的总统房啊。啧啧，变白富美了嗷～"叶畅畅在那头不断地发出暧昧不清的羡慕声音。然后不停地循环"呦呦，切克闹"的节奏。

叶梵梵扶额，相当无语地对着弟弟说："现在放心了吧，我可以去睡觉了没？"

"姐，你急着切断视频聊天是几个意思？莫非金屋藏娇？"叶畅畅除了一个学霸的特质外，还有一个特质不容忽视，那就是"第六感"。

"哪有！你姐我住得起总统房，还用得着藏娇么？我呸，藏什么娇！我就是娇！"叶梵梵和她弟弟一样，也有个不容忽视的特质，那就是"不要脸"。

在视线之外的梁缙当然是将姐弟俩的对话尽收耳底，忍不住"呵呵"地笑。这对姐弟好像都是异于常人的疯子。

叶梵梵撩了撩头发，望着视频里震惊的弟弟，诧异地问："干吗，见鬼了啊？"

"姐，刚刚你身后有个裸男端着一杯葡萄酒飘过去了……"叶畅畅不敢相信地轻声说道，"姐，别回头啊。这个肯定是妖精变的，因为是个美男子！他会吸尽你的阳气的！"

叶梵梵一听，刚想着不会是梁缙搞的鬼吧，可立马紧张地回头一看后，发现梁缙正对着电视机傻乐呵着，这才放心地说："什么美男子啊，这个世界上的美男子都有女朋友了，要吸阳气也不会找我的……"说着说着，感觉话里好像有什么奇怪的信息混进去了。

才一会儿工夫，叶畅畅那边再次目瞪口呆。

"姐，这次是真的，那个美男子在你身后，色眯眯地盯着你！"叶畅畅欲哭无泪，"我的亲姐居然和美男子开总统套房啊，太奢侈了啊！快说，你是何方孽畜？敢动我姐姐一根汗毛，我分分钟研究出导弹轰了你！"

"呵，你只会研究导弹有什么用，有种你发射过来啊。"身后的梁缙果然不再装鬼飘过，一手捂着叶梵梵的嘴巴，一手搂着她的腰，无限暧昧地靠近她，对着视频那边干着急的弟弟说，"不好意思，我们要睡了。导弹你爱轰谁轰谁。"

然后，"啪"一声连带着叶畅畅歇斯底里的谩骂声关在了合上的笔记本里。

叶梵梵被梁缙整个人被拖起来拉到了客厅地毯上与他席地而坐，此时梁缙的恶作剧也似乎结束，松开了她。

"你干什么？"叶梵梵擦擦嘴唇，略嫌弃地瞪着无事生非的梁缙。"我回房了，谢谢你的笔记本。"

起身刚要走，却被梁缙伸手一拉，整个人瞬间再次跪倒在了他的怀里。没错，要不是地上有超厚超柔软的地毯垫着，叶梵梵的膝盖估计是已经升天了。

"我刚刚搂着你的时候，感觉到了你肚子很有节奏的振动。喏，就像现在我听到的声音一样。"梁缙笑着很灿烂，可那嘴角却坏得一塌糊涂。

叶梵梵真的是服了她自己，关键时刻，饿什么肚子，一点都没有骨气！

然后。

"哈哈哈，太好笑了！把那甜点给我，还有把红酒给我倒满……"叶梵梵把最后的节操扔到了太平洋里喂了鲨鱼。

梁缙这会儿单手托着腮帮子无语地替叶梵梵倒酒，边倒边警告道："你醉了可别要流氓啊，我可是会叫的。"

"哈哈哈，"现在的叶梵梵估计醉得厉害，抬手拍了拍梁缙的脸颊，坏笑着挑眉说，"你叫啊，你叫破喉咙也没人会来救你的～哈哈哈，这小妞长得挺别致的，笑一个给大爷看看。"

梁缙觉得自己被玩坏了，居然还破天荒地来了个回眸一笑，让叶梵梵笑得差点岔气。这样的情况是梁缙没有预料到的，他想着怎么着也不能让作为大男人的自己被一个小妞给调戏了，于是一不做二不休，也狠狠地喝起了酒。

"耍酒疯是吧？要要大家一起耍！"

本着"独乐乐不如众乐乐"的精神，梁缙和叶梵梵陷入了深夜的人来疯。

第六章　醉梦他乡

　　这天，终于是普天同庆国庆长假的第一天了，也是叶梵梵在酒店吃自助餐的第一天，她端着盘子，看着那些各色自助的美食，脸上写满了"震惊"与"郁闷"。

　　"叶小姐，你用夹子夹皮蛋粥要夹到什么时候？"梁缙站在她旁边，用无比嫌弃的语调问道。

　　对，就是这个声音，就是这个人。为什么一大清早的睁开眼睛看见的会是这个人？为什么她会和他毫无节操地一起横躺在地毯上？为什么他的整只手臂会毫无顾忌地搭在她的小蛮腰上？

　　这荒唐的事情说起来还得回到一个小时前——

　　"唔～"早上到点，叶梵梵睡眼蒙眬地抬手到处乱摸，以为自己现在正睡在床上，可是不知道为什么距离很近的床头灯的按钮她怎么都摸不到，更不要说什么手机了。

　　之后一个翻身，一头撞到了不知道什么东西上，磕得她自己的脑壳都生疼。叶梵梵还没来得及纳闷，头顶上方沉闷的吃痛声便传了过来。

"嗷！我的鼻子！"

于是，两个半梦半醒的人彻底被各自眼前的景象刺激到惊声尖叫了。

"梁缙，你不要脸！你占我便宜！"

"我哪里不要脸？我哪里有占你便宜？吃亏的可是我哦，你有脱衣服么？你裹得和粽子一样，我能占什么便宜？倒是我，半身赤裸着被你吃尽了豆腐。你看这里、这里，还有这里，都是你的口水，好吗？"

"……"

"想吃了我，又不敢下嘴就只知道流口水，你瞧你这个色胆，真是小得没话说。"

"……"

"还不给爷我沐浴更衣，小心爷再也不让你侍寝。"

"……"啊！！！

大概就是这样了。叶梵梵头痛万分，从睁眼看到这个男人到看到满地滚着的酒瓶子，还有满地撒着的点心渣子，她就觉得今天一定会头痛到脑残。

"喏，看你不知道自己要吃什么，我就随便给你点了些。"梁缙拿着两大盘子坐在了叶梵梵的对面的座位上。

呵呵，这满盘子的五谷杂粮也叫"随便点了些"？这分明是洗劫了整个自助早餐好吗？叶梵梵再次头痛欲裂扶额垂头。

"先喝杯牛奶。"梁缙把温热的一杯牛奶放到了叶梵梵的右手边，然后看着她问，"头还疼，是吗？"

"没事。"叶梵梵摆摆手，而后一本正经地对梁缙说，"昨晚那件事，你知我知，天知地知。要是有其他人知道，我就跟你同归于尽！"

梁缙刚准备喝口牛奶就"扑哧"地笑了出来，然后看着叶梵梵严肃可怕的样子，正襟危坐，右手握拳放到嘴角咳了一声说："那怎么办，我们好像要同年同月同日死了。诶，这个是不是传统意义上的殉情？"

"什么？你，你告诉别人了？"叶梵梵说话间连刀叉都握在了手上，一副视死如归的样子甚为恐怖。

梁缙身子往后靠了靠，问："你弟弟算不算其他人？"

"……"

这个事情呢又要从叶梵梵从梁缙的房间惊慌失措地跑出来之后说起。

梁缙坐在地毯上深深地吐了口气，安抚了下自己雄鹿乱撞的心，揉揉乱糟糟的头发，他想也没想就坐在了电脑前。下意识地打开昨晚合上的笔记本，结果跳出来的居然是黑着眼眶、吃惊万分的叶梵梵的弟弟叶畅畅的视频。"呵，你小子该不会是守了一夜吧？"梁缙哭笑不得，看着叶畅畅那气急败坏的样子，忍不住大笑了起来。

叶畅畅怎么说也是一枚出国深造的高大上学霸，怎么能容忍另一枚高大上的帅哥如此无情且轻蔑地嘲笑自己？于是，他顺手从旁边拿起一张画满了一般人看不懂的物理、化学公式还有类似于弹药的图纸，对梁缙说："老实交代，你们昨晚干了什么？你和我姐什么关系？不说，我就立马回国拿你当人体弹药的试验体。"

"唉，说了你都不信。"梁缙对于这个问题也觉得难以启齿，犹豫了半天才对叶畅畅说，"我和你姐非常纯洁地睡了一觉。"

"那我还真不信。"叶畅畅这会装出了一副大爷的样子，随手扔了图纸，轻蔑地笑道，"我姐那么貌美如花，你是不是有什么问题啊？"

梁缙突然觉得这个弟弟比叶梵梵要开窍多了，瞬间感觉多了个知音。但是还是冷静地对他说："是你姐的酒品实在是烂得可以。我一个正常的男人都差点被她整出问题来。"

"哦，可以理解。"叶畅畅也在这个时刻觉得对面的这个男人好像是可以交流的，便吧啦吧啦讲起了叶梵梵喝醉酒的囧事。"我姐喝醉酒就跟抽了羊痫风似的，见谁都抽风。哦，重要的是，喝醉之后睡觉特别会流口水！"

"天哪，真是知音难觅啊！你看我这里、这里还有这里，全是你姐姐爱的口水啊！"

"什么？你脱衣服跟我姐睡的觉？你给我等着，我非得弄死你这色狼……"

说完，梁缙举着手发誓："综上所述，如有虚假，天打五雷轰。"

　　这个时候，叶梵梵懒得管事情的真相，内心里早已经把梁缙和她弟弟用一百种死法来回往复地弄死上万次了。唉，为了樊落出来散心的，到了现在好像演变成了一场闹剧。叶梵梵不确定内心的那种悲悯是不是发生了变化，也不确定她和樊落会走到哪一步。但眼下，她好像察觉到了梁缙带给她的一点明媚阳光。

　　吃完早饭的两个人，从昨晚开始好像心照不宣地把彼此当作了这次旅行的同伴，所以十点左右叶梵梵和梁缙出现在了南京的大众书局。

　　大众书局算得上是南京比较大的书店了，虽然没能去到南京那个颇有特色的书店，但是对于叶梵梵而言，书店重要的是书，而不是装饰。

　　梁缙对于叶梵梵的选择感到排斥，他生来就没办法与书亲近，家里的一本史蒂芬·霍金写的《时间简史》还是他在十五岁的时候自己买的仅有的一本书。这本关于宇宙本性的最前沿知识让梁缙对于自己存在的世界产生了无比的好奇，但是又实在难以深度地理解进去，最后拯救世界的雄心壮志就不了了之了。

　　"这书局就是书局，连楼梯都是塞满书的透明材质做成的。我都不敢踩，怕亵渎了沉睡中的书的灵魂。"叶梵梵有点受宠若惊，更是充满了欣喜。

　　梁缙无奈地摇摇头，拉着她的手就噔噔地上了二楼。到了二楼，梁缙立马就后悔了，二楼的书架更多，书的分类也多得离奇，看书的人居然也多得不想数。

　　南京人民真是热爱学习啊。

　　"喂喂，你拿着一本书坐下来是几个意思？"梁缙睁着大眼睛看着叶梵梵淡定的举动立刻头皮发麻请求其暂停这种变相的折磨。

　　叶梵梵"嘘"了声，指了指手里这本封面精美华丽的书欣喜若狂地对梁缙介绍道："这本《宫情》可是我的好朋友杨冬儿写的哦。"

　　"哼。"梁缙冷笑，接过来随手翻了几页，大概也就是看清了目录的程度，然后对着叶梵梵"啧啧"了几声。"人家都出书了，你说你游手好闲的怎么和人家做朋友？看看人家这文笔，这措辞，还有这笔名起的，都完胜你几百条街啊。"

　　"你干脆让我去死好了，反正听你这么讲，我活着也没什么意义了。"叶梵梵眯着眼睛，面无表情地对着梁缙说道。

　　梁缙看着叶梵梵那苦相，似有若无地说了句："但好像对我蛮有意义的。"

　　叶梵梵不理解地抬头和他对视了一眼，最后居然惊慌失措地躲开了他的眼神。梁缙刚刚的那个眼神几乎令所有女人都忍不住"红杏出墙"，但对于叶梵梵来说，那个眼神说明不了什么，但是那个眼神里有种无比自信的期待。

"买这么多本够了么，作为对你好朋友的一种支持？"不等叶梵梵发话，梁缙一个人走到书架边把摆在那里的所有《宫情》都捧到了柜台前，还根本不顾收银员以及一些小花痴的强烈眼神。

"你疯了啊。"叶梵梵深感丢人，忙上前拦住，"你怎么不说你把整个店都买下来啊！"

"哦，这个主意不错。"梁缙眼前一亮，凑到叶梵梵眼前，眉开眼笑地说，"我要是把店都买下来，你以身相许么？"

"……走吧走吧。"

最后，横竖赖不过梁缙，叶梵梵只好应许他买了十本小说，但是全数寄回到了梁缙的家。梁缙对于这个数量相当嗤之以鼻，说什么要是叶梵梵不拦着他的话，他一定把这里的书都买下来，然后回广州再摆个地摊……

走出书局外面，正午的阳光很是舒爽，难得的不炽热。叶梵梵招呼着梁缙来到一旁的公园座椅坐下，从包里拿出一瓶水递给他，说："你有想去逛逛的地方吗？"

梁缙挨着叶梵梵坐下，接过矿泉水，自然地拧开瓶盖后重新放回到叶梵梵的手中，再从她包里拿了一瓶新的，拧开来喝。"你还想去哪里么？"

"想去的地方太多了。"叶梵梵说着喝了口水，仰头想了想，苦笑地说，"我现在要说想去法国，好像特别贱。"

梁缙望着她，知道她说的什么，他没有接这个话茬。两个人静静地待了一会后，梁缙站起来单手插着裤带，对叶梵梵说："我现在就能带你去法国。"

"啊？"

没等叶梵梵回过神来，梁缙已经拉着她走到了大众书局门口这块空地的某个地方。除了这块地方是圆形的大理石构造外，其他都是普通的地砖。而这圆形的黑色大理石上刻着欧洲几个国家的地形图。

叶梵梵差点笑出来，无语地抬头质问道："连飞机票都省了是吗？"

"爷就是这么机智的人。来，踏上法国的领地。"

"然后呢？"

"跟着我的节奏，尽情地欢脱起来。"

梁缙这话刚说完，一个腰上别着小音箱正大声地唱着"最炫民族风"的大妈像风一般地擦肩而过，留着"哟哟切克闹"的节奏环绕在梁缙的周身。

"哈哈哈，跟着节奏跳起来啊，你个白痴！"叶梵梵笑到不能自持，最后干脆捂着肚子蹲在地上，看着梁缙笑个不停。

这会儿的她根本没发现，她仰望的梁缙站在阳光下笑得那样的好看，那样的美好，像那昨晚的酒，醇香醉人。

或许，她也没办法知道此时她在梁缙眼里的如秋日的阳光一般，是那样的绚烂美好。

老天眷顾，整个黄金周都是晴空万里，鸟儿争鸣。十月份虽是金秋时节，但是这温度却还是让人觉得有点灼热，尤其是正午的时间。随着人流量的增加，南京一些景点就成了密集地带，抬眼能看到的除了人还是人。

"我们那些景点就不去了吧，反正去了也是看人。那你还不如看我呢。"梁缙看着手机百度出来的景点，认真地提出了意见。

叶梵梵和他站在公交站牌附近，两个人都各自拿着手机百度着。唯一不同的是，叶梵梵在百度南京的美食，而梁缙则在百度南京的各路公交车。

"要不我们去夫子庙秦淮河风光那一带？古都南京的一大标志性景区，非去不可。"叶梵梵在几天的恍惚之后，总算清醒起来了。有种旅行才刚刚开始的感觉。

梁缙挠挠头，看着身边这个阴晴不定的女生，心里不知为何有种"舍命陪君子"的感慨。如果说前几天是因为好奇，那么从今天开始对这个从天而降的叶梵梵究竟是什么感情？

好像是……现在仍旧是说不清楚的时候。

接着在梁缙还没有从这个疑问中回过神来的时候，他和叶梵梵已经站在了夫子庙的入口的那条街。

"呵，这里的人比景点也少不了多少啊。"梁缙尴尬地扯扯嘴角，皮笑肉不笑地对着叶梵梵埋怨道。

叶梵梵才没有时间搭理他呢，把身上的包卸下来往梁缙怀里一塞，相当不避讳地说："我要去趟洗手间，在车上憋了半个多小时。再憋下去，膀胱都要裂了。"

"叶小姐，你是不是不知道'矜持'二字怎么写？"梁缙拎着她的包，顾及了下旁人的眼光，用极具魅力的低音说道。

"哦，我找到公共卫生间了。"

"……"

这对话结束之后，梁缙恍然大悟。他和叶梵梵之间的关系好像在他斗嘴总是处于下风的时候开始了微妙的变化。

至于微妙在哪里，梁缙又觉得实在不好说。他站在原地看着叶梵梵朝着对面街道走去，来往的车辆很多，叶梵梵像个无头苍蝇一样走走停停。最后，梁缙扶额叹了口气，大跨步上前与叶梵梵并肩，顺便抓住了她的胳膊，相当可靠地为她开路。

"快去解决吧。"梁缙妥协了，在她膀胱会裂的这个问题上。在叶梵梵进去之前，又从她的包里拿出了纸巾递给她说，"你要是上大号，也给我在十分钟内解决，逾期不候啊。"

叶梵梵接过纸巾，诧异地问："你怎么翻我的包跟翻你自己包似的，纸巾塞哪里连我自己都搞不太清楚，你怎么这么熟门熟路的？以前是扒手么？"

"再啰唆一下，你的膀胱要炸了。"

叶梵梵抿抿嘴，没有再说什么，这次倒是非常麻利地就冲进了卫生间。梁缙呼了口气，眼睛向上看了看，脸微微泛红。在翻她的包的时候，好像看到了女性专用品。这事没什么大不了的，超市里不都是一排排摆着的吗，什么时候他梁缙介意过这种事情？说出去也太不上台面了，可是，为什么小心脏跳得这么快？

"帅小伙等女朋友啊？"

梁缙听到声音，没抬头之前心里想着：长得帅真是没办法，男人也来搭讪。然后等他抬头，他暗暗地给自己刚刚自作多情的想法扇了一巴掌。

"呵呵，冰糖葫芦多少一串？"梁缙无奈，对着扛着冰糖葫芦卖的大叔热情地询问价格。

"不贵，二十！"大叔也相当热情地回答。

"确实不贵啊。这冰糖葫芦长得都可以当长枪使了，确实蛮符合我女……朋友的气质的。那就给我来一串吧。"梁缙果断掏了钱，从那里面挑了个他认为是最好的冰糖葫芦。

五分钟后，叶梵梵从卫生间走出来，还没向梁缙感叹这公共卫生间虽然小了点，但是还蛮干净整洁的情况，一长串冰糖葫芦就先映入了她的眼帘。

"这，这冰糖葫芦有点逆天了，你没觉得么？"略微吓了一跳的叶梵梵绕过冰糖葫芦，站在梁缙的旁边说。

"吃吧。"梁缙没有多说什么，只是将冰糖葫芦递了过去。

叶梵梵受宠若惊地接了过来，刚想笑又想到了什么，眯着眼睛质问道："你不会是用我的钱买的冰糖葫芦，然后借花献佛吧？"

"呵，爷看起来是那种人吗？"梁缙说得特别的无所谓。

叶梵梵咬了口第一颗冰糖葫芦，冷笑道："哼，猥琐。"

"有种你别吃啊！"然后梁缙开始狂躁了。

"花我的钱我为什么不吃？"

"……"

梁缙在短短的几分钟之内，加深了对一个成语的印象——"狼心狗肺"。但他并不觉得这有多可恶，相反还乐在其中。

因为可恶的人必有可爱之处。

两个人随着人群走去，阳光越来越强烈，一直走到"古秦淮"那个入口，梁缙终于忍不了叶梵梵那皱着眉头不断喊热却不采取措施的态度，从她包里掏出了一把豹纹遮阳伞，撑开遮在她的头顶上，相当无语地说："你包里有伞干吗不撑？"

"撑着伞麻烦啊。"叶梵梵甩了把汗，然后又略带别扭地俏皮一笑，"不过现在不麻烦了。"

梁缙此刻真的想要把伞一扔，掐着她的脖子左右摇晃，问她："脑子里到底装的是什么，为什么都是些无关紧要不涉及重点的东西！这究竟是为什么?!"

可现实是，他乖巧地撑着伞，却黑着脸白了眼叶梵梵说："假笑的时候也麻烦你带点感情，这么容易被识破，真的是很没有诚意。"

"哈哈哈，我们拍张照怎么样?"

喂喂，无视他是吗?

然后，两个人从相遇到现在第一次在景点合了一张自拍照。照片中的叶梵梵眼光清澈，一眼就能看出她心里装了什么。而侧身挨着她的梁缙也笑得很灿烂，他戴的墨镜倒映着举着手机的梵梵的手臂。

不言而喻的美，真的没办法形容。

沿着街道一直往里走去，沿街都有好多店铺，经营着算是南京的一些特色产品。不过在叶梵梵看来，这些店不能代表南京，里面的玩意儿好多不同地方的景区都有在卖，所以她压根儿没有兴趣。

很多人，出来玩其实就是逃避眼下的生活，但这并不都是坏事，毕竟世界太大，不出去走走，我们永远都不知道自己需要什么。而叶梵梵很清楚地知道这点，她不仅逃避而且也在变相地寻找答案。

"梁缙，把这个拍下来。"叶梵梵指着一个目标，正义凛然地说。

梁缙刚掏出相机对准焦距，又抽了抽嘴角，相当犹豫地问："给我个非要将'夫子庙派出所'的大门拍下来的理由。"

叶梵梵双手叉腰，对着那个有民国气息的两扇大门说："多气派，多庄重。我觉得这样的派出所特别的亲民，你没有感觉到吗?"

梁缙到底是在一阵无语过后，妥妥地按下了快门。

这一路上，两个人有说有笑。叶梵梵的心情似乎终于见了太阳，她一边吃着糖葫芦一边东张西望，企图从人群中看出些不同的新意来。梁缙陪她从"江南贡院"到了"南京夫子庙文化月"的大门前，又陪她吃了糖葫芦之后又品尝了"蟹黄汤包"。这汤包吃得可有讲究了，"一开窗、二吸汤、三吃光"，多么溜啊。

"咳咳，好腥。"虽然美味，但显然有个别人没办法享口福。梁缙从她手里接过汤包，面对着双龙戏珠的雕刻津津有味地吃了起来。

叶梵梵喝了口水，看着人多热闹的景点，抬头问梁缙："我们是往西街走还是东街走？"

"你不是想吃小吃吗？我知道这里有那个'十里秦淮小吃'，保准你喜欢。"梁缙三两口就将那个蟹黄包吃得一干二净。擦擦嘴巴又补充了一句，"这么好吃的东西，你居然说腥？倒霉孩子，嘴巴长刺是不是啊。"

"别吃饱了撑着找茬啊。"对此，叶梵梵也没好气地反击了。

两个人往东街走去，这条街上倒是都是些饭店、小吃店。每家小店的玻璃墙上写着的菜单好像也差不多，但是梁缙一心想带叶梵梵去吃秦淮小吃。

于是等他们穿过一条街到了另一条街的时候，"十里秦淮小吃"的牌匾就立马金闪闪地映入了眼帘，当然同时映入叶梵梵眼帘的还有捧着小吃站在门口吃得嘛嘛香的游客们。

"哇，不是吧。你说就我们这长相和气质要是坐在门口那阶梯上吃着小吃，会不会显得特别高大上？"叶梵梵厚着脸皮如此说道。

梁缙晃了晃食指，纠正了一句："不是我们，是我。"见叶梵梵一脸鄙视的表情，他又嬉皮笑脸地对她说，"那我把我美男子的脸给你好不好，咱俩换皮？"

说完，叶梵梵就看见梁缙闭着眼睛把整颗脑袋凑了过来。当时，叶梵梵就想抢起巴掌狠狠地甩在梁缙这张比女人还要精致的脸庞上，让他知道知道作为一个男人长得糙是一门必修课！但是，眼下……"能不闹么？赶紧进去抢位置好吗？"叶梵梵拿手推了一把他无限靠近的脑袋，自管自地走进了小吃店里。

整个店的空间并没有那么大，放眼望去所有人的行为都尽览眼底，包括那些只抢到桌面却没有抢到凳子的正在默不作声移动别人凳子的游客。叶梵梵踮着脚张望着，店里一圈全都是色香味俱全的小吃，前面都放置着食物名称牌子。但是叶梵梵才无暇顾及，她看上去觉得好吃的就说一个字"买"。

"用这么小的塑料碗盛，卖好贵哦。"等到买了三四样小吃后，叶梵梵开始抱怨了起来。而那边梁缙就像是火眼金睛，居然在店内不起眼的拐角处找到了一张无人问津的四角桌，连忙把包一放，招呼着满手都是美食的梵梵坐下。

"你点的这些 KFC 不是有卖么？"刚把东西放下，梁缙就开始了一天 N 次吐槽的第 100 次吐槽。"还有这个炒年糕，你家里吃不到么？"

叶梵梵无语地扫了眼她买的东西，咽了口口水，虚无地说："人一饿的时候，连窝窝头都是山珍海味。更何况，我一年到头去不了 KFC 几次，年糕也就冬天吃上几回。怎么，还要我说得更惨一点么？"

然后梁缙连忙摆手，这样寒酸的话心知肚明就好。大庭广众之下的，别人还以为他拐了个山沟沟里的姑娘做媳妇呢。呵，她要真是媳妇，恐怕梁缙这会应该享受着被伺候的感觉。不过，叶梵梵这个女人，主要还是应该充当着饭来张口衣来伸手的女权角色。

几番折腾之后，等到梁缙再次回到四方桌的时候，位置上多了另外一个中年大叔。好在是四方桌，要不然梁缙都不好意思开口说这是他占领的土地。

"坐。"叶梵梵连忙从自己位置里面拉出了一张凳子，拍了拍说，"是不是很机智？"说话的时候全然不顾之前一声不吭坐其对面的大叔。

梁缙干笑着点点头，怀揣感激地坐下了。

"这个就是小吃？凉皮、鹌鹑蛋、蟹脚、藕、粥、不知名的芝麻饼、烧麦还有这个是什么玩意儿？"叶梵梵清清楚楚地将这些美食认了出来，继而一脸鄙视地盯着梁缙。"你告诉我这些和家里吃的有什么区别？"

梁缙倒是不觉得哪里不对，拿起一次性筷子就开吃了。"你不懂，身在异乡，美食做法不一样，味道就不一样，甚至吃在肚子里的感觉也不一样。"

"呵呵，你逗我呢吧。"

"啊，你张嘴尝尝这个凉皮，还是凉粉？"

"……"

梁缙刚若无其事地喂了一口叶梵梵，对面桌的大叔就干咳了几声。梁缙觉得怪了，于是不管叶梵梵同意与否，又接连强迫式地喂了几次。终于得出结论，反正他喂了几次，大叔就咳了几声。

末了，大叔吃完拿纸巾擦了擦嘴，意味深长地说了句："子曰'非礼勿视'啊。"然后，就起身走了。

叶梵梵和梁缙不约而同地对视一眼，异口同声对着大叔的背影嘀咕了一句："那你倒是别看啊！"

　　一个上午的时间就大概将夫子庙秦淮风光给领略了一遍，这个过程没有得到很浓的文化熏陶，但是对于叶梵梵而言，小时候看的《论语》加上高中的时候又重修了一遍，绝对是自身就带着高素质及高修养的文化内涵而来。

　　不过，至少还是接了下地气的。

　　百无聊赖之下，叶梵梵一屁股瘫坐在了一家店门前花坛上，正好有树荫，便拿着手机开始了旅行中的大忌——玩手机。

　　刷了很久的微博后，叶梵梵隐隐觉得有什么不对。她环顾四周：人来人往的游客，大树根下一只孤傲舔爪的猫咪，还有乘凉的自己，孤身一人的自己。

　　好像没什么不对的。

　　然后又刷了几条微博，看见了一条状态："人在旅途中，不期而遇才最美。"

　　浪漫过后，大惊。

　　"梁缙！"

　　叶梵梵猛然意识到，耳边那个唠叨令人烦厌的声音不知道在什么时候消失不见了。明明不久前还听见他说要去超市买点东西的，这会儿买东西买到哪里去了啊！她万分惊恐，起身慌乱地找了很久，但除了陌生还是陌生。叶梵梵心底那种樊落给予自己的落寞和空虚再次涌了上来。她不明白两者之间有什么联系，但是她现在的感觉就像是丢了魂一样。

"仔细一想，好像什么联系方式都没有。"叶梵梵望着手机通讯录，两眼更加空洞了。"本来就是一个人来的，现在倒好，真的一个人了。"

这么想的时候，叶梵梵觉得和梁缙走散或许就是命中注定。没有一言一语的相遇以及没有留下只言片语的消失。这个世上，果然没有那么美妙的巧合，也永远不会有人在你难过失落的关键时刻出现，给予你怀抱和温暖。

更何况，梁缙不过就是个无意间擦肩而过却留下余温的人。

叶梵梵苦笑地叹了口气，垂头望着花坛旁那只干净的花猫，它脖子上还系着红绳。她这才发现，这只猫是拴着的。叶梵梵一直认为猫是有着自由灵魂的动物，它高傲不受拘束，如若受了委屈就不会再屈身于此。

但现实就是，这只猫咪对外面的世界断了念想，心甘情愿地被拴着，没有任何不适。就像是叶梵梵对樊落的感情，她心甘情愿地拴在樊落身上，于是没有办法前进，也没有办法后退。而樊落的进取或许就是没有将自己拴在她的身上，于是能进能退。

感情世界里，收放自如的人往往都是拥有自由灵魂、自我感觉强烈的人。

"猫咪啊猫咪，我可不想变成你这样。"叶梵梵小心翼翼地摸摸猫咪的头，店里的老板娘也警惕地盯着她看。

叶梵梵扯扯包，有气无力地迈开脚步朝着外面的公路走去。如果，身边没有其他人陪伴着，那么其实回酒店待着就足够了。

"对啊！回酒店问前台不就知道梁缙的号码了吗？"叶梵梵一阵欣喜，撒欢地走了几步之后又踌躇不前了。她一下子又觉得自己的行为相当不可理喻，"和梁缙什么关系啊？我，干吗为了找他费这么大劲？当初不就是嫌他烦么，现在走了不正好？"

这么对自己说的话好像也没起到什么关键作用，连叶梵梵她自己似乎都没有被自己的话给说服。结果，还是只能叹口气，一个人往回走，随便到处逛逛。

走进一家卖着特色饰品店的时候，叶梵梵一眼就扫到了橱窗上摆着的一顶帽子，然后瞬间脑补了一下，若有所思地点点头说："嗯，梁缙戴着应该比樊落好看。"这个想法一出现，叶梵梵咬牙狠狠地在心里抽了自己一嘴巴子。

之后，她硬生生地绕过帽子区，辗转在了各种马克杯的货架边。叶梵梵其实不需要那么多的杯子，只是就是有种看见喜欢的就想买，不管有没有用。以至于她家里还有办公桌上都至少放了三只以上的杯子。当然，她不仅喜欢杯子，更喜欢造型奇特的设计品。

说到设计品，她就又联想到了樊落，敢情就是因为这样，她才爱上樊落的吧。在大学恋爱的时候，樊落经常设计东西，总是说，等到有能力了，就将这些有纪念意义的东西全部变成真的送给叶梵梵。

事到如今，他有能力了，可是怎么觉得实现的承诺变得更加遥远了？叶梵梵一边想着，一边研究着手里红色的马克杯。这个时候，叶梵梵余光一瞄，看见了店里反光玻璃上有个穿着蓝色短袖的男人好像把手伸进了穿白色雪纺裙女生的包包里。

"喂喂，光天化日之下也可以这样吗?"叶梵梵虽然嘴里嘀咕着，但是想着出门在外多一事不如少一事，放下马克杯有点心虚地准备朝外面走去。

有些时候，命里该有的劫数是睁一只眼闭一只眼也逃不过的。就像叶梵梵，本着"打不过还躲不过"的思想观念不惹是生非，可这"非"却死命地往她身上蹭。

那小贼得手之后，若无其事地走出店门，却在阶梯那里与叶梵梵撞了个正着。这么说吧，叶梵梵走出门后心底里觉得自己刚才不正义的想法实在是太猥琐，于是决定找回面子，放手一搏！当机立断一个掉头，正好与那贼人对视上。那小偷见叶梵梵面色凝重地瞪着自己，出于一种职业的本能，他觉得该是时候撒开腿跑了。

"喂——小偷不要跑！抓贼啦，有小偷啦!"情急之下，叶梵梵也顾不得了，红着脸大喊，脚步却不羞涩地迈开来，追了上去。

人群突然之间变得更加骚动了，全凭叶梵梵一嗓子。

"呀，我的钱包!"那位美女听到骚动才意识到，于是又一嗓子。

"快，快报警!"店里的老板娘赶紧拿起手机拨通了电话，现在这个节骨眼上，警察应该遍地都是的，赶过来也应该是分分钟的事情。

这边想着出警是分分钟的事情，那边叶梵梵追着小偷感觉都快追了一个世纪了。想当年读大学的时候，八百米那才是分分钟的事情，虽然一鼓作气地跑下来害得叶梵梵腰酸背痛屁股抽筋了三天，但是比起现在，那点痛根本不算什么！

因为现在满大街的人都在看着她，超丢脸，超想停下来喘口气，可是自尊心不让啊！

前面的小偷搏命一般地推开人群又再次往夫子庙那里跑去。叶梵梵追着追着，忽然就觉得视线有点模糊了，耳朵还出现了嗡嗡声。

怎么的呢，这是年纪大了，经不起折腾的节奏吗？速度一点点慢了下来，前面围着的人也越来越多，她看不清最后是谁抓了那个小偷，她只看到了有人大步地跑向她，抱住她说了一句："你来例假还做什么剧烈运动啊！"然后她就两眼彻底一黑晕倒了。

大树底下，一警察手里拿着本子，对着梁缙说："等你女朋友醒来，做个笔录呗。"

梁缙捋了捋躺在自己腿上休息的叶梵梵的刘海，问："她就一见义勇为没得逞的，这也要做笔录啊，警察叔叔？"

"就问下她，当时什么个情况。得当着她的面感谢下她为市民做出的贡献，现在的女孩子这么勇敢的可少了。"警察倒是显得蛮佩服的。

"那确实的。"梁缙对此嗤之以鼻，"贼没追上，自己倒先挂了。就她这样的统称为'有勇无谋'、'以卵击石'、'自不量力'、'蚍蜉撼大树'的四肢发达头脑简单的人类。"

"呵呵，小伙看起来挺着急你女朋友的嘛。"

"我在骂她，你听不出来？"

"听出来了，满满的都是你对她的爱啊。"

望着警察那暧昧的背影，梁缙也想两眼一黑，死过去算了。但是看着虚弱，脸色稍微不那么苍白的叶梵梵，心里又没了气。真是的，不过就三分钟的时间。他进店里给她买红枣不过就三分钟的时间，出来一看，叶梵梵就不见了。

当时他还以为她在开玩笑，来回找了一下后才惊觉，这家伙是真的不见了。

"我还以为你嫌我烦，偷偷跑掉了。犹豫着要不要继续找，想着你这么大个人应该不会丢的，可是眼睛不知道为什么总是盯着那些和你差不多身高、差不多身材的女孩子看。差点让人以为我是采花大盗……不过采花大盗要是长成我这样，估计姑娘们也就心甘情愿被采了，是不是？"梁缙自言自语地说着，还偷偷乐呵。不知道他是真的开心，还是真的挺开心的。

一会儿后，叶梵梵难受地睁开了眼睛。

"哦，怎么样了？我这里有店里老板娘给的开水，要不要喝？"

叶梵梵眼睛很涩，不停地揉。揉了几下，头顶上的人就不耐烦地抓住她的手腕，担心地追问了一句："到底身体现在怎么样，头还晕不晕？"

"不晕了。"叶梵梵一张嘴的时候，本来想说的话是"梁缙你去哪里了啊？怎么又突然出现在这里？是不是找我找了很久"，可是话一出口也就只有三个字。

因为她不知道自己酝酿的那些话是不是对方想要听到的，或者是应该说出来给对方听到的。毕竟，她也说了，梁缙不过是给她拔凉的心暂时赠予温暖的人。

"是你最后抓的小偷吗？"叶梵梵起身，同梁缙并肩而坐。这里，她又看见了系着红绳的那只花猫咪。

梁缙把开水递给她，叮嘱她说："喝了。"见叶梵梵一滴不剩地喝下之后，他才漫不经心地解释说，"那个时候我扶你都来不及，谁有空管小偷啊。"

叶梵梵听到这话，心头一暖。

"不过冲上来扶你的时候，我顺带给了小偷一拳。所以最后应该是围观的群众给抓住的吧。那个时候，警察也差不多到了。"

就像现在这样，叶梵梵没办法向梁缙说更多的话，因为她不知道为什么竟然很想哭。而那眼泪已经装在眼眶里，然后不断地溢满。

"哦，女朋友醒了啊。"在这样的时刻，警察出现得还真是及时。他笑呵呵地对着叶梵梵说，"哦哟，小姑娘你可真是勇敢。昏过去的时候，你男朋友快被你吓死了。"

叶梵梵这会怎么也忍不住了，低声说了句："他不是我男朋友。"之后，眼泪就止不住地流了下来，瞬间哭得梨花带雨。

梁缙赶忙冲那警察摆摆手说："大叔，你会不会说话？警察不学心理学的吗？这个时候是提男朋友的时候吗？你应该提，对于这种见义勇为的举动，有什么具体的看得见的奖励！"

"哦哦哦，奖励就是，那个，这个，哦！"警察恍然大悟，立马从怀里掏出两张券子，"这是民国一条街里的一家料理店的优惠券，超豪华，超值，加量不加价的五花肉，祝你们吃得愉快。"说完，券子一塞，笑脸一收，立马撤退了。

实则，警察转回身子的刹那泪流满面——"和老婆的结婚纪念日的优惠券就这样成了浮云，回头还要花大票子。"

梁缙接过优惠券，一下子不知道该怎么收场了。他不明白叶梵梵突然哭起来的原因，但是他觉得应该和"男朋友"三个字有关系。

"不要哭啊。男朋友没有可以再找啊，我就不错，是不是？"梁缙突然有点别扭地安慰起了情绪略失控的叶梵梵。"你看我不顺眼的话，那队里有个警察就不错，我可以帮你要他的号码，牺牲色相我也在所不惜的。"

叶梵梵一个劲地哭，听了这些话哭得更加汹涌了。她有太多没办法组织成完整的一句话的词，她想说的太多，但是她想说的也不能够再多了。

"哎，不哭不哭了。"梁缙没辙，小心翼翼地伸手搂过叶梵梵，轻轻地拍拍她的背。嘴巴动了动，终究也没有再说出其他的话来。

而叶梵梵靠在他的肩膀，眼泪流淌着，心也在颤抖着。这几天所有的委屈，似乎在和梁缙从失散到滑稽重逢的"戏码"中全部爆发。

她想说"谢谢"，可是一张嘴就是哭。

于是，依偎一个半熟陌生人，眼下还是无声胜有声来得合适。

夜色又随着不断的换乘公交车而降临，南京的夜晚也是美丽惬意至极。在这个节奏平稳的城市里，寻找自己似乎是一件非常容易的事情。

除了⋯⋯

"我都说了搜狗地图上显示 1912 民国一条街在那边。"叶梵梵出门在外，谁都不信，只信搜狗地图。

梁缙不一样，他虽然也靠着智能科技，但是也用上了脑子。他说："你能不能让你的大脑稍微清空一块地方让给地理知识啊？东南西北分不分得清啊？"

"东南西北你不能用上下左右来代替吗？"

"哈，那你管北京是不是叫上京？管南京是不是叫右京？"梁缙在这方面也倔强得很，他觉得叶梵梵这样搞不清方向的人实在是太危险了，想着趁着这个机会好好治治她这个病。

叶梵梵"啧"了声，瞪了他一眼，然后咬牙切齿地说："你要是气得我血崩，我就跟你没完！"

"⋯⋯"梁缙咂吧了下嘴，别过脸。想着，还是下次再治吧。

这个时候，旁边一等候着公交车的大姐用一口纯正的南京普通话对叶梵梵他们说："1912就在对面那条街，过了桥往里直走，很快就能看见的。"

"哦，谢谢阿姨。您人真好。"梁缙和叶梵梵这次倒是出人意料地异口同声，纷纷点头致谢这个及时出手相救的阿姨，要不然他们两个非得在站牌下相爱相杀了。

告别了热情的南京阿姨后，两个人朝着目的地进发。在这条不长不短的小路上，街道两边都是常见的早餐小店和居民区，倒是没有什么特别的。但是就是这种平常令叶梵梵想了很多问题，比如她和樊落之间产生的问题是不是也只是生活中很平常的一件小事？而这样的小事，应该早就可以想到。

或许，对彼此的宽容才是正确的选择。

"梁缙，你会不会和对自己比较重要的人吵架？"

"比如？"

"嗯，你父母、朋友、爱人之类的。"

"首先呢。我父母对我采取的是放养政策，所以我活得很自由，基本上不会在我决定的事情上产生矛盾。再者，朋友不都是拿来吵架的么？至于爱人嘛……"梁缙在思忖的时候，有意无意地瞟了眼叶梵梵，然后笑嘻嘻地说，"爱人要是你的话，吵架不就是家常便饭的事嘛。不过，那都是爱啊。"

叶梵梵就知道从梁缙嘴里得不到什么正经的答案，只好作罢，无奈地点点头说："嗯，你嘴巴这么贫，想和你吵架都没什么心思。"

"那我还真的是拥有一项高技能啊。"

"……"叶梵梵虽无语，但也笑了。可能事情就像梁缙说的那样，即便吵架也都是爱。

两个人大概走了二十分钟后，1912这四个数字就出现在了一条街的拐角处。两个数字1都是红色，这就代表了这条街的全部热情。

"快拍下来。"叶梵梵激动地叮嘱梁缙，自己也拿出手机来了个全方位的自拍。梁缙现在差不多能掌握叶梵梵的喜好了。只要是没见过的，稀不稀奇都无所谓，一律都给拍下来就对了。

整条街道望过去，所有的建筑物似乎都与外面街道的是两个世界的。正因为如此，整个人的气质都随着建筑物改变了。

"好西化的民国一条街。"梁缙拿着相机一通乱拍，嘴里还不断地感叹一两下。但是明显，语气里没有多少是真的惊叹。"唉，我怎么觉得这是条夜店街呢？"

叶梵梵愣了愣，放眼望去，最多的就是还没有开始正常营业的酒吧。对此，她只能非常艰难地解释说："这个没准儿就是特色。我听我表姐提起过，说这里酒吧很多，里面还有个酒吧是能帮你换上民国时期的服装的呢。"

"Cosplay？"梁缙扯了扯嘴角，继而挑动着眉毛坏笑道，"那你能换上女仆装么？"

"这个你可以求助你的日本朋友。"说完，叶梵梵径直朝里走，寻找优惠券的料理店。梁缙在后面呵呵地笑，总感觉欺负叶梵梵是件特别好玩又有成就感的事情。

找了有一会儿，两个人站在架起两座建筑物的走廊上，有点疲劳地不知所措。梁缙和叶梵梵挨在石砌护栏上，听见了彼此的肚子叫。

"噗，唯一的默契就是肚子饿的时候。"叶梵梵忍俊不禁，而后拿起手机调成了前置摄像头，本想自己拍张照，结果梁缙说时迟那时快地一头扎进了镜头里。咔嚓过后，叶梵梵眯着眼相当危险地瞪着梁缙说，"你干吗？"

"你不觉得有我在，能为你不怎么突出的外在加分么？"

"我这种外在还需要你来加分？"

"你没看见走过路过的那些女人，眼神里透着一种'哎哟，好羡慕这个女的，身边有个这么帅的男朋友'的忌妒情结？"

对于梁缙这种史无前例的自恋，叶梵梵好几次想要爆发，但是奈何他说的都是真话。这个男人虽然嘴巴又贫又贱，但是就是长了张"潘安再世"的脸。想想，上帝在造人的时候真的是特别的不公平。

"梁缙，这几天你占了我多少便宜了？我不是你女朋友，你也不是我的男朋友，别总是得了便宜还卖乖好不好？喂，有没有在听我说话？"叶梵梵在说的时候，梁缙夺过她的手机，放大了刚刚自拍的照片，突然欣喜。"果然，还是得靠爷来拯救你。"

叶梵梵拿回手机看了眼，原来找了好久的料理店就在他们的身后。真的是踏破铁鞋无觅处，得来全不费功夫。

"干杯，居酒屋！"进店坐下没多久，叶梵梵直接叫了杯青梅酒，倒满一杯一饮而尽。这个动作火速干脆，梁缙都没来得及张嘴阻止。

"你这样就不怕血崩了？"梁缙在这方面也没什么忌讳了，反正叶梵梵也就是这样的一个人。他拿过梅酒，倒在了自己的杯子里，才惊觉到，忍不住低声吼道，"你疯了，居然还加冰块！"

"哎哟，真是公主不急太监急。你说我自己都没觉得怎么样，你慌什么？"叶梵梵此刻心情挺好，觉得一杯酒能升华她的情趣，便不想破坏这样的美好。

梁缙难得一见地皱起了眉头，二话不说把她玻璃杯里的酒都倒了出来，直接招呼服务员说："给我来壶开水。"

"你真的是比我爸妈管的还多。"叶梵梵莫名地觉得有点心酸，这种在外被人照顾的感觉真的让人好想回家抱着妈妈撒娇。"呵呵，那我来烤五花肉，我从小就特别喜欢把饭包在菜里吃，特别有感觉。"

梁缙不同意，拿过夹子，将五花肉一片一片地放到网状的烤架上，说："你这什么毛病，从小长在中国，怎么和韩国人一样吃东西？"

"就是觉得那样吃特别带劲。"叶梵梵也不知道原因，就胡乱地解释了一句。而后又问梁缙道，"你是纨绔子弟么？"

这个问题听起来不怎么友好，但是梁缙就笑得和一傻瓜一样。他乐滋滋地反问道："哦，这么多天终于对我感兴趣了是吗？"

"呵呵，你说怎样就怎样吧。这顿你请。"

"趁火打劫也得带点感情嘛，你总是这么直接，让人怪不好意思的。"

"如果你真的是纨绔子弟，那趁火打劫也就等于劫富济贫嘛。再说，我这小身板小胃口的又吃不了多少钱，值钱的不照样到你的肚子里？"

梁缙面带微笑，烤着五花肉，又认真地将熟了的五花肉蘸了酱，裹进了生菜中，递到了叶梵梵的嘴边说："五花肉有点烫，你小心点吃。"

这一连串的动作，让一直托着腮帮子看着梁缙却不知道在想什么的叶梵梵脱口而出一句："梁缙，你今天看起来特别帅。"

梁缙怔忡，好一会儿才有反应，特别严肃认真地说："那我今天是不是应该去买彩票？中了五百万我们私奔！"

"哈哈，中了五百万我就先把你杀了。"

"……"

光洁的大理石桌面上，摆着刺身、泡菜、花生、冷盘、生菜还有一大盘的五花肉。看着这些摆在一起，人的心情都格外的好，叶梵梵又再一次体会到酒不醉人人自醉的感觉。

"我跟你讲个笑话吧。"几口五花肉下肚，叶梵梵完全放松了。她终于和梁缙摊牌，她为什么只身一人来到南京的原因。因为樊落，因为没有做错什么的樊落，就是因为理论上他没有做错什么，所以叶梵梵就更加生气难过了。人的逻辑一碰到情感的问题，就自动变成了脑残。

梁缙看着她，听着她一字一句地说完这个"笑话"，期间没有吐槽，实际上他也没有说话。只是动容地目不转睛地看着叶梵梵，心里有点触动。

"我来南京这么多天，他只给我发了一条短信。"末了，叶梵梵喝下了一大口白开水，重重地把杯子放在桌面上。"法国美女那么多，他又是学设计的，给个女人量个三围什么没准就被拿下了……哎哟，我的小心脏。"

梁缙听到后来感觉到叶梵梵有点胡言乱语了，便清了清嗓子开腔说道："那我给你讲个悲伤的故事，比你的悲伤一万倍。"

"悲伤到逆流成河了？"

"简直逆流到了长江黄河啊。"

于是，梁缙也开始讲起了故事。"两年前，我的一个朋友喜欢上了一个身材高挑、爱猫的女孩子。但是他们以朋友的名义相处着，关系就这样不温不火地持续着。直到有一天，我那哥们儿向那女生告白了，结果女生以有喜欢的对象为由拒绝了他。"

"好枯燥乏味的求爱失败故事。"

"高潮来了。你猜，结局是什么？"

"那个女生喜欢上的其实是你？"

"嗯，按一般常理来说故事的发展确实就是应该这样。但是，你太没有想象力了。"梁缙啧啧了几声，喝两口梅酒，用非常震惊以及悲伤的口吻揭露真相。"她喜欢的竟然是我好哥们儿的亲妹妹！Oh，Jesus！"

"哈哈哈哈哈哈哈～"叶梵梵大笑不止，"你明明讲了一个笑话！"

"喂喂，拜托你尊敬下我那哥们儿逝去的爱情好吗？"

"哈哈哈，好的。哈哈哈～"

"……"

一杯酒、一个故事，两个人。

叶梵梵和梁缙站在已经灯红酒绿的 1912 上，气氛很好，好到让人不想离开。两个人并肩慢慢地往前走，垂在裤缝边的手有好几次都不小心地碰到了彼此的。但是，都小心翼翼地躲开了。

"我明天要回广州了。"良久，梁缙说了句。

"哦，一路顺风。"叶梵梵笑着回答。"我差不多也可以回去了。"

梁缙停下脚步，望着叶梵梵，说："我们以后还能见到吧？"

叶梵梵看着他，他澄澈的眼睛里似乎有星星在闪烁。她不知道要怎么回答，因为很可能再也见不到了。

这时，叶梵梵的手机却打破了这样的氛围，急躁地响了起来。叶梵梵抱歉地接起了电话，"喂？"

"梵梵，是我，樊落。我从法国回来了，明天就来上海找你，不生我气了吧？"

叶梵梵听到樊落的声音，先是一震，然后释然一笑，那笑容闪亮得像天上的星星一般，让梁缙失了魂。一切，就像是翻页的书，过去的故事就过去了。

再见的人，真的要再见了。

别离的时刻总是来得特别快，前一晚上的叶梵梵和梁缙还谈笑风生，这一刻却又重归陌生，好像没有遇见过一般。

谁都没有对谁说再见。

孤身一人拖着行李箱站在柜台办理退房手续的叶梵梵瞟了眼墙上时钟的时间，不过早上才七点。想来，梁缙应该不会比她起得早。于是，从包里掏出一个红色的小礼盒交到柜台，对前台小姐说："不好意思，能不能麻烦你帮我把这个交给 7036 房的梁先生？"

"哦，可以。"前台小姐笑容满面地接过礼盒放在了里面的抽屉里，而后将发票和押金交给了叶梵梵。大概是因为好奇，多嘴问了句，"您不跟梁先生一起走么？"

叶梵梵签了字，歪着脑袋，笑了笑回答："其实我都不认识他。"说完，她就拖着行李箱走出了这个度假酒店的旋转门。前台小姐现出百思不得其解的表情在后面望着她。

今天，依旧是个好天气。

叶梵梵坐上了通往机场的大巴车，只用了看一部小清新电影的时间，大巴车就妥妥地把她载到了目的地。下了车的叶梵梵回头看着这大巴车的车身，总觉得它在说："走好，不送。"

好的，送君千里终有一别。再见了，南京。叶梵梵心里本来是用如此文绉绉的文字来作为南京之旅的结束词，可实际上她只是轻声地说了句，"再见，梁缙。"

买了杯咖啡在机场候机的时候，叶梵梵就觉得这场景太似曾相识了。刚寂寞得发慌的时候，手机就打进了电话，来电的正是自家弟弟。

"呵呵，你电话一打进来我就觉得圆满了。"叶梵梵自嘲，有了叶畅畅这个电话，就完全和在虹桥机场的场景一模一样了。"还有什么需要告诫我的么，这次我照单全收。"

哪知叶畅畅没有按照常理出牌，开口就问了句："姐，和你在一起的那个男人呢？"

"哪哪哪个男人？"叶梵梵心里一虚，说话直打结。

"你你你你结巴什么？"叶畅畅在那边也无耻地学起了叶梵梵，自己乐个不停。"我说的是那个在总统房被你留了一身哈喇子的倒霉男人。"

叶梵梵最不愿想起的就是这档子事，有多丢脸就有多丢脸。不过细想一下，好像比在夫子庙追小偷晕过去要来得不那么丢脸一点。现在一想到梁缙，基本上都是肠子悔青了的事情。"得了，别跟我提那个人。我现在准备登机了，回头说。还有，叶畅畅我警告你，要是你敢把我在南京的糗事说出去，你信不信我在你的被窝里放蟑螂、屎壳郎、乌龟王八蛋？！"

"我信。那祝姐姐登机愉快，你亲爱又可爱的樱桃小嘴的弟弟要去欢快地睡觉啦，拜拜～"叶畅畅恰到好处的"三十六计走为上"让他毫发无伤地撤退，否则这位亲姐姐真的是什么事都做得出来的。

叶梵梵忧愁地挂了电话，心里乱糟糟的。都什么年代了，她居然会做出留纸条这样幼稚的行为。只不过对着一个陌生人说句"再见"，没想到这样难以启齿。或许，更为忧愁的是，她不知道梁缙会怎样对待她留下来的礼物与草草了事的结束语。对于梁缙，她知道多少，她根本什么都不知道。

　　飞机穿过云层，带着太阳的光辉载着叶梵梵远离了南京。此刻还在云端之下的梁缙，拎着包坐在 1912 民国一条街的某家露天奶茶店里，望着因为热度而逐渐融化的玻璃杯里的冰块出神。

　　一个小时前，酒店大厅前台小姐将叶梵梵留下来的礼物拿出来摆在他眼前的时候，他欣喜万分，用他自己的话来总结应该是一副"拼命忍住笑可是却笑得比任何时候都要开心"的样子。可是当他迫不及待地想要将礼物拿在手里拆开的时候，心里突然闪过一个可怕的念头。于是他立马将那红盒子礼物塞进了包里。

　　梁缙承认，他那个时候其实在害怕，害怕看到叶梵梵留下的礼物有让他改变主意不回广州的冲动。而现在也依旧不明不白地担心着，几天前还欢欢喜喜闹南京的两个人，此刻就只剩他了。就这会儿，他满脑袋都是"叶梵梵"，这个名字简直就像是咒语困住了他。

　　"梁少！"思念泛滥的时候，身在广州急切希望梁缙回去的好友陆励正巧打来了电话。但是，开口的第一句和梁缙没有丝毫关系。"梁少，你相信一见钟情么？"

　　"我挂了。"梁缙面无表情，也没有丝毫感情地回应对方热情的问题，抬手就掐断了人家在千里之外的念想。

　　话说回来所谓执念就是不屈不挠，能屈能伸，挂了就再打！

　　"梁少，你听我说，我真的遇见了能钟情一辈子的女人，就在刚刚！"陆励激动得不能自已，急切地想要同梁缙分享自己的喜悦。

　　梁缙冷淡地回应了一句："大街上的窈窕淑女多了去了，你是不是都要钟情个遍？"

　　"这次真的不一样！我能感受到我心脏的剧烈跳动！"

　　"你那是中暑了。"

　　"……你就不能稍微用正常人的思维来尝试和我感同身受一下？"陆励在那边完全黑了脸，愣了一会儿后又自我安慰说，"哦，也对。我好像太为难你了。"

　　对此，梁缙再次挂了陆励的电话。

　　一见钟情，怎么会有这么荒唐的事情？互不认识的男女怎么可能在某一个眼神相接的瞬间就喜欢上彼此了呢？不可能，绝对不可能。

梁缙双手摊开，疲惫地左右扭动了下脖子，起身拎起包，奶茶没有喝一口，他就离开了1912。走了几步后，回头看了看这条民国街，恍惚间看见了笑容甜美的叶梵梵站在街道中央，双手放在嘴边做喇叭状对他喊："梁缙，你是不是疯了，想我干什么？这会我已经回上海和男朋友你侬我侬了，别想了，笨蛋。"

疯了疯了。梁缙晃了晃脑袋，下意识地把右手放在了胸口。几秒钟后，他拨通了陆励的电话，电话里他只说了一句："说了你可能不信，我中暑了，都到了有点中毒的程度。"

一下飞机，叶梵梵差点被这不愉快的气温给杀死在机场。都快夕阳西下了，温度还有点东山再起的意思，于是叶梵梵边走边脱下单薄的长衬衣，随后系在腰上，身上只剩一件白色的背心，戴着墨镜，拖着行李，眼神里透着一种"我胡汉三又回来"的气势强势登陆大上海。

"师傅，外滩。"上了出租车，叶梵梵直奔上海外滩。不是为了去吹风，而是为了去见早了她三个小时到南京的樊落。

说起樊落，叶梵梵这会儿倒是忐忑不安起来。一方面急切希望见到樊落，另一方面又隐约感觉到事情不应该就这么算了。毕竟樊落撇下她擅自就去了法国这件事始终是没办法让人轻易释怀的。这天下也没这个道理么，哪有男人有了事业就可以不要女朋友的？

哦，这以前但凡做了皇帝的男人都是爱江山弃美人的。想到这，叶梵梵冷冷地抽了抽嘴角。敢情这女人是不能与江山并存的，什么事嘛。

在奔驰的高速路上，叶梵梵还是止不住地想了很多事情，而这些事情里全部包括了一种叫作"未来"的期待与不确定。她期待与樊落的未来，又不确定未来里会和樊落相守到老。

上海外滩，来来往往的人或匆忙，或欢乐，或孤独，或甜蜜，全部的这些都被这个繁华的城市收入眼底。它看得见人们心底隐藏着的小情绪与秘密，不管好与坏，它都不动声色地将他们纳入怀中。城市，对人是宽容的。

"梵梵。"

叶梵梵下车没走几步路，抬头就看见不远处的樊落穿着同样的白色 T 恤笑着叫着她的名字，并慢慢地朝她走来。两个人的距离从十步路渐渐缩短到五步路，而在这五步路的过程中，叶梵梵内心就囤积了上百句想要强烈谴责樊落这种"帝王"作风性质的话。

然而在樊落距离她零点零一公分的时候，叶梵梵心里酝酿的上百句义正词严的谴责话语顿时烟消云散，就连到嘴边的那句"你是不是觉得特别对不起我"的话都没办法正经地质问出来。因为，她没有想到樊落一上来就以"亲吻"作为开场白，甚至顺带做了所有"不必要"的解释。

"你什么时候再回法国？"事后，叶梵梵被强烈的荷尔蒙冲得脑袋晕晕的就只剩下这么一个问题了。

樊落一笑置之，随后问道："饿了么，想不想吃东西？"

不知道是这几个字的冲击力更大还是怎么了，在外滩的微风中叶梵梵瞬间清醒过来，歪着头故意笑着问樊落，"急着想要用美食堵我的嘴么？"

"美食哪能堵住你的嘴。"樊落也不计较，伸手接过叶梵梵的行李，单手揽过她的肩，亲昵地说，"不过你怎么总是这么聪明呢？"

叶梵梵心里虽然得意得很，但是她嘴巴上还是煞有介事地说了句："我要是聪明得和姜子牙一样，不就能掐指一算，算出你圆了设计师的梦想，并且还在法国启航了。"

"是啊。我都启航了，还被你召唤了回来。所谓愿者上钩嘛。"樊落心里清楚叶梵梵在埋怨着，但是她没有明着说出口也算是对他天大的恩赐了。

叶梵梵佯装捶了他一下，笑说："这么好召唤，你以为自己是神奇宝贝？"这话也同时逗乐了樊落，他乐呵呵地摸了摸她的头。

两个人继续朝着步行街的方向走去，现在不过是晚上六点五十。灯火辉煌的街头，就像是一座城对一个人倾注的热情。叶梵梵走在城市的街边，眼里看见了太多闪烁的灯光，一时恍惚地以为南京的1912追随她回到了上海。霓虹灯下的景象，像极了那晚她与梁缙"把酒言欢"的时刻了。

梁缙？叶梵梵尴尬地清理着自己的思绪，刚被樊落抚平的情绪瞬间又被搅乱了，怎么能在和男朋友欢天喜地逛街的重要时刻想起他来呢？梁缙不过就是个路人，还是个糟践的路人！可是糟践的人，为什么回忆起来的时候会有种想要笑得和二货一样的冲动？

呵呵，肯定是在南京丢脸丢得还不够过瘾。

"想吃什么？"樊落压根儿没有注意到叶梵梵游离得太远的思绪，领她进店门的时候，他看着菜单，叶梵梵看着脚尖。

猛然间听到樊落的声音，叶梵梵拼命地摇头说："没有没有啊，我在想今天天气很好啊。你看那个月亮！"

"你抬头看到月亮了么？"樊落没有配合着胡闹，而是一针见血地指出了叶梵梵突然发疯的事实。

叶梵梵说完的时候，她就后悔了。因为她指着人家必胜客的天花板吊灯说月亮。敢情那会儿樊落问的是"想吃什么"而不是"想什么"。真是作孽，活生生地把"吃"这个字给吃下去了。

于是叶梵梵急忙管理了下表情，对着服务员说："一份意面。"

樊落和叶梵梵在一起的时候会想一个问题，那就是对牛弹琴是怎样的一种折磨。那种你恨不能把琴塞到牛的嘴巴里，让他吃下去后反刍再接着吃的心情，真的是无奈又糟糕。但是两个人相处得还算和谐，因为叶梵梵在和樊落讲有关法律事情的时候，想来也是这样的心情。

毕竟一个是拥有法律一样严谨理性的思维，另一个则是拥有艺术一样感性的思维。但是，艺术的浪漫和法律的理性结合在一起始终是令人意想不到的火花碰撞。来得令人惊喜，或许，消失得也令人惊讶。

靠窗的位置，叶梵梵闷声不吭地吃着意面，樊落一言不发地喝着咖啡。这会儿，能清晰地看见月亮，可是谁都没有看。

Brainstorming 作为一家开发头脑、不断出新点子的 IT 公司，平时的工作气氛既紧张又开放。公司在领军人物梁缙领导下发展到现在其他公司无可比拟的地步，实在是不容易。

但是，就在这样的公司里最近几天的事情有点脱离了公司的内在本质，且略显诡异。

"陆励，你确定我们的梁少只是去了一趟南京，而不是中了邪?"公司的员工手里捧着《宫情》一书，无法理解地对公司的二把手陆励吐苦水。

陆励吸了口冷气，也相当惆怅地望着手里一模一样的《宫情》似笑非笑。他抬眼透过二楼玻璃窗看了梁缙一眼，发现他躺在老总椅上手里也还是捧着这本书，拧着眉头一副"苦大仇深"的模样阅读着。于是他摇摇头对旁边的同事说："总之我就知道他无缘无故买了这样的古代言情小说让我们看，要么就是疯了，要么就是又要出什么新奇的点子了。"

同事无语地眨巴了下眼睛，翻开小说第一页说："以我的智商，我就看不出这小说里能有什么点子。我们都是写程序的，我都快看不懂文字了，你明白我的痛么?"

"我太明白了!"陆励一下子同他产生了共鸣，拍着这本书同仇敌忾地说道，"你知道我小时候最差的一门学科是什么吗?就是语文，还是文言文!这本小说里出现的古诗词我基本上没见过，你说我读它来干吗?"

同事热泪盈眶地伸出手握住了陆励的，激动地说:"没想到 Brainstorming 的二把手居然和我是一个水平线上的智商。"

陆励悠悠地拉开与他的距离，简单一句"走好，不送"，之后分道扬镳。说实话，陆励是真的不知道梁缙在想什么。梁缙在回广州的前一天，他就收到了快递。满心欢喜地打开快递，看到实体书的一秒钟后，他心如死灰。然后隔天回来的梁缙就宣布了一条骇人听闻的消息——"全公司上下都要带着一颗求知的心认真地品读这本小说，并且读完后告知读后感。"

全公司哗然。

陆励拿着书直接上了二楼，推开了梁缙的办公室，坐在了他办公桌的对面，看着他坐在转椅上，边看书边转圈，依旧眉头紧锁。于是陆励冷冷地打断他的阅读，说道:"我的梁总，看不懂就不要硬撑了好吗?"

转椅停了下来，梁缙俊朗的脸上明确写着几个大字——"我还真的是看不懂"。

"我就知道。"陆励鄙视地嘟囔了一句，接着相当敏感地问了句，"在南京是不是近女色了，这么心神不宁的?"

此话一问出，梁缙瞪大了眼睛，脸上又惊现几个大字——"这也被你看出来了"。但是，很快这个表情就被隐到了一本正经的神色之后。他放下书，解释道:"我觉得我们公司需要不断创新。最近不是有很多游戏改编成了电视剧么，我觉得这是个不错的市场。"

"所以你的意图是想把这本小说改成网络游戏?"听到梁缙这么回答，陆励倒是有点欣喜。果然，梁缙这个人脑子里除了工作还是工作。

梁缙抿了下嘴，眼神飘向了电脑桌面，淡然地说:"那倒没有。"

"那你抽风了是吗?"陆励干脆起身就要走，再谈下去肯定又要吵个你死我活了。不过，就陆励的嘴皮子怎么都斗不过梁缙的机智。

梁缙的手指在书的扉页上有节奏地敲打着，悠悠地补充道："我就是想知道怎么样才能和看这种书的人做朋友。"

走在门口已经准备愤愤摔门而去的陆励顿时停住了，回头用一个带满八卦的笑容重新回到了梁缙的对面，挑挑眉，伸长脖子阴阳怪气地问："不只是想做朋友吧？"

梁缙单手伸直撑在了陆励的脸上，以一种生人勿进的姿态说道："别这样。我和你的肤浅猥琐还是有着本质上的区别的。"

"别以为你长着一张好看的脸就连肤浅猥琐都会变成褒义词。"陆励对于梁缙的话相当的不满意。"人家新华字典还得为了你专门改词性啊，别做梦了。"

梁缙认真又无奈地表达了自己内心对于改词性这事还是有野心的事实。"我就是让专家们改，学校师生也不同意啊。改了之后，学校里的那些学长仗着这几个词不就无法无天了？可爱又可怜的小学妹怎么办？"

"小学妹有我啊。"

"你去死。"

最后，惺惺相惜的两个人不欢而散。陆励气鼓鼓地走出办公室之后，梁缙双手交叠在脑后，目不转睛地看着已经被做成电脑桌面的叶梵梵的照片，这照片还是偷拍的，想想就心酸。这么甜美灿烂的笑容，这辈子可能也就只能这么看看了。

"为什么相处了好多天的两个人会没有互换手机号码呢？"梁缙都郁闷极了，这程序步骤明显就走得不对，才导致了这样的后果。

心情不爽的时候，电话又响了起来。

"儿子，说好的回来就去相亲，这次你可逃不掉了。中午一起吃饭，别跟我说什么肚子疼胃疼牙疼的，我不信这套。"

"我蛋疼。"

"嘟嘟嘟……"

梁缙苦笑地放下手机，盯着电脑桌面好一会儿才起身，不得不奉命去和陌生的女人吃饭。刷了卡走出写字楼外，抬眼却是骄阳似火，梁缙却还规矩地穿着厚厚的西装。于是焦躁地扯了扯领带，转头去了停车场。不一会儿工夫，他就戴着黑色头盔，威风凛凛却和自己的西装格格不入地骑着一辆黑色 YAMAHA R6 呼啸到了公路上。

总是看到这一幕的公司女职员每次都心动不已，这个梁缙什么都好，就是好像少了点人情味。在公司基本上不近女色，很少直接和女下属交流，工作都全权委托给陆励。当然了，喜欢陆励的女职员也不少，都是明着喜欢，明着抛媚眼。

曾经有个女职员不信这个邪，明着朝梁缙抛了个媚眼，隔天就被梁缙开了。陆励倒是还蛮喜欢那个女职员的，说话声音又好听，长得又美。于是质问梁缙原因，梁缙没有片刻的犹豫就给了个解释，他说："她眼睛有问题，看人总是会眨眼。这是病，得治。我开了她是为了让她安心养病。"从那以后，凡是心动的女职员一律只能心动，否则后果就是赔了夫人又折兵。

而在梁缙走出办公室关上门的瞬间，就刚好看到有人发来了信息。

来者留言道——"想我姐没？"

"当然不想啊。"

与此同时，叶梵梵放下抹布，解下围裙，一百个不愿意地回应着又要维持着异国恋的真相。对此，樊落也是一脸的无奈。

上海的十月份，气候热得令人难以忍受，称为"秋老虎"的玩意儿来得是这样的凶猛不近人情。因为隔天就是国庆假期结束的日子，叶梵梵本想在家给樊落做顿好吃的，拴拴他的胃。但是，樊落却告诉她，他今天下午就要坐飞机回法国。

"你这次回法国，我都不知道我们见上面的次数有没有法定节假日来得多了。"叶梵梵气鼓鼓地坐在沙发上，单手拨弄着手链。"然后，几点飞机，还能吃上午饭不？"

樊落看了看时间，遗憾的表情再明显不过了。他还没来得及开口，叶梵梵就默不作声地起身回到房间换上了衣服，顺便也将他的行李拎了出来。

"你这……"樊落看着叶梵梵的举动有点无言，也只能说出这两个字。接过行李之后，想了想又对叶梵梵说，"你知道的，设计师一直是我的梦想。失去这次机会，我可能就得再多奋斗几年。谁都没办法预料，机会什么时候会来，但是谁都知道机会会怎样失去。"

在叶梵梵买的这套房里，两个人站在客厅中央僵持着。而客厅里的电视还开着，正放着电影频道的一个关于设计师的选拔的节目。

"我知道，就是因为知道所以只好把你的行李拎了出来。"叶梵梵搓了搓手臂，看着樊落说，"如果我阻止你去法国，想来你全家都不会放过我吧。"

"呵呵，你啊。"樊落弯起嘴角，揉了揉她的头发。

叶梵梵拿下樊落摸她头的手，握在手心说："所以我放你走，不是因为我大度的理解，而是怕你爸妈会追杀我。"

樊落松了口气，揽梵梵入怀，在她的耳边轻声说道："谢谢理解。"

叶梵梵垂头，轻叹了口气。她在陪樊落去机场离开房门之前，还环顾了房子一周，想当初设计这房子的就是樊落，这么温馨的一个家，可是他却住了没几次。陡然间，有个一念头浮现在了叶梵梵的脑海里。

"他该不是把这当作旅馆吧？"这种龌龊的想法一出现，便有点挥之不去。叶梵梵都对自己心生厌恶，怎么能这么看自家的男朋友。

然后，门一关，叶梵梵也就随它去了。

两个人在小区门口拦了出租车一起去机场，路上樊落有点好奇地问她："听你的弟弟说，你国庆去了南京？"

"啊，嗯。"这该死的叶畅畅，嘴巴大得能塞得下五个臭皮蛋了！叶梵梵堂皇地回答，去南京不是什么难以启齿的事，主要是想起在南京遇到的人让她觉得不安。

樊落若有所思地点点头，而后略有点自嘲地笑道："你弟弟好像一直都不怎么喜欢我。那天突然告诉我说你去南京了，还让我不要担心。我还有点惊讶呢。"

叶梵梵冷笑了声说："不要介意，叶畅畅对所有比他优秀的雄性都有攻击性。"

"可是就严格意义上来说，我并不优秀，我不过一个本科文凭，而你弟弟年纪轻轻就已经是双料博士了，他没有理由把我当成假想敌。"

忽然觉得樊落有点较真，叶梵梵心里咯噔了一下，感觉樊落想说的不光是这样的一件事情。而实际上，樊落好像也没有问她在南京做了什么。

"你弟弟让我放心，我想是你很好地受到照顾了吧？"樊落轻描淡写地说着，脸上看不出明显的表情。"或者只是在气我没能好好照顾你而说的气话。"

叶梵梵自然没有去想樊落嘴里的那个"被照顾"具体指什么，就算叶畅畅嘴巴再大也不至于把她和梁缙之间的瓜葛都一并说给樊落听。更何况，樊落说得没有错，叶畅畅不喜欢他，所以真的从不主动找他说话。

出租车继续在路上奔驰着，明媚的天气忽然就阴沉了下来。一开始的燥热烦闷就是为了之后的雷阵雨做的铺垫。

叶梵梵摇下车窗，任凭肆虐的风吹乱了自己的头发。她没有回应樊落的话，因为她不知道该说什么。和樊落在一起的日子里，她鲜少令他感到担心，总是很好地将自己的事情做好，并且照顾好自己。两个人聚少离多，本以为只要在一起就有说不完的话，可是叶梵梵没有想到，她和樊落之间居然没有什么可以聊的话题了。

在一起时，说得最多的话就是"早上想吃什么?"、"中午去哪吃?"、"晚饭想吃么?"之类的就像纯粹的打个招呼一般。

"其实我在你们姐弟两个面前总是缺少自信。"见叶梵梵没有说话，樊落苦笑地又说了句。

叶梵梵转过头，长发遮住了脸，看起来像个讨债的鬼。但是，樊落并没有看她。

"你们姐弟两个都是那么的优秀，你弟弟不喜欢我也是情有可原。而你会喜欢我，却使我始料不及地惊喜。"樊落的表情同窗外暗沉的天气一样，说的话就像掠过的风，夹杂着风雨的气息，隐约地令人不安。

叶梵梵就这么望着他，感觉他再开口下一句说的就会是"我们分手吧"这样的话。于是叶梵梵动了动唇说："我不希望你拿这个当作无法喜欢我的借口。"

樊落这才回过头看着叶梵梵，抬手整理了下她的头发，浅浅的笑容里带着无法言说的疲惫。他轻叹息地说道："你总是这么的聪明，让我无所遁形。"

这话之后，叶梵梵好像听到了心碎的声音。不是她的，而是樊落的。那个刹那，她以为可能是她的"聪明"毁了这段维持已久的关系。

二十分钟后，两个人像是没发生什么事一样安然无恙地出现在了上海虹桥机场。候机室里，叶梵梵把属于樊落的外套交还到他的手上，对他说："加油。好好照顾自己。"

　　樊落将外套挂在手臂上，望着叶梵梵欲言又止。沉默良久，直到 LED 显示屏上提醒到了登机的时间，他才缓缓地说："你也是。"

　　梵梵抬手想和他说再见，可是手刚抬到一半，樊落就头也不回地走了。那背影看起来没有一点留恋，叶梵梵这才隐隐觉得有些难过。

　　而此时，外面已经天昏地暗，雷声大作。

第十二章 天不作美

叶梵梵可谓是天不怕地不怕，可偏偏最怕打雷闪电。虽然民间有这样一个说法，只要不做亏心事，是绝对不会被劈死的。但是叶梵梵每次遇上打雷闪电的天气，因为害怕，心里总认为，即使没做过亏心事，也难保闪电闪瞎眼劈错人。

这天，完全是在拿她的生命开玩笑。

"樊落……"她想叫住樊落，因为她记得出门前往他的包里塞了把雨伞。可此时的樊落已经过了检票口，边打着电话边在通往飞机的通道上走着。于是，叶梵梵只能祈求上苍，不要对她这么残忍。

在迈出机场的玻璃门之后，叶梵梵才意识到，因为雷声太大，上天根本没有听见她的祈祷。这个瓢泼大雨下的，不用闪电劈就可以直接把人给泼死啊！

"要不我在星巴克坐会儿，蹭点网，等雨停了再走?"叶梵梵退后了三步，因为风的走势，带着雨水都东一波西一波的，随便站哪儿都有可能被湿身。于是，她当机立断，走进了星巴克。

叶梵梵点了杯卡布奇诺冰咖啡，找了个舒服的位置坐下，随后掏出手机，刷起了微博。这一系列动作就像是既定的礼节，遗漏任何一个步骤都是人生的不完整。

雨越下越大，雨点砸在玻璃上的声音都特别地重。叶梵梵缩缩身子，背靠在座椅上，拿着手机百无聊赖地刷着微博。刷了几条发现基本上都看过了，叶梵梵有个习惯，就是每天醒来都要刷完当天的热门微博，及时掌握天下信息。

然后又重复地刷了几下之后，叶梵梵的手指停留在了某一条微博上，这是10月2日的微博。那正是她在南京和梁缙一起无所事事的时候，可写微博的这个人却在这天发了这么条状态——"能遇见追求同一个梦想的人是一种幸运。"

叶梵梵愣了愣，脑补了下当时樊落发这条微博时的场景。然后，她得出一个结论，樊落遇见的绝对是个女人！

有些时候，女人对这类事情的灵敏度比狗的鼻子还厉害。当时，叶梵梵就拨通了樊落的电话，可是不出意料的，手机已关机。

"这点上狂风暴雨的，飞机还能起飞么？"叶梵梵眯着眼，邪恶地想着。然后就听见有刚推门进来的人说："飞机可能要延迟起飞时间了……"

啧啧，天公不作美，你能奈它何？叶梵梵瞅着那条微博，想着是评论好还是不评论好。因为她找不到任何有关证据证明樊落遇见的志同道合的战友是个"女友"，底下没有一个人的评论泄露了半点蛛丝马迹。

更何况，遇见一个志同道合的战友，她叶梵梵要是跟个泼妇一样穷追不舍地想要个解释，未免也太失礼数了。但是，内心就是有团无名火在噌噌地往上冒。

究竟那个志同道合的战友是男的还是女的？！

星巴克的客人总是那么多，更何况这里还是机场。虽然孤身前来的人也蛮多的，但是此刻叶梵梵眼里看见的全都是一对对的小情侣，穿着情侣款的NB鞋，要有多腻歪就有多腻歪。这个年纪谈恋爱再好不过了，吵了架小男朋友也还会哄着，小女朋友也还会撒娇求原谅。

情侣间理所当然的对话与正常的肢体接触到了最后都会变成某一件事的导火索。叶梵梵轻咬着杯盖，回想这几天她和樊落之间的点滴，那种"樊落好像不怎么愿意接近我"的感觉越来越强烈。

"不好意思，我能坐在这里么？"一位看起来像是大学生的女孩子背着一个双肩包，手里端着一杯Double摩卡走过来，对着叶梵梵有礼貌地问道。

"嗯，没关系，请坐。"叶梵梵抬头，笑着对这个女生说道。说完，又继续埋头在自己的手机里。闲着无聊的时候，随手点开了手机里的相册，看见的第一张照片就是她和梁缙在夫子庙拍的合照。顿时有一种天灵盖被闪电劈中的感觉，忍不住自言自语道："我当时为什么会拿自己的手机拍照？"

翻了几张照片后，关于南京的点滴好像也全部都囊括在了她和梁缙的两张合照中。而其他的照片，如果没记错的话，好像都在梁缙的相机里。叶梵梵惆怅地搓搓脸，开始有点想不通了。那几天里，她一个没相机的人居然使唤了一个陌生人一路为她拍这拍那的，最后居然还没有问他把照片要回来。

南京，好像白去了。

"哇，姐姐，你的男朋友好帅啊！"女生只不过用余光瞄了一眼，索性整个人都凑了过来。眼里放着光，好像看见了什么不得了的事情。"哇，好羡慕。你们好配啊。"

叶梵梵尴尬地想要收起手机，却被女生直接将手机从手心抽走了。话说，现在的女孩子都是这么自来熟吗，看见别人家的男朋友帅，就这么激动吗？

"他不是我……"叶梵梵想要解释，但是怎么解释都好像不太好。说不是男朋友吧，那人家就狐疑你和这个照片上显得很亲昵的男生是什么不良关系；说是吧，可明明就不是啊！

女生仔细地看了看其中一张梁缙没有戴着墨镜的照片，将他放大看了一秒钟后，大惊，握着手机超级激动地说："姐姐，你太厉害了！你男朋友是 IT 界的奇葩啊！叫梁缙，是不是？"

啊，什么，奇葩？叶梵梵听后，额角三杠黑线，但是还是点点头。

"不是。原始'奇葩'的意思，是褒义词！"女生大声地强调道，爱不释手地看着照片，兴奋地不停地说着。"我读的是商学院，我们老师经常拿着这个人的成功事例在课堂上讲。我跟你说，每次老师说到他的时候，逃课的女生都会从外面赶回来。"

"呵呵，看不出来他这么厉害啊。"叶梵梵干笑了几声，为缓解尴尬，她喝了口咖啡。心想，这个梁缙连小女生都不放过，真是禽兽。

一开始说，女孩子话匣子就打开了。但是手里仍旧紧紧攥着叶梵梵的手机，看着梁缙的照片滔滔不绝地讲着。

叶梵梵洗耳恭听着，最后总结了一下她的话。大致上的内容就是，梁缙是个少有的天才，也是少有的青年才俊，简直就是第二个乔布斯。但她重点想要表达的只有一件事，那就是——长得这么帅还这么有脑子的男人简直就是神的化身！

女生依依不舍地将手机交还到叶梵梵手里，万分羡慕地说："我们还一直认为梁缙是个狂拽酷炫的总裁，肯定没有女朋友的。没想到，我居然碰上他女朋友了。"女生说着一把抓住了叶梵梵的手，感动地说，"姐姐，让我沾染点你的运气吧。毕业后我希望去他的公司上班，姐姐我们这么有缘分，你能不能……"

喂喂喂，这故事的发展节奏怎么变成这样了？叶梵梵冷汗直冒，反过来握住女生的手，无奈又真诚地解释道："你误会了。我不是他的女朋友，所以你的忙我爱莫能助啊。"

女生听了这话一点都没有气馁，还翘起嘴角"奸笑"道："我才没有误会。你看你手机里，除了和他的合照外，就没有其他男人的照片了。这么明显的事情，怎么能叫误会呢？"

哦，上帝。叶梵梵懊恼地抱头，她忘了这手机才换了没多久，根本来不及存其他男人的照片啊。以前那只坏掉的旧手机上还有她亲爱的弟弟叶畅畅的痞子照，还有樊落的青葱照……叶梵梵从来没有像现在这样无比想念她掉入茅坑后一去不复返的旧手机。

见叶梵梵一脸悔不当初的表情，女生想了想，恍然大悟。拍拍自己的胸脯对她说："我知道了。你们之间还没有公开对不对？嗯，也是。像梁缙这样的高富帅很容易惹上花边新闻的，姐姐你一定要顶住。我会替你们保密的。"

这位妹妹，你确定你上的是商学院而不是情报研究中心？叶梵梵无语地看着这个天真、烂漫无比的女生："那，谢谢你啊。"无力吐槽。

聊了很久，她抬头看看外面，这时暴雨已经接近了尾声。而正午的太阳居然穿过云层将光线折射了下来，那种美稍纵即逝，却回味无穷。

"好漂亮的彩虹啊。"女生看着外面满足地喃喃道。"虽然下雨前天气闷热烦人，可是暴风雨过后果然还是彩虹比较值得期待。"

叶梵梵看了女生一眼，话说得这么有哲理，真的是越来越怀疑她念商学院的真实性了。不过，说得对，与其担心到来的暴风雨，还不如期待风雨过后的彩虹。

"这一个多小时，谢谢你了。"叶梵梵拿起包，起身对着女生说，"祝你学习愉快，还有希望你毕业后真的能到他的公司实习。"

"真的么?"

"当然。我说的不算，因为我真的不是他的女朋友。"说完，叶梵梵推开星巴克的门，走到了雨过天晴的外面世界。

女生伸长脖子望着叶梵梵发愣，真的不是男女朋友吗? 可是照片里的梁缙看起来特别的高兴，这么般配的两个人放到一起，说不是男女朋友关系还真的没人性。

不过，无所谓啦。就算不是男女朋友，也一定是朋友!

叶梵梵依旧坐着出租车回到自己的住房里，一回家就瘫在了沙发上。自从南京回来之后，好像冷不丁就会听到看到关于梁缙的消息，更恼人的还是她时不时会联想到他。

"疯了疯了。"叶梵梵盯着天花板，理不清自己的想法。但同时也觉得有些遗憾，当时两个人是有多开心才会忘了要互留联系方式的啊? 这个世界上，能遇到这么随性的人，全程没有交流障碍的玩伴还真是不容易啊。

叶梵梵坐了起来，吐了口气。樊落在法国是不是也这样，遇上了一个能够交流，能够一起玩耍的玩伴? 如果是，那他们的性质也应该是一样的。所以，她应该是用不着生气的。嗯，一定是这样。

想通了之后，叶梵梵心里舒服多了。继续窝在沙发上，闭上眼躺着休息。就在这个时候，弟弟叶畅畅又打来了"骚扰"电话。

"姐，我要告诉你一个好消息。"电话那头的叶畅畅明明是处在晚上时间，却兴奋得如白天一样。

叶梵梵翻了个身，敷衍地问道："你拿了奖学金?"

"拿奖学金是分分钟的事，也称得上是好消息?"对此，叶畅畅相当地不屑。

"所以呢，你给我们叶家找到了能够延续香火的女朋友了?"

"……这个好消息我决定不告诉你了，再见。"

叶梵梵闭着眼睛笑笑，挂断了电话。头陷入了柔软的靠枕中，正午瞌睡的力量渐渐笼罩了她的全身，不久她就进入了梦乡。

　　"哈欠！"刚起床准备下楼吃早饭的梁缙没走几步阶梯就结结实实地打了个喷嚏，他揉了揉鼻子，自言自语："广州的气温不至于感冒吧。"

　　楼下的梁妈妈早就已经准备好早餐，但是没有等梁缙一起下来吃早饭，自己边看电视节目边津津有味地吃着了。梁缙下来想和妈妈打声招呼，可抬头一看电视里播放的是相亲节目，还是觉得不要张嘴的好，免得"祸从口出"。

　　"哎哟哟，这个 8 号姑娘就不错。年纪也刚好，还是销售部经理，我要是男嘉宾的妈妈果断 32 个赞。"梁妈妈说的挺像那么一回事的，并有意无意地瞟了几眼自己的亲儿子。纳闷极了，自家儿子德智体美劳哪项不是登上顶峰的，怎么会就没个姑娘喜欢？更何况，她自己将来绝对会是个善解人意的好婆婆，不至于说未来媳妇担心婆媳关系而不敢对儿子有非分之想。于是冷冷地说："这天下的好姑娘是不是都让猪给拱了啊？"

　　"咳咳咳～"梁缙刚喝了口鸡汤全都一滴不剩地咳了出来，忙拿纸巾擦了擦嘴巴。终于忍无可忍地对妈妈说："妈，你这话说得太对了。你儿子我不是猪，所以从来不去拱一棵好白菜。你也就别操心了。"

"哼，你是烂白菜都没得拱。"梁妈妈果然是亲妈，要不然光是面对着梁缙这张脸怎么舍得骂出这种话来。"就上次。我让你去相个亲，你非得骑个摩托车来。这也就算了，还当着人家姑娘的面说你自己有狐臭。诶，你糟践你自己的时候有想过我这个当妈的感受吗？"

梁缙听这话没敢反驳，只能耷拉着脑袋点头回应说："妈教训的是。我下次不说自己有狐臭了。"

"下次？你下次还想换着花样来，是吗？"梁妈妈大怒，放下碗筷，正对着梁缙，开始清晨第一训。"梁缙，你小子我告诉你，终身大事不是开玩笑。我也想让你自己找个你喜欢的女孩子。问题是，你会找么？能找到么，找到一定能带回家么？"

"妈，你这也太消极了吧？我又不是患上了社交障碍症。找女朋友这事不能急，万一猴急似的找回来一个胸大无脑的，你乐意么？"梁缙也放下碗筷，一本正经地同母亲大人分析起交女朋友的问题来。"这样吧，我发誓，我一定让你在有生之年抱上孙子。不对，一定抱上一群孙子！"

"……你等着，我去找鸡毛掸子。"梁妈妈起身就四下找工具，准备实打实地教训梁缙。

梁缙一看事态严重，放弃美味的早餐，推开椅子就往楼上跑去。

"姓梁的，你给我站住！"

母亲大人一吼，正从楼梯上下来的梁爸爸吓了一跳，立在原地，以为要被"大刑伺候"的是自己，于是略微害怕地一把抓住逃上来的儿子，问道："怎么，你把我昨天去搓麻将的事情告诉你妈了？"

梁缙一愣，随即坏笑道："原来你去搓麻将了啊。"然后，梁缙一扭头冲着气鼓鼓准备冲上来的母亲大人喊道："妈，你老公昨晚偷偷去搓麻将了，他赢了两百块钱还不上缴！打他！"

"好啊，你们父子两个统统都别跑，今天抓一个打一个，抓两个打一双！"

然后家里三个加起来都超过一百岁的人玩起老鹰抓小鸡。当初梁缙爸妈刚过法定结婚年龄就登记了，那时梁妈妈已经怀上了梁缙。所以说，当时的梁爸爸、梁妈妈是和梁缙一起成长的，于是就造就了现在家里这样其乐融融的景象。

早上九点，梁缙骑着他那辆 R6 准时出现在了办公大楼前。摘下头盔后，回想了下早上妈妈催婚的事儿，不由得倒吸一口凉气。倒不是因为妈妈明着里说的那些话，而是最后当他出来上班的时候，妈妈悄声地对他说的话。

"你相机里那个女孩子是谁，挺漂亮的嘛。你要是喜欢，不择手段也要给我带回来做儿媳妇。"

梁缙真的是找不到合适的表情来面对母亲大人这种为了儿媳妇差点疯掉的行为。不过话说回来，从南京回来快一个星期了，他每天晚上不停地做梦，梦到叶梵梵骂他是个笨蛋、疯子。再这样下去，恐怕他都要做出丧心病狂的事来了。

走进公司上了电梯，刚摁下楼层的键，陆励急忙冲了进来，装模作样地对着梁缙说了句："梁总早啊。"刚说完，又从头上下打量了他一番，啧啧说道，"知道今天开董事会所以打扮得这么衣冠禽兽？"

梁缙双手插袋，随便摆了个 pose 给陆励看说："我一天二十四个小时都是360°无死角的。"

"呵呵，是没有死角。"陆励指指他全身上下的衣服搭配，求饶道，"但是能不能别玩啊？董事会的老头懂你的 360°么？你穿得再帅，没有穿正装在他们眼里就是目中无人。"

梁缙左右扭动了自己的脖子，甚感乏力地说："你放心，我在办公室里备了好几套西装。再说，哪有人穿着西装骑摩托的？"

得到了梁缙的免死牌，陆励才放心地松了口气。两个人平安无事地一起到达办公楼层，在得到梁缙的同意下，陆励在门口给换衣服的梁缙把关。开会时间一到，梁缙打开门，系好了领带，套上黑色西装走了出来。

陆励看着西装笔挺、腰杆笔直的梁缙，免不了又一阵羡慕。"果然小说里的总裁就是按照你的模子来写的，除了性格。"

梁缙耸耸肩，没有回应陆励的话，直接说："走吧。"

Brainstorming 的董事会九点半开始，所有董事会成员都到场就座了。梁缙自然是第一个到场坐在了老总席上，看着一个个元老级别的人摁着领带正襟危坐着。

"我呢，今天没有别的话说，就下个研究项目能否得到大家的认同做个表决。"梁缙说得很随便，环顾了一下在座各位的表情，那明显就是"想要进行这个项目还是有点难度"的表情。感觉好像没有什么希望，其实做不做这个项目，梁缙都无所谓。只是，就想给大家找点事情做做，尤其是想给自己找点事情做做。

"其实这个项目要做可以，只是我们需要和更大的公司合作。"其中一位秃顶老头说道。

合作啊。梁缙苦闷地皱了皱眉，手指不安地敲打着桌面。环顾了下其他人的神情，梁缙觉得这是必须合作的节奏。他搭腔说："目前有哪个公司对这项目感兴趣的？"

"老实说，感兴趣的公司还是蛮多的。"那老头继续说，语气里有种不明就里的骄傲。

梁缙十指交叉，对他说道："然后呢，哪个公司出的钱最多？"

"这……还没有深入交谈过。"

"我还没有确切地开始执行这个项目，你就打算把项目成果卖给其他公司了？"梁缙明显不愉快起来。这些个老头总是心心念念地想把好东西给卖了，不知道物尽其用。董事会什么都好，就是这个太不好了。

梁缙此话一出，会场一片安静。此时，梁缙的手机却震动了起来。他拧着眉头不耐烦地一看，忽然间舒展眉头，抓起手机就往会议室门外走去。会议室不知什么情况，又哗然一片。

梁缙来到会议室门外的走廊上，接起电话，笑意颇浓地说："哟，美国那边的时差倒得挺好的嘛，知道现在打我电话。"

"我现在困得要死，所以我只说一句话。你能不能把那个游戏的通关攻略寄给我？"

梁缙顿时黑了脸，对着电话那头说梦话的人低声嚷道："叶畅畅，爷敬你也是条汉子，能不能在要好处的时候先让我开个条件？"

"啊～"叶畅畅困倦万分，嘟囔着说，"我也想啊。可是我姐不给机会啊，她都没兴趣听我讲话。我说你就不能像条汉子一样地问我要姐姐的号码啊?"

"看来你还涉世未深啊。我明着要你姐的号码,不就是昭告天下我准备挖墙脚了么?"梁缙很是头痛,这么简单的事情也要解释。

"那你现在难道不是正在准备挖墙脚吗?"

梁缙这算是搬起石头砸自己的脚,他清了清嗓子十分谦虚地问:"那依你之见,你觉得我怎么做比较好?"

"这样吧,我姐一分手我就告诉你。嗯,拜拜。"

"……"梁缙抖抖眉,有点苦不堪言地挂了电话,表情甚至比在会议室里还难看了。怎么办,叶梵梵这个女人好让他操心。放也不是,追也不是,到底要拿她怎么办她才不会半夜三更跑到他的梦里扰乱他的心智?

陆励从会议室里出来,拍了拍他的背说:"回去接着开会好么?别愁眉苦脸的,不就是一个项目嘛。这个谈不成,反正你脑子里还多的是点子。"

这么多的点子里竟然没有一个是关于"怎么能又好又快地将叶梵梵追到手"的方法,梁缙这才觉得妈妈说的话很对,"你会找么、能找到么?找到一定能带回家么?"

呵呵,到底是她的亲儿子,了解得这么透彻。梁缙最后随着陆励回到了会议室,之后全程只重复了一句话,"陆励,你怎么看?"

而陆励也只重复地回答一句,"我又不是元芳,谢谢。"

于是,想在会议上达到的结果最后也不了了之。会议结束后,梁缙回到办公室直接一屁股坐在沙发上相当不耐烦地扯掉领带,满腹心事地盯着某个点看,一言不发。陆励送走董事会成员后,来到了他的办公室,拉过一把椅子面对着他坐下。"一个多月之后举行的交流会,你可别想再指望我替你去。"

梁缙扭过脸,斜视着陆励,冷淡地说:"我什么时候指望过你?我从来都是命令你去的。"

"所以这次我就算冒着被炒鱿鱼的危险我也不去了!"陆励摆出一种"士可杀不可辱"的精神状态,果断地拒绝。

"这事再说吧。反正炒了你也是分分钟的事情,对我来说没有什么意义。"梁缙这会儿才没心思考虑一个月之后的事情,眼下他连最近发生的事情都没办法处理好，谁知道他一个月后会不会因为过度思念叶梵梵而悲惨地成为了韩剧的男配。

陆励吃了个黄连，憋屈地哼了一声从梁缙的办公室消失了。公司上下谁都不知道梁缙心里在纠结什么，大家依旧处在忙碌和不断创新的工作氛围中。从他二楼办公室的玻璃窗看下去，一楼所有的人都在拼命地工作，双手不停地在键盘上敲打着。机会都是靠争取来的，没有人能宅在家里空想着成功。

梁缙攥着手机，望着电脑屏幕，顿时茅塞顿开。唰地移动椅子靠近电脑桌，点开搜索引擎，双手敲击着键盘，在词条搜索中输入了叶梵梵的名字，而后全神贯注地搜索着。不到一会儿，梁少就得意扬扬地咧开嘴，又出现那副"拼命忍住笑却笑得花枝乱颤"的得瑟样。

从昨天叶畅畅打来电话之后，叶梵梵就从中午一直睡到了晚上七点，期间做了个很奇怪的梦。梦里有个看不清相貌的人总是走在自己旁边，听着自己说话，还反过来和自己讲起了笑话。具体讲的什么都记不清，她居然还给自己笑醒了，还咯咯地笑个不停。醒来，嘴巴都差点咧到耳朵根了。

这年头，怪事越来越多了，还包括，樊落去了法国后几乎没怎么来电话的事实。

这天秋高气爽，叶梵梵回到公司上班，第一件事就是立马向老总请命。"我想我还是留在上海的好，毕竟父母都在这边。古有云'父母在，不远游，游必有方'嘛。而且，上海这边的业务我也比较熟悉，一个月之后不是还要举行交流会嘛。以前我也有负责，那这次我也可以安排得很妥当。"至于北京，樊落都不在了，她去了意义也不大。南京嘛，就像是一场梦，梦醒了哪有再回去的道理。

老总内心的打算其实是想要将叶梵梵调到南京或者北京升职为总经理，但是看她执意想要留在上海，也就作罢。于是老总念在叶梵梵是公司的得力助手，还是将她升为了上海总公司的副总经理。这点，叶梵梵没有想到，所以可以总结成

"塞翁失马焉知非福"。而作为同事的美丽就相当顺理成章地调去了北京，至于生活得有没有那么美丽，叶梵梵就不得而知了。

而升为了副总经理的叶梵梵当之无愧地享用了昔日经理高调的办公室，那是一个能够登高远眺，站在玻璃窗前优雅地喝着咖啡就像是打下了江山一般的相当有格调的办公室。

叶梵梵窃喜，将自己的东西搁置在了那张大办公桌上，心里暗爽地站在那高大的玻璃窗前，轻咳了几声，将手别在身后，俯视着脚下的大地，真的有种"尔等通通是朕的子民"的感觉。

"叶经理。"助理小艾小心地敲了敲开着的玻璃门，唤着有些神游的叶梵梵。"这是交流会需要的文件还有与会名单，您看看还有什么其他的需要补充？"

叶梵梵管理了下自己的表情，走到办公桌前，推了一把还没有整理过的自己的文件，空出前面的一块看起了小艾拿来的文件。"嗯，我先看看。你先回去做其他的事情。"

"嗯，好的。"小艾点点头，往后小小地退了几步后，对着叶梵梵笑容十足地说了句，"梵梵，恭喜你！"

叶梵梵一手掀着一页资料，一手拿着笔，歪着头有点不知所云地看着小艾。怔忡了好一会儿，才对那个恭喜的笑容做出了反应："嗯，谢谢你小艾。"

小艾听到回话，很满足地回到了自己的座位上继续埋头工作。叶梵梵或许不该这么迟钝，但是她好像这才有了当上总经理的实感。这种感觉就像欲望急剧地膨胀，这种膨胀似乎把心里的一些烦心事都给挤到了九霄云外。她现在满脑子都是"我是踏上青云的女子，我俯瞰着整个大地，我没有理由不努力工作，更没有理由不往更高的地方走"的雄雄野心。

都说新官上任三把火，这话一点都没有错。叶梵梵上任第一天就将前任总经理留下来的棘手问题一并归纳逐个解决，还利用了下班前的半个小时做了个交流会的策划。可以说，这一系列动作都是一气呵成，好像叶梵梵从一开始干的就是总经理的活。

于是，她自然而然地忽略了某些细微的声响，那种存在于手机上的消息提醒的声响。

"啵，我的脖子。"到了晚上七点才下班回到家的叶梵梵摸着自己后脖颈子，感觉到脖子的僵硬后，有些痛苦地做了一下头部运动，但是没有任何的效果。继而她百无聊赖地环顾了下家，听到了自己肚子在叫个不停。"头可断，血可流，发型已乱，温饱不能忘。"

叶梵梵揉着头发，到厨房打开冰箱一看可供选择的食物居然只有一包火腿肠。这孤身女人的命就是苦，生活上的事一律将就了。于是她在出去吃还是在家将就着吃的选择下，毅然决然地选择了后者——在家搭着火腿肠煮泡面！

这个世界上，叶梵梵煮得最好吃且唯一能吃的东西就是方便面了。

不到十分钟，一碗热腾腾又诱惑人的火腿方便面就新鲜出炉了。叶梵梵一个人、一碗面坐在一张四方玻璃桌上，终于到了拿出手机浏览一下今天发生在朋友圈上的事情时候了。

"'我爱北京天安门'。哼哼，那么大的一个天安门被你拍得就只剩你自己的脸了，挪一个地方不行啊？非得这么急着告诉朋友圈所有人，你美丽什么都好，就是脸大？"朋友圈刷着刷着，叶梵梵就看到了今天白天错过的美丽的状态。忍不住开始了"不吐槽会死"的模式。但是，没有做任何评论的她还是默默地点了个赞。

叶梵梵吃着泡面，左手大拇指连着滑动了好几条朋友圈的消息，在确定朋友圈已经被美丽无情以及无耻地霸占了之后果断转战了微博。大千世界，还是微博的世界最美妙。

刚一点开，就看到了来自微博的消息提醒，是下午两三点她正忙的时候发来的。叶梵梵定睛一看，原来是有新粉丝了啊。于是，也就抱着肯定是那些淘宝卖衣服的女人的心态刷新了新粉丝一栏。结果，在看到粉丝名为"1912 的 Mr. L"之后，叶梵梵一口泡面喷了出来。

"咳，咳，咳……"这什么情况？叶梵梵并不是被这个微博名洋气到喷面，而是被自己看到这个名字的第一反应给震惊到了。她看到 Mr. L 的瞬间想到了梁缙。这 L 可以认为是罗、龙、拉、老、蓝，为什么她偏偏想到的是梁！你说，这得是对梁缙有多大的"思念"才会将 L 直接定义为梁啊！

叶梵梵拿纸巾擦擦嘴，双手都不自觉地颤抖。在她点开其个人资料的瞬间，她感觉到自己的小心脏都甚至想要跳出胸膛亲眼看看事实真相了。

那种迫不及待与满满的期待是她从未有过的经历。

"1912 的 Mr. L，关注 1 人，粉丝 0 人，简介是'我在等你上线，然后赶紧关注我'。这什么简介啊，这互粉还带恐吓的啊？"叶梵梵无语，继续看了下主页后，发现这个人居然连微博都没发过一条，更甚的是连头像都没有。"难道是僵尸粉？不过僵尸粉怎么就粉我一个？而且这名字取得这么合我心，是僵尸粉真的有点丧尽天良啊。不过，他会不会真的是梁缙？"

带着这种疑问与想要肯定这个答案的心，叶梵梵点了关注。在关注成为互粉之后，叶梵梵一直在线等着一个奇迹，或者说是期待一个她认定的事实。

可是泡面吃到最后连汤渣都没剩下，叶梵梵还是没能等到一个她想要的答复。至此，叶梵梵愤愤地洗漱完毕躺在床上，拿着手机时不时地就刷新那个人的页面，愣是没有刷出一条微博来。于是叶梵梵认了，承认自己一时鬼迷心窍，居然会去想这样天理不容的事情来。

"明天！明天要是这个人发出了微博，要是发出的还是卖衣服的微博，我就立马取消关注，并且面壁思过三日，吃素！"叶梵梵也不知道在和谁过不去，立下这种誓言。在睡觉之前，她还不甘心地改了条状态。她说："我要戒手机，将心向明月。"改完之后，她看了看，甚至都不知道自己在说什么，于是秒删。

半个小时辗转反侧之后，叶梵梵才艰难地入睡了。这夜，她又做梦了，梦里还是有人站在她旁边听她讲话，逗她开心。只是这次，那人的五官逐渐清晰，清晰到叶梵梵都能清楚地喊出他的名字，对他说："梁缙，你这个变态。"

深夜十一点，月光皎洁。

"哈欠！哈欠！"梁缙在睡梦中直接被自己的喷嚏给震醒了，他苦不堪言地睁开眼睛，看看时间，也就睡了不到一个小时。"该死，我差点就牵到她的手了。忽然一大波的鸡毛朝我飞来，这都什么事啊？"

大半夜好梦被惊扰，梁缙自然是烦躁不安。这几天，平均下来每天都能打上两个喷嚏。话说，是不是有人在想他啊？

"呵呵。"梁缙想想就自己傻笑了起来，伸手摸了摸床头柜，拿到了手机，看到了锁屏上显示的消息提醒，顿时一个激灵从床上坐了起来，慌忙地滑开屏幕。进入微博页面之后，当梁缙看到粉丝已经有一个人时，急忙点开看见了名为"梵梵加葉"的粉丝后，对着手机屏幕就亲了一个。"嗯，这下子不用做梦也觉得很美了。"

之后，他将简介清空改了这样的一句话"将心向明月"，顺带发了第一条微博——"1912 未完待续。"梁缙看着自己的成果，暗自窃喜的同时，斟酌了下也顺带改了自己苍白无力的头像。于是，头像不再苍白，但也不怎么精彩。

那是叶梵梵送他的礼物，一枚刻着他隶书字体名字的黑曜石小印章。

夜间的高兴没办法持续很久，梁缙一下子就回归到了夜色的沉寂中。他犹豫再三点开了叶梵梵微博的主页，逐条看起了她发的微博，只有 150 条的微博内容，梁缙却看了一个晚上。那个时候，他清晰地听见自己的心跳声以及那想念无法抑制的心情。

只能想她的时候，梁缙就感觉自己是世界上最没有运气的人。

因为，叶梵梵不是他的。

第十五章 爱情风暴

"叶梵梵，你可真是乐天派，现在还在刷微博。我刚从机场接老总回来，你猜我看到了谁？你家樊落满面红光地和一个长发飘飘的窈窕女子手挽着手登上了去法国的航班。诶，你们不会是已经分手了吧？难怪你不来北京，藏得可真够深啊。"

美丽一个阴阳怪气的电话直接将还躺在床上看了微博后心中冒着点点惊喜的叶梵梵给打入了十八层地狱。这之后，叶梵梵连自己怎么到了公司都不知道。就算是坐在办公室了，手头上都是干不完的活，她的耳边也还是美丽吧啦吧啦叨个不停的声音。

"叶经理，你没事吧？"小艾端着一杯咖啡进来，关切地询问看起来脸色非常不好的叶梵梵。"最近这天气忽冷忽热的，可别生病了。"

叶梵梵抬手拍了拍自己的脸颊，挤了个笑容点头，没有说话。等到小艾出去，她低头盯着黑着屏幕的手机出神。上次樊落回到法国后就再也没有联系她，这点叶梵梵不是没有觉得哪里不妥。只是两个人在一起久了，出现不合理的现象也会自己编造理由给出一个合理的解释。需要解释的事情越来越多后，也懒得去知道真相了。

"我这样子是不是有点奇怪?"叶梵梵自嘲,拿起手机翻开通讯录。樊落的电话她存在了第一位,居然凌驾于父母之上排在了第一位。"我居然没有因为樊落可能或者已经另寻新欢的事实而感到震惊,好像我已经知道了一样。"

但即便知道,也想听到当事人的回答。

在打樊落电话之前,叶畅畅的电话先打了进来。叶梵梵叹了口气,想要尽量地开心,结果对自己亲弟弟开口的第一句就是,"有事?"

"姐,你掉冰窟里了啊,对我这么冷淡?"果不其然,叶畅畅在电话那头打了个寒噤。叶梵梵虽然平时也嘴不饶人,但是对他也算是最温柔了。"你这两个字能把猪肉都给冻坏了。"

"所以你现在还好么?"

"……"果然姜还是老的辣,人家随随便便一句话就可以让你恨不得咬舌自尽。叶畅畅无力还击,只能撒娇道:"亲爱的姐姐,能不能劳烦你晚上来机场接我呢?"

叶梵梵暗沉的神色这才恢复点红润,浅浅地笑道:"哦,要回来了,是吗?行的,到时候把航班时间发给我。想吃什么也提早跟我说,我好去准备。"

"哎哟,这才我的好姐姐嘛。"叶畅畅大喜,身上的寒冷终于恢复到了常温。"不过,我能不能不吃泡面?你懂得,我现在格外想念家乡的白米饭。"

"知道啦。"叶梵梵腾出手用笔在便利贴上写下了晚上要去接弟弟以及买菜的提醒事项,接着对叶畅畅说,"我等会打电话和妈妈说一声,我们一起回家吃好了。"

"OK。"叶畅畅在美国头点得和拨浪鼓似的。在挂电话之际,他不放心地追问道,"姐,你没什么事吧?总感觉你心情不大好啊。"

叶梵梵愣了愣,叹了口气,只问了一句:"畅畅,你为什么不喜欢樊落?"

"你们分手了?!"

"怎么你听起来好像特别的开心?"

"呃,我这不是在担心嘛。"叶畅畅急忙掩饰回到上一个话题,"姐姐你喜欢他,我就没什么理由不喜欢他。只是站在我的角度上来看,他总有种将来要入赘我们家的感觉。"

叶梵梵倒是头一次听到这么新鲜又难听的话。

"我的意思是他在自己的梦想方面显得太自负，而在我们面前又显得太没自信。"叶畅畅尽力想要将话圆得好听，可是说多错多。说到最后，他都不知道自己想说什么。于是干脆破罐子破摔。"姐，不是我说。他的喜欢建立在他应该比你过得好的基础上，所以他的喜欢很谨慎，不够勇敢。你在上海都有自己的一套房子，他在北京住的还是小出租房，是个男人心里都有落差。"

"是不是我身边的人都这么想他，让他有压力，所以……"

"姐，喜欢一个人的力量是很强大的。他的精神与物质没有在爱情上变得更强，只是因为他还不够喜欢你。或者说，他更爱他的事业以及他一个人的未来。"

叶梵梵不承认自己笨拙至此，樊落爱不爱她，其实她心里比谁都清楚。只是，为什么这些明摆着的道理统统都由别人说了出来？她沉默着，没办法回应叶畅畅的哲理学。

"姐姐，如果樊落不再需要你了，记得一定要比他先离开。"叶畅畅闻着梵梵的沉默，大概猜到了什么，这个节骨眼上他不好多问。

先离开？到现在为止，主动权已经从叶梵梵的手里脱落。因为，显而易见的樊落拿到了主动权，先做了选择。

"畅畅，你是不是偷偷地修了哲学？"

"哈哈，我从小就对哲学特别的感兴趣。你忘了，我政治分分钟考的满分？"

"你别扯了，你那纯粹是记性好。"

"那你记性也不差啊，你怎么总考七八十分？"

啪一声，叶梵梵焦躁地挂了电话，把手机扔在了一边。这年头，真的是谁都可以骑到她头上来了。不过，叶畅畅是个天才，而她只是天才的姐姐。

叶畅畅背着包站在全是外国人的机场候机室，吐吐舌头把手机揣回口袋，他找了个位置坐下之后，瞥了眼旁边一金发碧眼的漂亮姑娘之后，思考一个世纪性的问题。不同的男人为什么会对同一个女人产生爱意？想了想后无果，却再次拿出手机拨通了电话。

"喂，我可能要告诉你一个好消息了……什么，你在上海?!"

　　叶梵梵看着堆积如山的文件，根本无心工作。三年多的恋情就像一杯醇香的酒，一口下肚回味无穷，可是却吐着昏睡了过去。醒来就告诫自己，再也不能碰酒了。

　　而往往，屡教不改是人的天性。

　　"对不起，你拨打的电话暂时无法接通。"打了樊落电话三四遍后，叶梵梵都能用英语将这句语音服务的话准确无误地复述出来。

　　距离美丽"告密"电话已经过去五个小时了，不知道再等下去，是等来樊落的电话，还是等来一场风暴。

　　叶梵梵就在这忙忙碌碌的工作中浑浑噩噩地结束了一天的工作。傍晚走在城市的街道上，有很多念头闪现，但都一一被否定。

　　等到叶梵梵不知怎么的来到外滩之后，她总算是等到了樊落的电话了。她倚在护栏上，脸上是泛着笑意的。

　　"有事么，梵梵？"樊落一开口就好像当时叶梵梵开口对自己弟弟说的第一句话，语气虽没有那么冰冷，但至少也是空调冷气级别的。

　　叶梵梵怔怔，听他的声音很是疲惫，她一下子又有点不忍心去追问真相。于是，勉强地装出轻松的语调说："最近都干了些什么呢，好像很累的样子？"

　　"嗯，一直在学习。感觉有点落后于别人，不好好加把劲，很难在这里立足。"樊落淡淡地说，好像真的是这么回事。

　　叶梵梵手握着手机，忽然手指一收紧，问："期间没有回过北京吗？"耳朵里先是安静的声音，后才听见樊落说："没有啊。怎么了？"在他说完这句话之后，叶梵梵敏感地捕捉到了樊落那边一甜美的声音在轻声地问了句"谁呀？"

　　"呵呵，我们打电话的时候你就不能稍微避开别人？"叶梵梵冷笑，想着事已至此，好像没有什么好顾虑的了。"没回过北京，我那美丽的同事美丽怎么在机场看见你了？"

　　这会儿，樊落也该慌了。他那边窸窸窣窣的声音，好像是从床上起来，穿起鞋子打开了落地窗到阳台一样。他揶揄道："可能你同事看错了吧。我今天可一直在上课呢。"

　　"樊落，我们之间已经到了有必要撒谎的地步了是吗？我同事可是连你挽在手里的女生都看得一清二楚呢。她可不像我，心瞎，连眼睛也瞎了。"

叶梵梵说这话的时候居然还抱着只要樊落知道错了，原谅一次也是可以的态度。只是樊落那边只有恐怖的冷静，他说："梵梵，那你呢，你就没有做过对不起我的事情吗？"

"我对不起你，我叶梵梵有什么对不起你的？"叶梵梵大惊，她根本不知道樊落在计较她什么。"所以你现在是承认了你做了对不起我的事情了？"

两个人话说到这种份上，樊落也索性不再遮遮掩掩了，他语气冷峻，似乎是积聚了很久的怨气一次性都宣泄了出来："是，我承认。可你呢，在南京做了什么，手机里的那个男人是谁，你和他做了什么，又有谁看见了呢？"

"你说什么？"叶梵梵现在觉得樊落的细思极虑，让人不寒而栗。现在她总算知道樊落不愿意接近自己的真相，原来是偷偷看了自己的手机，又那么巧看见了她和梁缙的合照。"你偷看了我的手机，你有问过我么？你有问过我那个男人是谁吗？你问了吗?！"

樊落也冷笑起来，说："我还用得着问吗？你在南京的时候，难怪你弟弟会打来电话让我放心，原来是有'护花使者'。你说，我要问什么？叶梵梵，你告诉我，自己的女朋友和别的男人在一起几天几夜，我还要问你们发生了什么！"

"你根本什么都不知道！你凭什么用你没有确凿证据的推断来否定我的事实，你去法国的时候有考虑过我的感受么？我一个人赌气跑到南京的时候，你有关心过我的安危吗？要不是梁缙，我可能就横死南京街头了。这些你知道吗？"

"所以，我现在祝福你。叶梵梵，我祝福你。"

外滩，还是人来人往，灯火璀璨，繁华至极，却任谁都没有注意到，面对着黄浦江，捂着嘴无言哭泣的叶梵梵。

耳朵里是无尽的嘟嘟声，一切就这样结束了。她和樊落的爱情就像一首好歌，刚唱到副歌高潮部分，嗓子却忽然不舒服，破音了。

夜幕降临，江边的冷风吹得叶梵梵脸颊生疼。泪痕还狼狈地布在脸上，妆花了补补就是，可心里这么难过，要怎么做才能让自己好受些？

"连分手都在电话里分，这种悲催的事情怎么也发生在我这种一心向善的人身上？"叶梵梵苦笑着用手背擦擦眼泪，然后转过身艰难地朝着某一处走去。

爱情这种事，一开始你心里并不在意，因为你以为未来是笃定的，但是当它终止在某一刻的时候，你会发现其实你疼得要命，而笃定的未来只是浮云。

叶梵梵一个人走了很久的路，以至于最后停留在了上海的哪条街上都不得而知。只是一眼就看见了一家烧烤店，二话不说就走进去坐下随手招了一打啤酒。对于不会喝酒的叶梵梵来说，一滴酒都是致命的，更不要说一打啤酒了。

几杯下肚后，叶梵梵开始一个人胡言乱语了。一会儿哭一会儿笑的，看得周围好好坐在那里吃烧烤的客人都纷纷打包走人，避开这个随时都可能会招来麻烦的地方。至于老板，本想去劝劝这位客人，没想到被老板娘拦住了。

她说："这姑娘一看就是失恋了，让她多喝点，喝完吐了就没事了。"老板看了眼叶梵梵，摇摇头没有再管她。

　　"这酒味道怎么这么像尿呢？"叶梵梵趴着，拨弄着倒在桌面上的玻璃杯，自言自语。"不过童子尿好，包治百病。良药苦口利于病，好东西！"

　　喝醉酒的时候，再有学识有修养的人都会变成屌丝。说着自己都不一定会懂的话，还乐在其中。这会儿，叶梵梵搁在桌面上的手机响了起来。

　　"喂？"叶梵梵接起电话的时候还打翻了啤酒，洒了她一身，她也丝毫没察觉到。"我在喝着啤酒吃着炸鸡，哈哈哈～好难喝的……我在哪儿？在哪儿呢？"

　　一边收盘子的老板娘听到她这么说，立马对着她的手机说了句自己家烧烤店的具体地址。确定电话那头的人听到后才满意地离开，想着该是接她走了。

　　然后叶梵梵没等电话那头的人说完话就直接把手机搁在一边，继续喝着她的小酒了。其实一打啤酒叶梵梵也只喝下了二分之一，毕竟胃的容量有限。

　　"结账。"叶梵梵挣扎地站起来，蹒跚地走到了柜台前，双手撑在桌面上，两眼朦胧地看着老板。"人家的酒都是水兑的，你家的有创意，尿兑的。我给好评！"

　　说完，还竖起了大拇指。老板一脸黑线啊。

　　老板娘擦完桌子把叶梵梵遗忘在位置上的包和手机都给送到了柜台，塞到了她的手里，很是不放心地看着她。轻声和自己的丈夫说："还没有人来接她，怎么办？"

　　叶梵梵自个儿都不担心，醉意颇浓，还挥手冲老板他们说再见。这个时候，一辆宝石蓝轿车急躁地停在了店门口，从车上下来一个风尘仆仆的西装男。

　　"等我下次被甩的时候，我再来……"叶梵梵跌跌撞撞地往门外走，她前脚刚踏出门槛，后脚就被门槛给绊了一跤，顿时整个人就准备投向大地母亲的怀抱，吓得老板和老板娘都同时捂上了眼睛。

　　好在那个及时赶到的男人急匆匆地一步上前稳稳地架住了她的双臂，将她抱在了怀里，才使叶梵梵免于一场灾难。

　　"酒品差还喝这么多，你想吓死我？"

　　叶梵梵闻声音，抬起头，迷蒙地看着眼前这个高大的男人。就连她自己都不确定地望着那张俊朗的脸庞问了句："梁缙？呕～"

　　"……我有那么恶心吗？"

然后，看着店门口被吐了一地的老板和老板娘不知道是该捂脸还是捂鼻了。两个人对视了一下后，纷纷表示不想收拾烂摊子，假装各自忙着各自的事情。但是，心里还是感到很安慰，总算有人来接这位姑娘了。否则要是半路出了什么事，他们可是会于心不安。

"真是不好意思给你们添麻烦了。"等到叶梵梵吐得差不多了，男人对着烧烤店的老板们说了声抱歉，然后打横将叶梵梵抱起小心翼翼地放到了车的后座上。关上车门，启动车子稳稳地开走了。

"这姑娘的男朋友还真的是又帅又体贴又多金啊。"老板娘看完那一幕，感叹道。

老板不理解，摸摸长着胡茬子的下巴，搂着老板娘说："是不是只要多金，就显得男人特别体贴？"

"废话！你要是有一百块钱，你全都给我用，那就是爱；你要是有一千块钱，却只给我用一百块，那就是自私。"

"说得有道理。所以老婆你看，咱家赚的钱都是到你口袋里的，我是不是超级爱你。"

"呵呵，还行吧。"

老板娘笑得很甜蜜幸福，小两口端着水，拿着扫把一起把叶梵梵吐在门口的秽物给情理干净。这个世界上纯粹的爱情就是，把我的变成你的，而你的就成为我们的。

"啊——叶畅畅！"宿醉的叶梵梵在生物钟的作用下，准时地在清晨七点半尖叫着醒了过来。然后立马掀开被子，不管头痛就赶着要去机场接叶畅畅。

"小心！"叶畅畅刚端着一碗姜茶推门进来，见叶梵梵冲了过来，第一个反应是要先护着姜茶，于是机智地把姜茶举高，然后看着撞在自己胸口的叶梵梵问，"姐，赶着去投胎啊？"

诶，叶梵梵抬头看见眼前活生生的叶畅畅愣住了。现在是什么时候，怎么叶畅畅已经在家了？不对，首先要解决的问题是，叶梵梵她自己是怎么回家的？

"来来，什么也别想，把妈妈给你整的姜茶喝了先。"叶畅畅一手拉着叶梵梵坐在床沿，一手端着碗，像是在伺候老佛爷一般。"我知道你想问什么，喝了这碗茶我再告诉你。"

叶梵梵脑子一片混沌，基本上就是短路了。对于发生的事情，她的记忆只停留在她和樊落已经吹了的事实上。而之后，有些断断续续的片段闪现，她也压根不知道是怎么回事。于是，她只好不吭声地乖巧地将姜茶慢慢地一口一口喝完。

"嗯，首先。今天已经是新的一天了，距离你喝醉酒忘记去机场接自己的亲弟弟回家已经过去 11 个小时了。期间，对你不负责任的行为我有保留追究的权利。"叶畅畅把她喝空的碗放到床头柜，清了清嗓子一本正经地说道。

叶梵梵当即就在叶畅畅的脑门弹了响亮的个脑瓜嘣，认真地说道："说人话。"

"就是你伤心欲绝喝醉酒是昨晚的事情了，今天是周六。等会儿起床，记得把自己的臭衣服给洗了，你都不知道熏得我都想吐了……"叶畅畅揉揉脑门，无比嫌弃地摇摇头，又说，"昨晚气温那么低，你说你怎么能穿着单衣在外面喝酒呢？还喝醉了，一个女孩子在外面喝醉了，差点没把我和妈妈吓死。"

即便叶畅畅说的这些都是事实，但也并不是叶梵梵想要知道的内容。她一把拽住想要离开去厨房的弟弟，盯着他的眼睛问："你还没告诉我，我是怎么回到家的？"

"这个。"叶畅畅艰难地思考了一会儿，给了个不靠谱的解释："是不是你自己喝醉了打的回来的？总之你没睡在路边真是万幸。"

说完他又要走，叶梵梵又把他硬生生地拽住了。

"不对，昨晚有其他人。"叶梵梵从床上起来，环顾了一下四周，闭上眼睛好好想了想，她总觉得自己把一件很重要的事情给忘了。

叶畅畅眼神游离，嘀咕道："大半夜的还能有谁啊，你别多想了。"

"我好像看见梁缙了。"最后，叶梵梵叹了口气，带着莫名的忧伤说出了梁缙的名字。她不确定，因为梁缙在广州不可能一下子出现在上海，也不可能这么巧就遇见她，更不可能在这样的时机下站在她身边，成为支撑她的力量。

可在当时意识不清楚的情况下，她能记起的是梁缙那过分担心自己的紧张神情，就和当初在南京扶住昏倒的自己的情景一模一样。

叶畅畅看着自己姐姐落寞的样子，很是不忍心。但是他答应了别人，这事不能说，于是，只好借口先离开了叶梵梵的房间。

关上门的刹那，叶畅畅真心觉得自己接了个不怎么美的差事。梁缙为什么不让自己告诉姐姐其实是他送她回来的？话说，这个梁缙还真是大土豪啊，身上那么贵的西装被姐姐吐成了那样儿，也没说一句，放在洗手间准备手洗。还把姐姐带回家，收拾妥当，看她可以舒服安睡后，才急匆匆地赶回广州。

"估计回到广州都是今天早上的事情了。"叶畅畅对男女之间的事情总算是发出了点感叹，"看来喜欢一个人还是蛮辛苦的。"

卧室里，叶梵梵垂头丧气地坐在床沿。那种酒醒后明白一段关系再也回不去的心情真的很复杂，说不出的苦，也说不出的难过。她从包里翻出手机，看见手机里有十几个未接来电，一半是叶畅畅的，一半是妈妈的，还有一个已接的未知联系人的电话，通话时间是三分钟。

"呵呵，喝醉的时候和骗子都能聊成朋友。"叶梵梵无言，随手就将昨晚的通话记录给删了，然后垂着手又不知道该干什么。还记得在接到美丽打来电话之前的那个早上，她欣喜地确定微博上那个新粉丝就是梁缙，还看见他用自己送他的印章当了头像。

她不知道自己当时的心情该用什么字眼形容，只是觉得有个这样萍水相逢的人惦记着自己，是件幸福的事情。可是，幸福的感觉破碎得太快了。

"唉，算了。"叶梵梵换了身衣服，走到洗手间把自己那身臭衣服全部扔到了篮子里，准备放到洗衣机里洗个彻底。可就在一件件扔进去的时候，她发现了里头一件根本不属于家里任何一个人的西装。

于是她拎着那件西装，坐在洗衣机旁的小板凳上，想了很久。随后用手摸了摸西装里里外外的口袋，却惊讶地在上衣内侧的口袋里摸到了一个小小的长条形的硬物。她怔忡地望着手里那枚黑曜石印章，就连那底下刻的字都是那么清晰，上面还沾着少量的红色印泥。

叶梵梵拿着印章在手掌心印了一下，梁缙两个字就清清楚楚地印在了她的手心上。

"真的是你。"

"到底放哪里了？"

梁缙凌晨回到家睡了不到半小时就突然爬起来开始翻箱倒柜地找东西。房间被翻得乱七八糟，要找的东西就像空气一样看不见摸不着。

梁缙彻底蒙了，他记得自己把印章放好，怎么回头就不见了？想到这个，睡眠不足的脑袋又开始疼了起来。他穿着衬衣，光着脚坐在床沿，困倦地搓搓脸，真的怎么也想不起印章的去向。他脑子里唯一存留的影像就是叶梵梵那喝醉酒望着他的脸吐个不停的样子……

爱情上的得失对于叶梵梵来说不能轻易定义为"失败"或者"成功"，都是爱过的人，没有对错。只是时间太残忍罢了。

只是，知道这个道理，也要学会接受现实。

"叶梵梵，你是不是有新欢了？才失恋没几天就这么生龙活虎的，你看看你朋友圈都发了些什么啊？"某一天，美丽忍无可忍地发来微信，变相地指责叶梵梵狼心狗肺。

发了些什么，还不就是上海的各种美食。叶梵梵为了吃遍它们，没少花心思呢。才三四天的工夫，她就重了五斤。

"呵呵，我这不是化悲愤为食欲嘛。"在微信上打这句话的时候，她手里还拎着一大袋的薯片，嘎吱嘎吱地吃得那个脆。

实际上，叶梵梵每吃一口都能哭出来，但是她秉持着"美食当前，宁可撑死，也绝不辜负"的浅显精神，硬是边哭边吃。

笑着说的话，其实每一句都淌着血。

"姐你干吗？"大清早，叶畅畅不过中途醒来上个厕所就看见叶梵梵穿戴整齐地挎着包准备出门了。于是，他一把拉住反常的姐姐，上下打量。"有事好商量嘛，千万别做什么偏激的事情。男人嘛，旧的不去，新的不来啊。那个梁缙就不错啊！"

叶梵梵不耐烦地瞟了一眼和唐僧一样啰唆的弟弟，说道："我去上班啊，又不是去跳江。马上就要举行交流会了，我这几天会很忙。"

"哦～"叶畅畅憨笑着松开了姐姐的手臂，挠挠乱糟糟的头发，笑着松了口气说，"呵呵，以工作为重挺好的。等姐姐你发达了，记得要给弟弟点好处哦。"

"你在要好处的时候能不能先让我开个条件呢？"叶梵梵翘起嘴角，笑得很奸佞。

叶畅畅愣在原地，这一模一样的话梁缙不是也对他说过？啧啧，这两个人是不是被月老用红色的粗麻绳给拴住了？

"帮我把家里打扫一下，尤其是我的房间。"说完，叶梵梵就打开门毫不客气地甩头高调地去上班了。

叶畅畅不满地咂吧嘴，上完洗手间后想了想顺道去了趟姐姐的房间。进去一秒后，尖叫连连地从她房间里跑了出来。捂着胸口，大惊失色道："那是的单身女人的香闺么？那简直就是地狱啊！哦，上帝。我要剥夺我姐姐的女神称号，阿门～"

之后，取消回笼觉的叶畅畅全副武装，手拿扫帚、抹布，开始将姐姐的地狱往天堂那个方向收拾。

叶梵梵下楼在车库取完车，车钥匙刚插进锁孔，双手扶着方向盘忽然陷入了沉思。没有想别的，只是在纳闷，自己的弟弟是什么时候和梁缙有这么深的交情。"会不会在我不知道的时候，梁缙偷偷给了叶畅畅好处？"

唉，叶梵梵觉得自己现在还在纠结梁缙这件事实在是有点郁闷。从南京回来后，两个人根本也不可能有什么交集。唯一还算是真的存在的，不过就是梁缙在微博上关注了自己。

但是，他自此以后没发过第二条微博，也没有发过她私信。

来到公司后，叶梵梵和总经理商量着谁去交流会，因为不可能两个人同时去，公司里面也照样有一大堆的事情等着处理。本来总经理想着他去好了，但是一看日期，发现自己在那天脱不开身。

于是，叶梵梵就当仁不让地成了首选。她在办公室整理乱七八糟的数据的时候，抬头正好看见给她端了杯咖啡进来的小艾，于是对她说："交流会你和我一起去吧。"

小艾把咖啡放下，笑着点点头说好。本想着要出去，但是想了会儿觉得自己能和叶梵梵稍微闲聊一会儿，就说："交流会上可以认识好多大老板呢。我可乐意去了。"

叶梵梵不置可否地笑了笑，走出位置对她说："你可别在酒会上喝醉了直接被大老板扛回家啊，到时候我可不负责。"

"开玩笑啦。"小艾羞涩地摆摆手，继而担心地问道，"那经理你呢，会喝吗？"

"哈哈哈～"叶梵梵假意地仰天长笑了会儿，突然冷下脸说，"不会。人家是三杯倒，我是一杯就倒。"

对此，小艾表示很遗憾。

在交流会到来的两个星期内，叶梵梵忙得不可开交，这期间居然鲜少再暴饮暴食，也几乎没怎么再想起樊落了。显然，工作带来的好处就是能使人没有时间去想那些损害身心的事情，同时还能让人焕发重生的光彩。

"姐，你最近好像没怎么乱吃东西了嘛。"晚餐的饭桌上，叶畅畅边夹菜边欣慰地说道。"难怪你房间里连垃圾都少了。我还奇怪呢，你这么懒怎么会自己收拾。"

叶梵梵放下筷子，面无表情地盯着叶畅畅，一字一句地说："给你个机会好好说。"

"咳。"叶畅畅也立马放下筷子，飞快地将那口菜咽下去，舔舔嘴角说，"姐姐最近如此忌口，弟弟都没有机会给您的房间大扫除了，甚是怀念你房间里那些可爱的包装纸！"

这个叶畅畅，到底在国外学了些什么啊。叶梵梵听后，也只是忍住笑，无奈地摇摇头。想来前段时间确实是难为他了，本来回家是休假一样的，结果天天大扫除，连个游戏也没玩个爽快，委屈他了。

"吃完饭，我们去逛街。"末了，叶梵梵添了这么一句。

叶畅畅听到这话，差点当即下跪求饶，他可怜兮兮地求放过。"姐，我错了还不行吗？陪你逛街这种事，你能拉仇人去吗？我可是你亲弟弟，瞧我这瘦胳膊细腿的，会死的！"

然后叶梵梵用一种极度危险的眼神瞪着叶畅畅，他全身上下都是既结实又好看的肌肉，全世界的男人都瘦死了，也轮不到他。

"我去。"叶畅畅最后被那个"如果你不去，我就让你吃不了兜着走"的眼神给俘虏了，无奈地拿起碗筷闷闷不乐地吃了起来。期间又轻声地嘟囔了一句，"哎，我去……"

夜间的上海别样的璀璨辉煌，这个繁华的城市有着太多诱人的欲望，惹得怀揣梦想的人都拼了命地往这里跑。但是，有梦想的人迟早会在这里腾飞起航。

叶梵梵穿着帆布鞋，在上海街头一口气走个五千米都不喘气。更不用说七拐八拐地逛商店，这是女人唯一共同的爱好。至于手里拎着七袋八袋商品的叶畅畅早就知道会是这种下场，也就只好闭着嘴舍命陪君子。

走到一个专卖店的橱窗前，叶梵梵站住了，望着橱窗里模特穿的那件男士西装出神。这件西装看起来和家里那件没什么差别，于是她看着看着，就发现模特的脸变成了梁缙的。

"哦，天哪。"叶梵梵使劲地晃脑袋，但抬头，模特的脸居然还是梁缙的！

叶畅畅望了自己姐姐一眼，又看了眼那西装。天才，总是有过目不忘的本领。他也在第一时间就想起，家里有件差不多的西装。而他也是非常肯定地知道，那西装是梁缙留下的。不过，他不能说，现在说了一定会被叶梵梵劈死的。

"姐，你穿上西装一定是个纯爷们儿！"叶畅畅说着，高兴地竖起了大拇指。

"你走开。"

"……"

叶梵梵烦着呢，也不知道梁缙是几个意思。东西落在这里难道不知道要回去？他有钱，西装不要可以理解，那印章呢？印章怎么能不要回去！

"真是，下次让我见到他，我就把印章塞进他鼻孔里！"叶梵梵气鼓鼓地低声咒骂一句，自顾自地往前走。留着叶畅畅一个人在原地石化，这女人到底在想什么？翻脸比翻书都快，这句话真的不是神话。

叶畅畅奈何不了，跟在急匆匆地往前走的叶梵梵的后面，拿出手机拨通了梁缙的电话。第一句话就是："我说你到底什么时候对我姐展开进攻啊？我都快被她整死了，你知道吗？"

此时在广州的梁缙也正在灯火辉煌的街头陪母亲大人逛商场，接到这样的电话也苦不堪言地说道："那你又知道我快被想儿媳妇想疯了的妈妈给逼疯了么？"

"所以说啊，你还不快点动手。本来逛街这种事应该你陪着的，凭什么我做你的替死鬼啊？"叶畅畅跟在身后小心翼翼地打着电话。"她现在特别恼火，你知道吗？因为她在橱窗里看见了一件和你上回落她家的那件一模一样的西装。"

梁缙这才恍然大悟，懊恼极了。"那你姐姐有没有说什么印章之类的东西？"

"没听她说过。"叶畅畅手里拎着都是衣服啊、鞋子之类的东西，打电话手臂提起来特别的累人，比健身都累。"总之，她要是见到你，估计有想打死你的冲动。还有我现在打电话也不方便。她明后天好像要参加什么交流会，正在买合适的衣服。我先不跟你说，回头把通关攻略寄给我。就这样。"

梁缙听到后面，忽然眼睛一亮。

交流会？

"叶畅畅，你别搁那儿装死。给我过来。"叶梵梵一声令下，把蹲在地上喊受不了的叶畅畅瞬间精力充沛地召唤到了跟前，换了副面孔温柔地说，"你知道姐姐爱你的，对吧？"

叶畅畅为难地抽抽嘴角，说："呃，我不确定。"爱我，你还折磨我？

"说吧，想要什么，我都买给你。"叶梵梵出人意料地没有拿眼睛瞪叶畅畅，而是相当大度地给了好处。

叶畅畅受宠若惊，当即咧开嘴问："真的什么都给？"

"当然啊。"

"那好，给我买个姐夫。"

"……"

最后，姐弟之间的爱又演变成了姐姐打弟弟，弟弟抱头鼠窜的结果。世间，再没有比亲情来得更可靠的关系了。你再怎么折腾，他们回馈给你的也全都是爱。

第十八章 蓄谋缘分

千呼万唤的交流会如期而至。在这样一个企业精英扎堆的场面下，叶梵梵觉得自己的小身板显得特别的单薄。一是来会的一半以上都是男人，二则即便有女人也大多是助理，三就是……

"这交流会看起来目的性很强啊。"叶梵梵缩缩身子，悄声对着身旁的小艾说，"你不觉得这很像企业的联谊会？"

小艾尴尬地笑着环顾了下四周，事实确实如叶梵梵所认为。毕竟在这个竞争激烈的社会中，男人还是占据着多半壁江山。不要说商界，就连在文学界男人也是佼佼者。所以总的说来，在交流会上遇见这样的状况，小艾倒是觉得合情合理。

"呵呵，没有吧。叶经理你今天可是女人的楷模哦，千万要顶住！"

"我顶什么顶，又不是董存瑞炸碉堡。"叶梵梵略感无语，只是拉一把小艾，同她一起来到了交流会的多媒体大会议室，暂时离开了吵闹的讨论区。坐在舒服的座位上，叶梵梵顿时觉得轻松了。"刚来这么一会儿，我几乎把整年的烟味都吸完了。男人聊天要是手上不夹根烟，就没办法将对话继续。果然他们的世界是凌驾于云层之上的啊。"

小艾敲敲略酸痛的小腿腹部，望着宽敞的会议室，也松了口气。只是有些担心地问："我们这样出来不太好吧。"

叶梵梵完全舒服地躺着，闭上眼摆摆手安慰道："先让我呼吸下清新空气，就给我三首歌的时间。"

"嗯。"小艾不好说什么，但是很好地履行自己的职责，对闭目养神的叶梵梵说，"经理那你先在这里休息，我回去看看，有什么情况再过来叫你。"

"好，辛苦你了。"

小艾离开后不到三分钟的时间，叶梵梵的手机就传来了短消息的声音。她不耐烦地从包里掏出了手机，滑开一看是个未知名联系人的短信——"士别三日我对你的身材真的是刮目相看啊，胖了这么多，不觉得罪过？"

我罪过毛线！叶梵梵顿时被这条短信刺激得五脏六腑都焦躁了起来，就算是发错了短信也不带这么骂人的吧？体重可是女人的禁忌！但这会儿，发错短信也不可饶恕。

"亲，当初杨贵妃胖得集三千宠爱于一身的时候都没有罪过的心，我这种体重连她的皮毛都没有，我为何要觉得罪过？要不，你先给我个理由？"

叶梵梵气呼呼地将短信发出去，等了没一会儿，回复就来了。她瞅着那几个字，甚至能感受到对方在呵呵地发笑，这丧尽天良的耻辱啊。

"你也知道人家杨贵妃胖得得了宠啊。那你呢，是不是胖到没朋友，或者是没男朋友？"

摔！叶梵梵在心里狠狠地将手机摔了个稀巴烂！就算发错短信这种没男朋友的事情也发生得太巧了吧？于是她觉得，这一定是个熟人，而且是个不要命的熟人！

"呵，我就不回你了，怎么地？"叶梵梵最后无计可施只好采取了一招爱理不理，她心里狂躁得很。想着这年头会故意取笑她的人除了美丽就是她亲爱的弟弟还有……梁缙？

呸！好好的想什么梁缙？这年头会取笑她的人多了去了，指头掰回来也算不清。她算的时候还没带上樊落的新欢！唉，这日子想想都觉得窝囊啊。叶梵梵迫于现实的残酷，实在是想不下去了，只好起身回到讨论区。

就在出多媒体会议室之际，她又收到了那个人的短信，这次的内容更加的猖獗啊——"送你一个男朋友要不要？绝对跟你配一脸。"

"我呸你一脸。"叶梵梵恶狠狠地发送成功后，再也不愿搭理。踩着她骄傲的高跟鞋重新回到了烟雾迷蒙的讨论区。

在人声鼎沸的环境里，叶梵梵若有所思地环顾了下周围的人。想着如果在这里碰到个熟人没准就是发短信的罪人。可是她看来看去，周围的这些有为的企业家，好多都已迈入了秃顶的年纪行列了，应该和她不是很熟。还有一些就是夸夸其谈，说他自己的产品如何的高科技、如何的绿色环保、如何的 ISO9001，这个显然也和叶梵梵低调的气质不符，应该也不熟。

"经理，你不休息了啊？"这时候小艾从远处挤了过来，手上多了两杯开水。她满脸春风，戳戳叶梵梵的手臂，羞涩地说，"我刚才见到一个超帅的帅哥！"

叶梵梵接过水喝了一口，抿抿唇，说："你别逗了，这里面的男人我都分好类了，没有一类是帅哥。"

"真的。这水还是他帮我倒的呢，还特意让我也给你端一杯。"小艾急切地解释，抬手指向她走过来的方向，可是视线里那个帅哥消失了。"刚刚还在那里的，不知道现在去哪儿了。"

叶梵梵就压根儿没看，只管自己喝水。与此同时，与会负责人手里拿着卷成话筒一般的纸，对着熙熙攘攘的参会人说："现在麻烦大家挪到多媒体会议室，我们的交流会马上就要开始了。大家出门往右拐就是了……"

然后，男士纷纷整理了下领带，随着人群流动着。叶梵梵前脚刚一抬，小艾就不知道被挤到哪里去了。哎，这个若不禁"挤"的女孩子。

"哈哈，难得见到你啊，梁少。这次怎么会亲自来？"

人群里有一小点聒噪的声响引起了叶梵梵的注意，她不知道自己被什么吸引，但解释起来应该算是情不自禁。

"啊，为了某个特别的原因。"

然后叶梵梵的脑子就叮的一声响，她本能地在人群中回了一下头，目光直直地戳中了目标。而那个目标居然面不改色地迎上了她的目光，对她报以暧昧一笑。

"梁缙。"叶梵梵看着他有些出神便轻声唤了下他的名字，他站在三三两两的人群外面带微笑用口型答应了她。两个人第二次正经的见面就隔着这样的人群，遥遥相望。

叶梵梵清醒时忽然感到不知所措，脚不由自主地就后退了一小步，结果不料小步后面就是一小台阶，脚穿高跟鞋要是这么一摔，那必然是要流芳百世的。叶梵梵向后踉跄的时候，心里蹦出的第一个念头就是"梁缙，快搭把手！"

果然，梁缙不负所望，眼疾手快一步上前，伸手拉回叶梵梵将她稳当当地揽在了自己的臂弯里。走过的企业精英们看到了似乎没什么特别大的反应，这是唯一令叶梵梵感到欣慰的。

"见到我的时候应该朝我走来。"梁缙松开了叶梵梵，却牵住了她的手。"这样就不会摔了。"

叶梵梵没有搭腔，她其实想要说"可你不是正朝我走来么"，但是感觉这话说出来就好像在进行一场爱的告白。权衡之下，觉得还是闭嘴得好。台阶往下走了两三级的时候，叶梵梵猛地想到了一件事，立刻对着梁缙张牙舞爪了起来。

"短信是不是你发的？"

"哦。"

"你哦什么？是，或者不是？"

"跟我坐最前排的位置，我就告诉你是或者不是。"

叶梵梵不可思议地望着他，被他的无赖呛得一下子没办法回击。她说："你觉得你这样威胁我有道理么？凭什么真相到我手里了，我还得听你再陈述一遍啊？"

"凭我刚刚手长脚长地把你从丢脸的旋涡里救了出来。"梁缙到底不是省油的灯，冷静地说完话后已经妥妥地将叶梵梵带到了最前排的位置，他把手一伸，特别绅士道，"坐。"

君子报仇十年不晚，我忍！叶梵梵咬牙坐在了最前排，那是离主席台相当近的地方啊。早些年还是学生的时候，最最忌讳的就是坐前排的位置。这个坏习惯一直保留到了现在，按着她弟弟叶畅畅的话说，"这是病，无药可医。"

坐在位置上的时候，叶梵梵还回头张望了一下，想确定小艾坐在哪里，到时候还顺势溜回到自己原本的座位上。但是就这么一个小心思又被梁缙看穿了。

"乖乖坐这里，等会记得给我鼓掌送花。"梁缙解开了西装的纽扣，看着叶梵梵说道。

"为什么要给你鼓掌送花？再说，花在哪里？"

"没花，飞吻也行。"

"……"这个梁缙第一次见面就知道他嘴巴贫，可是今个好像特别的贫。叶梵梵有些吃惊地看着他，隐约地觉得好像哪里不太一样。

梁缙将叶梵梵的惊讶收在眼底，低头笑着抬手摸摸她的头。虽然现在这个时刻他面对叶梵梵相当的淡定，但是谁都不知道那会儿他和叶梵梵对视的时候，有多想伸手抱抱她。为了克制自己，他的双手插在裤袋里都捏成了拳头。

"士别三日，也不要动手动脚的好吗？"叶梵梵被梁缙摸头的动作吓得脸红心跳，立马将身子挪得远远的，微眯着眼睛假装淡然地说道。

"那你应该偷笑了。我这已算是收敛的。"梁缙刚坐正身子没一秒钟，又转过脸笑嘻嘻地看着叶梵梵问，"要不要试试大尺度的？"

"……你是不是发烧了啊？"今天的梁缙真的很不对劲，叶梵梵将手背搁在了他的脑门上试探了下，纳闷地说，"没烧啊。所以你到底为什么总说胡话啊？"

呃，虽然已经不是当日在南京的时候了，可是这个叶梵梵的脑袋里究竟装了什么东西梁缙至今还没办法掌握。他这样子看起来很不正常么？不过就是想表达一下思念而已，有那么没办法让她理解么？

这时候，主席台上的发言人已经将单调的开场介绍完毕了。随后上台的就是各种企业家畅谈有关创业以及创新的见解，不得不承认，成功的企业家也离不开非凡的口才与深厚的学识修养，否则，听了这么多长篇大论会场上应该都睡了一半了。

"下面这位，我就得隆重向大家介绍一下了。不得不说，'青年才俊'这个词就是为他量身打造的，可以说是为他而生的。Brainstorming 的创始人，梁缙先生！这次他亲自前来参加这个交流会实在是我们在座各位的荣幸，大家掌声欢迎！"

主持人这声势造得也相当的有气势，大家也都非常捧场。在叶梵梵听来，主持人并没有说什么特别的话，好像光是梁缙这个名字就足够让大家的掌鼓个不停了。于是她目不转睛地看着梁缙起身，顺手扣好了西装的纽扣。转身向后座的各位鞠了个躬后，大步流星地向着主席台走去。那种自信，真的是学都学不来。

不由自主的，叶梵梵也鼓起了掌。

"大家都知道，创业对于一个初出茅庐的大学生来说也是相当简单的一件事，但是创新这件事却并不是谁人都可以做到的。你可以花很多时间去思考一个商品的商业价值，也可以花很多时间去创造一个商业价值，但是所谓的创新并不是华而不实的东西。创新实质性的存在是为了便利大众的生活，让人们在普通的生活中感受到生活的不平凡。这也就是说，创新的东西重在实用性的开发……"

此时在台上的梁缙对自己执着并追求的东西如此侃侃而谈，让叶梵梵都不愿意承认这个与之前耍贫嘴的梁缙是同一个人。

那样的姿态，那样的自信，似乎世界就在他的掌控之下。这种与生俱来的气质根本无法匹敌，渐渐地叶梵梵感受到自己内心的一种呼唤。她看着气宇轩昂的梁缙，嘴角向上翘起。不知道为什么，她感到自豪和骄傲。

"……所以 Brainstorming 能有今天的成就都归功于公司里拼了命想要留下来继续创新的员工，再次谢谢各位。"梁缙站在主席台上说完最后一个谢谢的时候，冲着看着出神的叶梵梵干脆利落地眨了一下眼。

顿时，叶梵梵觉得自己脆弱的小心脏有一种想去死的冲动。

会后属于各自的产品参观时间，梁缙仍旧不肯放走叶梵梵，两个人一起到了大厦楼下的一家咖啡厅坐着边喝边继续聊。

"听他们说，这是你第一次参加交流会？"叶梵梵端起咖啡小喝了一口后问道，"怎么以前不参加，这次却参加了？"

梁缙起先笑而不语，后爽快地说："那你说，我们这是不是缘分？"

"啊？"

"唯独这次参加就遇见了你啊。就像南京那次，第一次'离家出走'就碰上了惨遭男友抛弃的你。"

"你别好话说了没两句就又想和我吵架啊。"叶梵梵黑了脸，眼睛看着玻璃外面的清爽的道路，悠悠地说，"这世上哪来这么多缘分，不过都是假象而已。"

梁缙不置可否地点点头，继而看着她笑道："没错儿，世上的缘分都是蓄谋已久的相遇。"

第十九章 借酒正名

精疲力尽的一整天的交流会终于在夜幕降临的时候告一段落了，随之而来的就是企业家们的酒会。话说，这酒会排场大得是不是得赶超电视剧的程度了？

"经理，我们果然没有白来吧？"小艾手拿红酒杯，窃喜道，"这样华丽的安排我还是头一次享受到。"

叶梵梵表面上呵呵笑了声，心底里其实松了口气。还好，很机智地准备了晚礼服，否则她今天晚上就准备遁地走了。真是的，一个交流会非得整得和上层社会的 party 一样，这样真的更好吗？吐槽归吐槽，叶梵梵还是觉得蛮享受的。

"那你好好玩，没准有幸能结识到帅哥。"叶梵梵和小艾碰了下杯，调侃道。

小艾立马摆出一副嘟着嘴巴娇嗔的模样，万分介意地说："经理你还说呢。早先看见的帅哥原来你认识啊。"

帅哥？叶梵梵迅速地脑补了一下，犹像再三将梁缙与帅哥二字对上号。尴尬地解释道："哦，这个是意外。再者，他也就长得还好吧。"

"还好？"小艾不可思议地审视着叶梵梵的审美，这种只应在动漫里才有的男人在她心里只能用"还好"来形容？"经理，你会不会太挑了啊？我看那个帅哥对你蛮有意思的。"

"打住。"叶梵梵立马伸手制止了这个话题的第二次讨论，她非常认真地说，"我还不至于有魅力到男人一和我站一起就对我有意思的地步。姐姐还是刚刚从失恋的阴影里走出来不久的人，你就别给我添堵了。"

"行，那我去倒点酒清醒一下。"小艾相当麻利地就转头往酒池子里钻。

叶梵梵无奈地叹了口气，回想起下午梁缙在咖啡厅和她说的话。尽管那个时候梁缙没有再开一些不靠谱的玩笑，但是他认真起来说的话更是让人没办法释怀啊。什么缘分，什么蓄谋，这些话都太乱了，真的是。

"哦，叶经理。怎么一个人站在这里发呆啊？"这个时候，不知道是哪位企业家主动邀请叶梵梵加入他们谈天说地的阵营，还清楚地知道她姓叶。盛情难却之下，叶梵梵有些为难地站在一群老青年中间。

"这位叶经理真的是位大美人啊。"某个秃顶伪青年如此夸奖道，还顺势带着酒杯过来站在她的身边，笑得那叫一个令人咬牙切齿啊。

叶梵梵见他毫无顾忌地靠了过来，愣是相当明显地往旁边退了半步，主动的与他碰了下杯，话说得有些急。"承蒙看得起，那我就先干为敬了。"

一干人就等着叶梵梵喝酒，却不料当酒杯刚抬起的时候，不知什么时候被出现在身后的梁缙伸手接了过去，还顺带轻轻搂住了叶梵梵的小蛮腰。

他十分绅士地对有些吃惊的企业家报以一笑，说："真不好意思，以这位叶小姐现在的身体状况确实不方便再碰酒精了。我梁缙就代她干了这杯，希望各位不要介意。"

吃惊过后是震惊的各位，只好一个劲地异口同声道："梁总能和我们喝是我们的荣幸，我们也干了。"

叶梵梵站在他身边，被他用单手禁锢着。歪着脑袋看他喝完一杯酒，然后仔细想想他刚刚说的话，是不是有哪里不对劲？

"啊，真的是冒犯了。原来叶小姐是您的夫人啊，怎么没听说过梁总已经结婚了？"那个秃顶伪青年略微抱歉地说，想来还是个黄金单身汉，所以在不知情的情况下对叶梵梵有了渴望和期待，人之常情嘛。

夫人？！这是从哪推理出来的结论？叶梵梵惊讶得嘴巴可以塞下两个鸡蛋了。

她皱着眉头瞪向梁缙，可见他居然满面春风，不亦乐乎。

"呵呵，为人处世低调一直是我的风格嘛。"梁缙含蓄地说了句。"日后有时间大家可以在一起聚聚，就不会漏掉很多好消息了。"

这个不要脸的梁缙在说些什么？叶梵梵彻底蒙了，他这是在干什么，就这样给她冠上了莫须有的"夫人"的头衔？

"等等，我不是……"叶梵梵最后才知道要反驳已经彻底来不及了，梁缙已经稳妥地将她带离了是非之地。而她的余光居然还看见那几个男人在一起看着她的背影窃窃私语，时而摇头时而点头。这都算什么事儿啊？

等到梁缙将她带到酒会稍微清净一点的座位坐下后，叶梵梵才有了喘息的机会。于是立马敛起眼眸，盯着他说："你那么做的目的是不想让我喝酒呢，还是不想让我喝酒呢？"

梁缙脱下自己的西装外套，再一次起身温柔地给叶梵梵披上后，重新回到座位才慢悠悠地说："两个都不是。"

"你别逗了好吗？明明知道我只说了一个。"叶梵梵肩头的燥热又让她一下子心软了，扯扯肩上的西装，看着慵懒的梁缙，硬着头皮又问了一遍。"所以我可以理解为你是想替我解围才迫不得已承认我是你……太太吗？"

"没有迫不得已啊，心肝脾肺肾都是自愿的。"梁缙扯扯领带，也看向她，眉眼带着笑。

"……"

"看到你被调戏又不知道怎么脱身，我就只好简单粗暴地报复了下社会而已。"

"……"梁大少爷，你是在简单粗暴的报复我吧？叶梵梵真的是听不下去了，越听心里越燥热，就和肩头上披的西装一样。于是拿起一边梁缙准备的饮料一饮而尽，然后重重地将玻璃杯放在桌面上。

因为就在梁缙说的这会儿，她已经彻底明白他的用意了。所谓的女人不方便碰酒精，就是在说这个女人怀孕了！啊，感觉这个世界对她充满了仇恨。她一个刚从失恋阴影里走出来的女人，在这样喜大普奔的时刻居然被"怀孕"了！

"我现在过去和他们说我压根儿没怀孕，他们会怎么想？"最后叶梵梵也懒得兜圈子了，直接和梁缙摊开来说。

梁缙倒是一脸"这事得怨我，但是你也别想逃"的样子，假装思考了会儿说："他们会觉得你在开玩笑。"

"明明开玩笑的就是你，好不好？"天哪，她和梁缙到底能不能愉快地正常地聊会天？

梁缙看着叶梵梵虚脱的样子忍俊不禁，也觉得是时候收住了，就对她说："晚上风大，别着凉。到时候我送你回家。肚子饿么？"

"饿。"

"我去给你弄点吃的，在这等着。记得有男人过来搭讪的时候，请你务必让'我是有夫之妇'这几个大字浮现在你的脸上，一了百了。"

"你去死！"叶梵梵在回应这句的时候，不知道怎么的脸上浮现了淡淡的包括奈何不了他的笑意，不再对他吹鼻子瞪眼的应该是件好事吧。

叶梵梵看着梁缙为她忙碌的背影，感觉自己突然间变得落寞。这些年，她总为别人忙碌着，肯为自己忙碌的除了爸妈再无其他人。内心隐隐地觉得自己即便是女强人，大概也是需要温柔的爱的，更何况她本质上不算是女强人。

可是，人生总有这么多的可是。梁缙这样照顾她是为了什么，而她又该怎么办？

"不是说送我回家的吗？"坐在驾驶位手握方向盘的叶梵梵彻底无语了。

梁缙坐在副驾驶位上，仔细检查了一遍车上的设备，然后望着前方，他很无赖地说道："我喝酒了，你忘了？"

好吧，如果喝一口香槟也算是喝酒的话。叶梵梵不好反驳，但是还有一件事必须提。"那为什么不开你的车，要开我的车？"

"啊，至于这样吗？"梁缙话说半句就打住了，只是提醒她说，"慢慢开，反正我也不着急。你呢，不要因为我坐在旁边就分心，虽然我知道我很容易让人分心……"

鉴于梁缙又开始犯贱的话，叶梵梵直接来了个超强力的油门，急速飚了一下后突然转方向盘，来了个甩尾。顷刻间就让梁缙闭嘴且不敢再多说一个字。

"叶梵梵，你不对我负责，你也总该对我们未来的孩子负责吧？"梁缙拉住手刹，面如土灰却宁死不屈。

"你信不信我把车开进黄浦江？反正我水性好，死不了。"

"……"

于是车子平安地开到了叶梵梵自己家的楼下，梁缙坐在位置上朝楼上公寓望了眼，然后眼疾手快地拔下了车钥匙。

"走，我送你上楼。"梁缙精神抖擞地开门下车，留着叶梵梵惊讶的时候他已经绕道前车门将驾驶位的车门也拉开了。"归根结底，还是我送你回来了。"

"你就贫吧，把车钥匙还我。"

梁缙相当无赖地摇摇头，硬是将叶梵梵送到了家门口，这才悠悠地对她说："车钥匙还你可以，但是你得先把我的东西还给我。"

叶梵梵心里咯噔了一下，看着梁缙就愣住了。他说把他的东西还给他？那到底说的是衣服还是印章？

"我说的是印章。"梁缙看着她，认真地说道。

紧接着，这个夜晚变得越发的不可思议了起来。只是两个人面对面地站着，居然能深刻清晰地听见彼此的心跳声。或许，这一刻就该让暴风雨来得更猛烈些。

叶梵梵感觉自己有点精神恍惚，她的心思以及想要揣测他的心思的想法不用说出来，梁缙也都知道。他甚至都不给她顾虑的时间，给出了她想要的答案。那么她现在是该乖乖地交出印章，还是应该和他算算旧账呢？

"姐，你干吗站在门口……"半路不知怎么的杀出了个叶畅畅，他啪一下打开门，随后盯着梁缙目瞪口呆。

梁缙见到了叶畅畅就像是太正常不过的事情了，抬手挥了挥说："畅畅，我是你姐夫。"

语罢，叶氏姐弟同时黑脸。而后梁缙面临的场面就是，叶畅畅一把将叶梵梵拉进了里屋，干净利落地将他关在了房门外。

梁缙尴尬无语，但是又好奇心颇重，贴着门听了一小会儿，直到听见叶畅畅那小子在里面对着叶梵梵求饶说"姐姐，我真的是无辜的。我和那个梁缙不是一伙的，信我啊"之后才心满意足地离开。

所谓来日方长，印章晚点取回也好。

次日早上，空气已有了丝丝的凉气，让人忍不住打战。

"怎么还不来？"叶梵梵裹了裹衣服站在自个公寓楼下焦急地跺脚，这个梁缙果然是一肚子坏水。昨晚因为叶畅畅惊慌失措地向她认错，暂时把印章的事儿给抛到九霄云外去了，也同时顾不上被关在房门外的梁缙。于是今天早上六点，这个该杀千刀的梁缙就打电话说要开着她的车来接她，让她早点起床恭候他的大驾。接到这个电话的时候，叶梵梵还在梦里打叶畅畅呢。

于是，叶梵梵已经等了快十五分钟了。

"你不会等到我打你电话再下楼等么？"还好在叶梵梵暴走之前，梁缙就稳妥妥地到了，但是一下车就对她展开了批评教育。

叶梵梵吸了吸鼻子，很是憔悴地说道："梁总，那你就不该这么早打我电话啊。我怕你在下面等太久，所以……"说着说着，叶梵梵隐约觉得梁缙的眼神怪怪的。

"让你担心了。"梁缙忽然心情大好，拍了拍她的手臂对她说，"上车。"

自从在交流会上意外地遇见梁缙后，叶梵梵感觉只要和他有过肢体接触，心就莫名地变得燥热。而现在，好像不用肢体接触，光是与梁缙四目相对都令她站立不安。不安是因为梁缙眼睛里要表达的东西太过明显，一眼就能看破。还有的不安是来自于叶梵梵自己心底的恐惧，因为她就算看破梁缙的心思也无可奈何。

"喏，牛奶趁热喝了。"上车后，梁缙就把后车座上的东西给拎了过来放到了叶梵梵的大腿上，并把牛奶盖子打开塞到了她的手里。"里面三明治，加了培根和鸡蛋。不知道你爱吃哪种口味，你先尝尝吧。"

叶梵梵受宠若惊地拿出三明治，发现三明治放在了保鲜盒里，并不是包裹着塑料包装纸。她打开来，拿出一块有些犹豫地吃了一口，口感出奇地好。"哇，味道很不错啊。这跟我在大学里吃的三明治完全是两个 Level 的。"

"呵呵，你喜欢就太好了。"梁缙心情指数又立马飙升，笑着看着前方对她说，"小心手里的牛奶。"

车子启动后，叶梵梵还是一个劲地在夸赞这个三明治。因为她向来不怎么爱吃西餐，唯一钟情的就是意大利面。但是梁缙给她的三明治感觉就是人间极品，奇了怪地好吃。

"哪里买的啊？"叶梵梵吃了两块后，终于忍不住问出口了。

梁缙注视着前方，单手握着方向盘，右手抽了张纸巾递给叶梵梵后得意地说："以后你只要拨打梁大厨的热线电话，想吃什么半夜三更我都给你送过来。是不是特别有业界良心？"

嗯？叶梵梵随即怔住，他这话的意思是……"这是你做的？"

"要不然这三明治怎么会有此等美味？你还真以为天上能掉馅饼啊？"梁缙总是有这个能耐，好话说了不到三句立马就能给你泼盆太平洋的凉水。

但是这个季节里，叶梵梵被泼了凉水还觉得心头一热，于是她没骨气地问了一句："我吃了天上掉的三明治是不是要付出相应的代价？"

"哎哟，不错哦。"梁缙痞痞地笑着，挑了下眉道，"什么代价都能承受么？"

叶梵梵一听这坏笑，立马双手交叉环胸，义正词严地说："除了以身相许。"

"那算了。"梁缙淡淡地应了一句，似乎显得很没趣。可转而一想，又乐呵呵地追问道，"叶小姐你的意思是身体不行，心还是可以的是吧？那我就先接受了你的心，等下次你再一个不小心吃了什么人间美味，呵呵，可别怪自己嘴馋误了大事哦。"

我能跳车么？叶梵梵当时心里就是这么想的，她一度觉得这次遇见梁缙就是个劫难。光是这两天，他嘴上就占了不少便宜，但叶梵梵好像也并不吃亏。

可是，叶梵梵如果真的这么想，那她就大错特错了。

"干吗把车停在你住的酒店停车场？"叶梵梵吃饱喝足就眼睁睁地看着梁缙把自己往虎口里送。看着目的地的偏离，她才从别人施与恩惠的温饱中清醒过来。

梁缙熄火拔下车钥匙，解开了自己的安全带，一副全然不需要解释的样子对叶梵梵说："我们换车。"

"换，换车？"叶梵梵一两下搞不清楚他的做法，但是手上的动作却是麻利地解开了安全带。急忙开车门绕着自己的小车看了个遍后问，"你是不是把我的车弄坏了？"

梁缙无语地回头，看着叶梵梵说："我给你的小车加满了油还重新上了漆，你说它被我如此浓烈的爱给包围着，它还怎么忍心坏掉？"

"你不弄坏它，为什么给它加油上漆的？"

"好啊，那按照你的推理，你如果去扶了摔倒的老人，那老人就应该是被你撞倒的。你大学修的不是法律么？哎呀，难怪现在社会上碰瓷儿现象越来越多了呢。"

"你……"

"会去扶摔倒的老人，是因为路人的关爱，而我会把你的车加满油，那也是出于爱。"

啊，他真的跟什么都能扯上关系。叶梵梵在这点上确实对梁缙甘拜下风，但是她说不出口，毕竟她也是赌上了自己身为法学专业学生的自尊心。

"没事，你也别觉得自己没用。女孩子逻辑推理能力本身就比男孩差，没事儿没事儿，比我差没关系，因为你有我啊。"梁缙上前来，友好地摸了摸她的头。

叶梵梵当即就把他的手拍开，斜视着他说："油费多少我都补给你。下回别钱多了没地方花，你直接给我多好啊。你对我的车付出那么多的爱干什么？"

梁缙收回手，脸上的嬉笑收敛了点，看着她微怒的神情说："我直接把爱给你，你要么？"

叶梵梵一怔，立即答道："不要。"

"所以我只好把爱转化成金钱，再把金钱转化成有利资源用在你车上了，反正你的车也不会拒绝。"

梁缙想要表达的感情总是这么直接，他丝毫不掩饰他的真实感受。即便知道叶梵梵不肯接受，也自信满满地变着花样让她变相接受。

比如，亲手做的三明治；比如，焕然一新的车。

叶梵梵瞧瞧自己焕然一新的车子还有眼前这个俊朗的男生，她有点恍惚，她居然想用"艳福不浅"来形容自己的遭遇。

呸！好不要脸，叶梵梵暗暗地唾了一口。扯着包包的带子挣扎了会儿，上前对梁缙说："那我晚上请你吃饭。我事先声明，一顿饭就抵了你所有擅自付出的钱和爱。不许有异议。"

"哦，真的么？"梁缙眉眼都笑开了，那叫一个好看。但是转念一想，又补充了一句，"钱抵消了没问题，爱不行。"

叶梵梵真的是不作死就不会死，她不耐烦地问："那要怎样？"

"你直接回报给我爱就好了啊。我可不像你，我是百分之百会接受的。"

"……"叶梵梵当真是无语了，他是从爱河里滚出来的么？求爱的方式和语言能不能稍微经过大脑进行整改一下，这么简单粗暴谁会厚着脸皮说"好"啊？！

呃，刚刚脑子里想了什么？叶梵梵在和梁缙边吵边上了另外一辆车后，一直在考虑自己当时直接反应出来的话。那个意思难道是只要梁缙含蓄委婉地表达求爱方式，她叶梵梵就势必说好了？这个逻辑是不是有什么问题？

等等，谁说梁缙那个是"求爱"的方式了？

"这样吧，我也不占便宜。我亲手做早餐给你吃，那你也亲自下厨给我做顿晚餐吧。"梁缙手握方向盘，笑得不要太狡黠。

亲自下厨。叶梵梵在心里呵呵一笑，梁缙真的是太天真了，让她下厨不是给她制造研制"黑料理"的机会吗？

"你敢吃么？"

"只要你敢做我就没什么不敢吃的。"梁缙拍拍胸脯，以示诚意。"但是菜里要是下毒的话……"

叶梵梵白了他一眼，不屑地说："你又没中五百万，我干吗花那个钱买老鼠药毒你啊？"

"菜里要是下毒的话我也照吃不误。"

"你欠虐？"

"我要是被你毒死了，你不就是背上'谋害亲夫'的罪名了？"

"So？"

"那我不是成了你的夫，你不就成了寡妇？哈哈哈～"

"……"

两个人一路上吵吵停停，停停吵吵，多半的吵闹都是以叶梵梵无语而告终。说白了，就是叶梵梵没办法冷静机智地反驳梁缙的无赖、诡辩以及话语里"为爱赴汤蹈火"的壮志雄心。

果然，吵架什么的根本就不是女人的专利。叶梵梵想着，谁要是能吵得过梁缙，她出一百块。

这天的交流会照常进行，作为之前在大家面前演过伪情侣的叶梵梵和梁缙在气氛的烘托下不得已将戏码继续，说到底还不就是梁缙做得太狠，一下子就把孩子植入了叶梵梵的肚子里，让叶梵梵叫天天不应叫地地不灵，于是只好成天出双入对，让一开始不怎么相信的善男信女都纷纷点头承认，也算是圆满了这对儿伪情侣。

"经理，你也太低调了吧。"在梁缙去洗手间期间，小艾才悄声地凑到叶梵梵耳边嘀咕。"怀孕这是喜事啊，你也瞒着。"

苍天啊大地啊，有哪个神仙姐姐能救救我以及我肚子里根本就不存在的孩子啊？叶梵梵欲哭无泪，只能拉过小艾的手臂，痛苦地说："小艾，这事千万别到公司里说。我和那个梁总根本不是他们说的那样，我苦衷可大着呢。"

小艾一副不敢相信的模样，瞪着大眼睛低声问道："经理，你难道被潜了？"

"潜你妹啊，潜？"不得已爆了粗口的叶梵梵很是替小艾的智商着急，拽她到走廊尽头的窗边，恨铁不成钢地说道，"你就不能学点好啊？他有什么资格潜我啊？你看我的胸……好吧，比飞机场稍微好点。你看我的脸……好吧，最近忘记保养长了几颗痘痘。但是你看我的身材，是不是堪比维多利亚？"

"……"

小艾的沉默就像是时间的一把杀猪刀，杀光了叶梵梵的耐性和仅剩的自我认同感。

"行了行了，我明白你的意思。"最后叶梵梵苦不堪言地扶额，对小艾摆摆手说，"说得连我自己都不觉得有让他潜规则的价值了，人生真的是好灰暗啊。"

忽然这个时候，小艾沉默得更加厉害了，眼睛直勾勾地望着某一处。

"啊，原来你是想我潜规则你啊。"不知什么时候就站在一边偷听的梁缙恍然大悟地发出了声响。"你早这么说，我就不用拐弯抹角的这么辛苦了。"

这挺拔的个儿往叶梵梵和小艾面前一杵，就有着令女性花痴的本能。首先，小艾已经花到不行了。其次，叶梵梵已经捂脸彻底遁走。

"喂，你跑什么？终于说出心里话了是不是？"梁缙追上去之前，先是冲着小艾一笑，给她竖了个大拇指，称赞道，"干得漂亮。等我和你的经理修成正果，我就给你配个高富帅。"

小艾就像是被蛊惑一般，使劲地点头。还想着，下次要干得更漂亮！

追着叶梵梵到了会议室最后一排坐下后，梁缙饶有兴味地盯着叶梵梵看。真的是越看越好看，比在南京还算不上是单身的时候更好看。

"看我干什么？"叶梵梵的脸上还是继续发烫，但是被他这么盯着，要是不说话，估计会得内伤。

"你的眼睛很漂亮，嘴唇也很性感丰满，身材嘛不高不矮，不胖不瘦。你看你皮肤多好啊……呃，多几颗痘痘显得更加俏皮可爱。"

"你是在挖苦我吗？"叶梵梵看了自己的脸二十九年了，也没觉得自己的眼睛这么漂亮，嘴唇这么性感丰满，身材有这么匀称，也从来没听到过痘痘还有修饰女人俏皮可爱的功能。

梁缙有些挫败地在叶梵梵脑门上弹了不痛不痒的个脑瓜嘣，苦笑着说："我这是在表达对你的不完美的喜欢，你就听不出来么？是不是我语言表达能力有问题？"

喜欢。叶梵梵心里又一次咯噔了一下，在梁缙这里她听到了很多次"喜欢"、"爱"之类的字眼，没有一次放在心上。她想，这些都是玩笑话，她要是当真就成笑话了。可是，每次这么想的时候，她都能看见梁缙这副想要讲清楚又没办法讲得更清楚的无奈模样。

尽管，他总是笑着看着自己。

"小说里的总裁都不是你这样的，他们都很高冷，不随便说喜欢啊爱啊。"叶梵梵无计可施，也不知道该怎么回应，于是又东拉西扯开来了。

梁缙不屑地冷笑，轻轻地摇头说："小说里的总裁都有病。哪有那么多病态的高冷啊？喜欢一个人不说出来她怎么知道你喜欢？再者，猜测一个人喜不喜欢你的心思不是很痛苦吗？还是说，你喜欢高冷的？"

喂喂，她什么时候说过她喜欢高冷的？看着梁缙又转而严肃认真的表情，叶梵梵倒是忍不住低头笑了笑，而后看着他说："我喜欢你这样的总裁。"

"真的？"差点跳起来啊有没有？

"嗯。"叶梵梵明确地点头后，往他高兴的小心脏补了一刀说，"因为你看起来就像是猴子派来的傻瓜。"

"……"

几个小时折腾后到来的晚餐时间，叶梵梵守约将梁缙光明正大地带回家里，让他见识下自己惊世骇俗的厨艺。而对于梁缙的到来，叶畅畅显得特别的不安。叶梵梵在厨房倒腾的时候，他和梁缙并肩坐在沙发上看着央视的体育频道。

"你是不是想害死我？"期间，叶畅畅盯着电视节目，面不改色地问道。

梁缙跷着二郎腿，一副大爷的模样也同样脸不红心不跳地回答道："咱们都是一条绳上的蚂蚱，要死一起死。"

"你现在还能这样和颜悦色地和我说话，你等会看了我姐煮的东西，你就会后悔提出这样的建议。"叶畅畅忽然之间不慌张了，因为梁缙好像根本不知道自己等会儿会怎么死在他姐姐手上。

NBA的比赛刚进行到一个赛点，叶梵梵端着两盆不知道什么只煮了二十分钟的东西就出来了。"过来吧，我叶大厨也不是吃素的。"

梁缙很是欣喜地过来坐定在了位置上，叶畅畅就一副苦大仇深的样子坐在梁缙旁边，看都不看一眼盆里的东西，心里料定了姐姐会煮什么。

"这是炸酱面？"梁缙又天真地问了一句。

叶畅畅拿起筷子，忍无可忍地挑了挑自己的晚餐，对梁缙说："本来我买了一桌子的菜想自己下厨做顿好吃的，全让你给搅黄了。你知道我最高纪录吃了她做的多少次方便面吗？"

"这是方便面啊？"毁了，梁缙居然还感到了不可思议。

"我高中毕业的暑假，在家里吃了整整三个月的泡面。我想我这辈子吃下去的防腐剂都可以让我和木乃伊一样流传百世，以后我的子孙还能看见我威风凛凛但干瘪的尸身。"

叶梵梵脱下围裙，也坐了下来，对着叶畅畅的后脑勺拍了一掌说："废话那么多！你不是爱吃方便面吗，那我当初给你准备三个月的方便面不都是我想要给你的爱吗？"

咦，这话说出来连自己都觉得耳熟。

"你看吧，想把亲弟弟炮制成木乃伊还振振有词。"叶畅畅无语，但反驳也无效，只能看着这弄成炸酱面一样的方便面提不起胃口。

梁缙呵呵地笑得很开心，拍拍叶畅畅的背对他说："今天你有口福了，就让爷来拯救一下我未来的小舅子。"说完，就放下筷子起身。"这两盆炸酱面给我打包，我带回去当夜宵。今晚你们姐弟两个就等着吃梁大厨的满汉全席吧。"

语罢，梁缙走到厨房，不到两分钟就冲着外面的叶畅畅咆哮道："你坑爹啊！你就买了两棵白菜，三根大葱，一块白豆腐，外加一条快死的鱼，这也叫一桌子的菜？！"

叶畅畅尴尬地假装摸摸鼻说："只要不是泡面，世界上任何一种菜我都能吃出满汉全席的味道。"

"我做的泡面真的那么不堪啊？"叶梵梵好像也才回过神来，自言自语道。

"你才知道？"

"你皮痒？"

"……"

就在他们三个人吵闹不休的时候，门铃响了。梁缙想着这会儿还有谁来拜访这对穷酸样的姐弟，刚有些莫名的醋意的时候，就听见——

"妈，你怎么来了？"这是叶梵梵的声音。

"妈妈，你来得正好！我快被姐姐的泡面给弄死了！"这是叶畅畅的声音。

"伯母，初次见面，我叫梁缙。"这是梁缙暗藏心机却温柔的声音。

叶妈妈虽然知道自己的女儿和樊落的恋情已经吹了，但是在见到屋子里另外一个陌生男人的时候还是吓了一跳。可就在正视了梁缙的长相之后，叶妈妈就想，这要是梵梵的男朋友该多好啊，长相帅得没得挑，还这么懂礼貌，再看看他的穿着，那叫一个高大上。

"伯母真是，应该是我们晚辈买菜来孝敬您嘛。"梁缙迅雷不及掩耳之势上前接过叶妈妈从菜市场买回来的一篮子菜，边说着好话边拎着去了厨房。

叶梵梵和叶畅畅同时对他这也丧心病狂的行为感到了毛骨悚然。

"这小伙子挺不错嘛。梵梵，你的眼光真的是越来越有妈妈的水平了。"叶妈妈自得其乐地坐在了沙发上，将节目调到了戏曲频道。

"呵呵，妈你这也太高估我了。"叶梵梵其实在心里默默地说，能不这么夸自己吗？虽然这个世界上她再也找不到比爸爸更爱她的男人了，但是梁缙比爸爸帅多了好吗？从某种意义上来解释，她的眼光绝对比妈妈要高上那么一两个台阶。

叶畅畅觉得女人间谈话还是不要插嘴的好，于是默默地打包起了梁缙指明要带回家当夜宵的干拌方便面，妥妥地放在了保鲜盒里。

"这小伙子还会做饭呢，哎哟真是不得了。"叶妈妈才见了梁缙没几分钟就开始毫不吝啬地夸奖了起来。"我家梵梵懒成这样，我真担心她嫁不出去。以前畅畅在家，还得帮忙替她收拾狗窝。真是。"

"妈，你这说话用第三人称的是要说给谁听呢？"叶梵梵瞟了眼在厨房大展身手的梁缙，想来应该是没听到妈妈这番自言自语的话。

但是，一会儿梁缙就探出头来同叶妈妈会心一笑说："伯母放心，我会把叶梵梵照顾得很好的。我除了生孩子不会，其他的都擅长。"

"烧你的菜！"叶梵梵没好气地瞪了眼梁缙，又很突兀地脸红了。推搡着妈妈挨到她的身边说："他不是我男朋友呢。你别跟着瞎起哄啊。"

叶妈妈不以为然，眯着眼打量了会自己女儿拍拍她的手说："你妈我纵横江湖这么多年，难道会看走眼？当初樊落来我们家的时候，我说什么来着，这孩子太自负，总觉得自己不够好没办法给你想要的生活。你看现在怎么样？"

"行行行，咱不提那档子事。"叶梵梵举手投降，看了眼无所事事的叶畅畅，立马下命令道："过来给妈妈按摩。"

"遵命！"叶畅畅虽然也二十有余，但还是童心未泯。

叶梵梵无奈，自己也总不能在客厅待着吧。于是拿起围裙走到了厨房，探头过去想看看他在煮什么。刚好梁缙将鱼下油锅，滋啦一声响，吓得叶梵梵够呛。

"别过来，小心油溅到你身上。"梁缙在看到叶梵梵偷偷过来的时候，没来得及提醒她就已经将鱼下锅，于是只好快速地挪了个位置，用身体将她挡在了身后，生怕油飞溅出来。

叶梵梵被这一关心到极致的举动惊扰得不轻，小心脏飞快地跳着，于是只好拿着手里的围裙做掩饰说："把围裙穿上吧。免得油溅到衣服上洗不掉。"

"嗯，我现在腾不开手，你帮我穿一下。"

"哦。"

然后梁缙就稍微低下了头，侧身对着叶梵梵。在围裙套到梁缙脖子的刹那，叶梵梵惊悚地意识到她和梁缙的距离只差了零点零一公分，两个人几乎是我中有你，你中有我的状态。

"再不快点，鱼要焦掉了。"

面对着梁缙若无其事的调戏，叶梵梵飞快地帮他将围裙穿好，气鼓鼓地回到客厅一屁股坐在沙发上。

叶畅畅捅了捅叶梵梵的胳膊，戏谑道："炒个菜还整出这么多事来，刚刚那会就差点亲上了。哎哟哟，真是禽兽啊你们。十八禁的东西也敢现场直播。"

"下次偷窥的时候言语一声好吗？"

"我吱声儿了还叫偷窥吗？"

"你吱了我就可以当场打死你啊。"

"……"

于是之后叶梵梵就算再难耐，在梁缙出来之前，她也绝不进厨房半步。终于，梁大厨的满汉全席在新闻联播结束之前顺利搬上了饭桌。

对此，叶梵梵松了口气。

"来，这是伯母的碗筷。"梁缙热情贴心地为叶妈妈准备这个准备那个，每样菜还都让叶妈妈先品尝。

"喂，你这样子是不是太明显了？"叶畅畅心直口快总算是热闹不下去了，看着梁缙霸占了自己的姐姐不说，这会儿又想要企图霸占母亲的心里位置。是可忍，孰不可忍啊！

梁缙悉心地为叶妈妈夹菜，对叶畅畅的话不为所动。"我对伯母好，有错么？我希望她把女儿给我，难道不应该这么做吗？"

"给给给，以后你只要有空来给阿姨做顿好吃的。这样的女儿你就拿去好了，顺便买一送一，我把畅畅也送你得了。这样子你家还可以少请一个保姆。"

"妈！"叶妈妈的爽快也惹得姐弟俩异口同声地抗议。尤其是叶畅畅，他可是不干了。"怎么的我就成保姆了？我可是美国普林斯顿大学的高才生！"

"工作不分贵贱嘛，你怎么能这么说呢？"梁缙这会儿就是披着羊皮的狼，在叶妈妈面前话能说得有多好就多好，一点都不带含糊的。

叶梵梵干笑着，只好替自己的弟弟一边夹菜一边安慰道："你放心。你姐我又不一定要嫁给他，他和妈妈聊得再投机那也没用。我绝不让自己的弟弟受半点委屈啊。"

"果然世上只有姐姐好。"叶畅畅不悦地吃下叶梵梵夹给他的菜。

梁缙笑着不作声夹了块鱼肉到自己碗里，然后细心地剔掉了鱼刺，随后放心地夹到叶梵梵的碗里说："你不嫁给我，那我还是三天两头给你妈妈烧饭做菜的，邻里之间问起来，伯母肯定回答这是我女婿。对吧，伯母？"

"小伙子真机智，点赞！"

叶梵梵看着碗里的鱼肉反驳不出话来，属于梁缙独特的照顾方式，她真的一点都不排斥，反而很享受。

"姐姐，你可千万别沦陷啊！只因为一块鱼肉就沦陷了，是不是也太对不起我了？"叶畅畅故作撕心裂肺地呐喊。

"没那么严重啦。"叶梵梵心口不一，有些感动地吃了口鱼肉。

叶畅畅捶胸顿足，痛心万分地说道："我家已经被梁缙攻下了……"

"叫姐夫。"梁缙玩上瘾了，索性就玩到底。

"你死开。"

"那叫爷。"

"你大爷!"

如此循环往复之后，一顿意想不到的晚餐就这么结束了。洗碗盘子的时候，叶畅畅已经约好朋友出去玩了。在梁缙的建议下，他们两个就一起先送了叶妈妈回家。之后车子又开到了外滩这个喜怒哀乐的景地。

两个人坐在车里，望着外滩的夜景，气氛很是甜蜜。

"我明天就回广州了。"梁缙开口轻轻地说了一句。

这句话叶梵梵记得很清楚，当初南京的最后一夜，他也是这么说的。而这么说之后，他们隔了一个多月的时间才重新见面。

隐隐的不舍涌上心头，但是叶梵梵没有开口说"留"的勇气。她怕一开口就重蹈覆辙了，毕竟广州和上海的距离同上海与北京的距离没差别。

有些话，说了也白说，因为结果一样。

沉默了许久，梁缙又说："我有话想跟你说。"

听到这句话，叶梵梵整个人都紧张了起来，忐忑地问："什么?"天哪，不会吧? 梁缙该不是要说……

梁缙欲言又止："你能不能……"

"什么?"叶梵梵超级紧张，这样的氛围，这样的节奏，明摆着就是要被拿下了啊!

最后梁缙吸了一口气，问道："你能不能把印章还给我?"

叶梵梵："……"她在心里说了句，你大爷。

第二十二章　爱缓缓来

安静的夜晚总是带着蛊惑，它试图让你相信此刻思念的人也同样思念着你，而你一不小心入睡的梦中，那个人也在梦里盼着你出现。

甚至你渴望听到的话，他也一字不差地说给你听。

"怎么，自己送的东西现在还舍不得给了是吗？"梁缙看着副驾驶位上有些失望的叶梵梵的脸，反问道。"也行，你要真不愿意还呢，你就答应我一件事。"

"又什么事？"叶梵梵此刻感受到的失落让她自己都有点意外，张嘴的语气竟是失望中的不耐烦。

梁缙突然干咳了下嗓子，侧了下身对着她，然后一字一句地问："你什么时候开始一段新的恋情？"

What?！叶梵梵震惊万分地同梁缙对视。现在是什么情况？上帝听见了她内心的祷告，于是给梁缙下了魔咒从而成全自己？可是她都不信上帝的，上帝怎么会这么眷顾她？

"呃，我……"

"什么时候想开始了，告诉我一声。"

天哪，敢情这天上的月老已经把红绳从她和樊落身上解下来，重新系在了她和别人的身上。而这个别人，十有八九就是眼前这个说着告白的话却听起来像是给你下了道命令的男人。

"那我要是不想开始呢？"叶梵梵必须承认，她对梁缙的心动不止是现在。但是她必须用长远的眼光看待今后将要产生的问题。

她和梁缙，就如曾经的她和樊落，单从地理位置而言。

"怎么能不想开始呢？"梁缙的眼神赤裸裸地在表达焦急，他吞了口口水似是要准备苦口婆心地劝她。"你看啊，我们都是正当年华。我未婚，你未嫁，两情相悦，比翼双飞……"

"等等，谁和你两情相悦，比翼双飞了？"

"你别插话，听我说完。"梁缙焦躁地扯扯领带，解开了衬衫的第一颗扣子。动用双手比画着声情并茂地向叶梵梵讲述恋情开始的好处，说到最后他语重心长地问她，"你不开始新恋情，不结婚，你对得起未来我们即将出世的孩子吗？孩子有错吗，你凭什么不让他在一个好时候出生？趁着你周围的同学都结婚生子，你怎么着也得赶赶时髦。万一生的是儿子，你同学生的都是女儿，那咱们的儿子不就坐拥后宫了吗？"

呵呵，你还能再扯淡一点吗？叶梵梵听着他说的这话，无奈地笑了。

"我不开玩笑，你知道的。"末了，梁缙又收敛起笑意，认真地看着她。

叶梵梵点点头，看向他说："我在上海，你在广州。这和我之前那段的恋情有什么分别？你总不能让我再一次体会那种无可奈何又逼着自己拿刀在心口上剜一刀的经历吧？我可是伤不起了……"

大抵是听明白叶梵梵在顾虑什么，梁缙沉默了好一会儿才说："距离的问题就交给我来解决吧，你不要操心。你喜欢待在上海，我就来陪你。"

叶梵梵看着梁缙，映入眼帘的到底还是他自信满满的笑容。这个笑容似乎能给她带来安全感，只要他说"没事"、"放心"之类的话，叶梵梵就觉得非信不可。事实上，梁缙外表给人的感觉还不及樊落稳重。但是，她深知梁缙为她做得不少，而且他总是能明白她的欲言又止，这是樊落不曾给过的默契。

而这个默契大概是每个女人都希望从男人那里得到的东西。

"嗯，我知道。谢谢你。"叶梵梵心里的重担并没有得到缓解，但是得到了足够的安慰。梁缙允诺的事情一定会做到，她就这样鬼迷心窍地相信他。

梁缙抬手，情不自禁地抚上了她的脸颊，淡淡地问了一句："那你这算是答应了还是没答应啊？"

叶梵梵扑哧地笑出声，拿开他的手，反问道："你不是很自信的吗？还是说，你也有不自信的时候？"

"当然有啊。"梁缙似乎又被打败了一次，很是妥协地承认道。

"什么时候？"

"一个人想你的时候。"

"……"

那晚之后，叶梵梵的工作和生活看似又恢复了平静，实际上正风生水起。她几乎每天都能接到梁缙的电话，甚至还有电脑上的视频通话。两个人一聊上就有说不完的话，结束之后想想又不知道到底说了什么。

叶梵梵想着，她大概是又陷入热恋了。就算是冰山美人也架不住梁缙这样隔三岔五就飞来上海看她，就为了亲自下厨给她做顿好吃的。就连对老奸巨猾的梁缙有点不服气的叶畅畅也被俘虏了，就因为吃了他烧的菜让人欲罢不能。

这天中午，忙了一早上的叶梵梵才有时间歇下来坐在办公室，揉揉脖子打开电脑，刷刷微博。一下拉就看见了不得了的一条消息，樊落居然上传了一张他和别的女人的合照。说不上特别亲密，但是也是关系不一般。两个人坐在设计室的大方桌旁，对着镜头笑得别样灿烂。

"嗯，这大概就是传说当中的红颜知己吧。"叶梵梵心里纵使还有疙瘩，也不至于没办法正视他们两个人之间的变化。她想对樊落取消关注，可是她发现樊落没有这么做。于是她不能先当了小人，被人看扁了。"祝福的话我也说不出口，反正事情就这样了。"

叶梵梵还是略有点感叹的。起初樊落怀疑她和梁缙，而那个时候他们之间是清白的。到了现在，叶梵梵和梁缙还真就那么回事了。有时候，剧情的变化是谁也料不到的。或许，樊落也根本没有想到吧。

感慨了许久，叶梵梵又点进了梁缙的个人主页，发现他关注的一栏上还是只有"1"这个数字。可关注他的人最近涨了不少。

"就关注我也没见他有评论我的状态啊。"叶梵梵嘀咕了一句，心里却还是忍不住乐开了花。抿抿嘴，又看了看他的微博，发现微博数也就只有一条。于是她又觉得，这个梁缙是不是申请了之后就没再玩过啊？"他这么忙，估计也没时间倒腾这个玩意。"

这个时候，小艾捧着一文件夹敲响了她的办公室的门。

"经理，这里签个字。"小艾将文件摊开在了叶梵梵的面前，瞥了眼电脑屏幕，好奇地问，"经理经常玩微博么？"

叶梵梵签好字，合上了文件夹，点点头："嗯。"

"我也是呢。回头经理和我互粉一个呗。"小艾欣喜若狂，她可是微博党呢。

"呵呵，好啊。"叶梵梵也爽快地答应。刚想问她微博名是什么，她先关注了。梁缙就打来了电话。"喂？"

小艾一看叶梵梵接起了电话，非常识相地做了个先出去的手势，随后就笑呵呵地出去将门带上了。

"忙到现在午饭吃了么？"梁缙开口第一句话就是这个。

叶梵梵还纳闷了，他是怎么知道自己忙了一个上午还没吃饭呢？于是她就故意说："我吃过了啊。"

"呵，别闹。"梁缙一下子就戳穿了她的谎言，语气很不正经地说道，"没吃的话赶紧去吃。你总不能见不到我就吃不下饭吧？可别，思念成疾的话我就罪孽深重了。"

"你得瑟什么玩意儿？"叶梵梵总是被梁缙正经话里的不正经玩笑给呛得没话说，只好绕回前一个话题，问他，"你怎么知道我没吃饭？"

"因为你把微博当饭吃啊。"

"……"几个意思？叶梵梵还歪着脑袋思考了很久，终于瞥了眼自己登陆的微博，一下子就领悟到了。"你居然监视我？"

肯定是这样。因为没看见叶梵梵上线所以就推出她在忙，看到她上线的时间又得出还没吃饭的结论。这个梁缙似乎看起来并没有她想象中的那么忙啊。

"呵呵，不要用敌人之间的词嘛。我这个叫作关注，百分之百的关注。"梁缙话才说了一半，叶梵梵忽然听见耳朵里传来了另外一个男人的声音。"我的梁大少爷！什么电话这么重要，你非得在开会的时候打？最近越来越不敬业了啊，是不是你妈打来的？"

叶梵梵怔忡，对着电话轻声问了句："你在开会啊？那你赶紧回去呗，别耽误了正事。"

"你这么善解人意，让我怎么舍得挂电话？"都这个时候了，梁缙还在说着不着边的情话。

而那个男人的声音再一次响起。"你笑得这么灿烂就一定不是你妈打来的！我猜猜，是你大姨妈？"

"是你大姨妈！"梁缙无语地摁住听筒咆哮回击，继而又清清嗓子温和地说，"行。我回头再打给你，记得赶紧去吃午饭。"

"嗯，好。"挂完电话的叶梵梵看了眼时间，已经是十二点四十五分了。特意打电话来叮嘱自己要吃饭的梁缙却还在开会，他也一定还没时间吃饭吧。

收拾了下桌面的叶梵梵，心里漾起了甜蜜，让她彻底忘却了那会儿樊落带来的不舒服感。她在自己的笔记本上写下了"10"这个数字，这是她与梁缙从分开那天算起的日子。

现在的日子风轻云淡，叶梵梵过得很自在。她鲜少去真正地考虑她与梁缙的未来，因为两个人如若真的在一起，活在当下才是正确的选择。

没有梁缙陪伴的时候，她会一个人选一个露天的咖啡馆，静静地喝着咖啡装着小资，任凭别人怎么看待，她就觉得自己活得很充实。而有梁缙陪伴的时候，她会和他坐在家里的客厅连带着弟弟一起打游戏，然后全军覆没。

守候的真正意义，叶梵梵才开始有点懂得。爱是细水长流的，爱要慢慢来才好。

"啊，梁缙那厮又要来?"某天晚上叶畅畅在房间打着游戏，一听姐姐晚上又要出去约会，立马抛下游戏里的队友，转头对叶梵梵说道，"他是把这当成小公馆了，还是直接把你当成他的女朋友了?"

叶梵梵站在他的房间门口低头整理着包里的东西，对叶畅畅的提问概不理会，只是叮嘱了一句："各种口味的方便面随便挑。"

"能带我一起出去吃大餐不?"

"No。"

"真的是有了男朋友忘了亲弟弟。"叶畅畅不满地转回身，继续开始游戏，不料全员已经阵亡，差点没被战友给骂死。于是他又啰唆道，"姐，你可不能被梁缙的美色给诱惑了啊。"

叶梵梵这才走到他身边，双手交叠在胸前，奚落道："当初拿游戏通关攻略和我的幸福作交换的人是谁? 怎么，现在梁缙没有私下给你特权让你成为试玩新游戏第一人?"

"姐，你这是在指责我收了好处乱牵线是吗?"叶畅畅急了，他承认他确实收了梁缙不少的好处。可是再怎么多的好处，姐姐也不是说卖就能卖的啊。就算梁缙想买，那好处也给得不够分量啊！

"牵线哪轮得到你这个没谈过恋爱的人来牵啊？你想牵，你问过月老了吗？"叶梵梵掏出手机看了眼梁缙的短信，就不和叶畅畅废话了。"我先出去了。你如果实在不想吃方便面的话我看着办，给你外带点好吃的。"

叶畅畅挑着眉，相当不信任地问了句："孤男寡女的在外面约会，你还想回来？"

"……你爱吃不吃。"

"我吃我吃。"

上海的白天还是晴空万里的，这大晚上居然下起了瓢泼大雨。叶梵梵在知道梁缙会来的那个消息后心里囤积起来的喜悦感瞬间被这大雨给浇灭。

但浇灭的同时，她心里又有一团大火在熊熊烧起。

"别到时候告诉我飞机误点，理由还是因为广州也下雨了！"叶梵梵在机场出口处望着被大雨迷蒙得更加不清晰的城市，愤愤地怒骂迟到了快十五分钟的梁缙。

之后从机场走出来陆陆续续的人，没一个是梁缙。按理他这样的身高比例，无论搁在哪儿哪儿都应该是众人瞩目的焦点。可这会儿，叶梵梵眉毛下的两眼真的是望穿秋水也不见那傲人的身高翩翩而来啊。

"我不会是被他耍了吧？"时间一分一秒地过去，叶梵梵被逼成了疯子。她掏出手机，自言自语地蹲在玻璃门的旁边，给梁缙编辑了一条短信。"亲爱的梁少，时间是把杀猪刀，当你在空中翱翔或是不幸被云层中的闪电击中的时候，我可能已经心灰意冷地回家同我那可怜的弟弟一起纠结着今晚到底该吃哪种口味的方便面了。所以，如果在我发完这条短信，你还没有出现的话，你信不信我回头咬死你？"

身后传来短信的提示音。

"来咬死我啊，亲爱的叶小姐。"

冷不丁的，背后一阵发凉。叶梵梵一哆嗦，怀疑自己出现了幻听。这世上哪有这么巧的事情，更何况梁缙为什么早不出现晚不出现的，正好在自己发完短信后出现？叶梵梵摇摇头，觉得还是别给添乱好了，于是猛地一个起身……

"喂，你小心点。"身后那个声音好像不是假的，手臂上被紧紧抓着的触感也是真的，脑子供血量不足产生眩晕也是真的。叶梵梵再次晃荡了下脑袋，回头看着他，立马清醒了。非常冷峻地问了句："别告诉我广州下暴雨，否则分分钟咬死你。"

梁缙眼睛向左看了看，有点艰难地说："我要是说广州来台风了，你准备怎么弄死我？"

"……"

见叶梵梵一副"你怎么不干脆说得再严重一点呢"的无法相信的样子，梁缙真的是一脸抱歉。伸手接过叶梵梵手里的伞，撑开在他们头顶同她说："对不起，让你等了这么久。"

"台风的错。"叶梵梵真的等得有点神志不清了，主要还是饿得慌。每次和梁缙在一起，她都有点像饿死鬼投胎的一样。不知道是不是因为梁缙太秀色可餐了呢？噗～

来到机场停车处，两人收了伞叶梵梵想要开车，被梁缙拦下了。他一本正经地说："外面下大雨，不好开，还是让我来。"

"可是你坐飞机也很累啊。"这个时候的叶梵梵堪称贤妻典范，她都不知道自己居然有这么善解人意的一面。尴尬地干咳一声，又有点疑惑地问，"很奇怪，我都没看到机场的显示屏上有你要坐的航班的时间。我是眼花了么？"

梁缙笑笑，还是将车钥匙从她手里拿了过来，说："上车吧。去哪里先吃点东西填填肚子。你家叶畅畅也应该固执得不肯吃泡面等着你外带吧，我猜。"

叶梵梵坐进车内，扣上安全带。听了梁缙的话，略感到羞愧。"我这次没有只给他买红烧牛肉面，我还给他买了酸菜的。他应该也能吃出满汉全席的味道。"

"唉，我这要是把你娶回家，我再出个十天半个月的差，回来你可得成什么样了？"梁缙苦笑，"干脆我出差的时候把你带着好了。"

得，以前还只是聊到喜欢之类的问题，这次直奔婚后生活了。叶梵梵摸摸自己的脖子，支支吾吾地说道："你出差的时候我可以回娘家啊。"

"……"这次轮到梁缙脸上露出"你这也太丧心病狂"的神情，车子开出机场后，他终于忍不住感叹。"看来留住你的人，光抓住你的胃根本就不行啊。"

叶梵梵幸福地笑着看向被雨横扫的窗外，景色迷蒙，却令人沉醉。等到要等的人，就算外面的气候再糟糕，都能看出个世外桃源来。

"就这家店吧，离你家也近点。带回去给叶畅畅吃的还能算是热食。"梁缙把车停好后，边这么说着边和叶梵梵推门而进。

这家私房菜外面就靠近一条河，所以雨声就显得更加雄壮了。而且，下雨天店里的客人也不算多，还算清净。

"你点吧。"叶梵梵的懒就在，她好吃，但是她懒得点菜。所以叶妈妈才会说，这个世界上要是有"比懒"这项工作，那叶梵梵保准分分钟成为富豪，登上福布斯排行榜。

可惜啊，富豪也就只能是眼前这位洗个手的工夫也能赚上百万的人才算是吧。但是叶梵梵才不会拿自己和他比呢，她又不傻。这个世界上为什么会有那么多女孩子被总裁小说迷得七荤八素，就是因为钱赚得多基本上都是成功的男人，而女人只需要倾国倾城就好了。

噗～叶梵梵再次被自己不要脸的想法逗乐了。托着腮帮子，就这样注视着连点菜都像是审批文件的、帅得没法再帅的梁缙。

"就这样吧。"梁缙合上菜单，又看着叶梵梵说，"到时候回去再买点甜点。"

叶梵梵仍旧是保持那个花痴的姿势一动不动，惹得梁缙脸上一阵燥热，无奈，他脱下外套挂在椅子上，低哑着嗓音道："怎么，现在有想咬死我的冲动了？"

"不是。"叶梵梵轻微地摇摇头，"我只是在考虑一个问题。为什么认真的男人看着就特别帅呢？"

"哼。"这个很明显在夸梁缙的话却惹来了他的不屑，显然梁缙并不觉得这是个褒奖。他十分严肃地解释起了这个问题。"叶小姐，男人帅不帅其实和认真做事无关。纯粹就是男人本身长得帅不帅的问题。你们女孩子看韩剧的时候，首选是什么？"

"我不看韩剧。"

这女人还让不让愉快地聊天了？梁缙自讨没趣地端起水杯喝了一大口温水，又不死心，再问了一遍。"那你美剧总看吧？"

"嗯，看啊。"叶梵梵一五一十地回答，"可是我这会儿就觉得你帅了，拿十个欧美爷们儿也不换。"

叶梵梵啊叶梵梵，认识也算有段时间了，总算是说了句人话啊。梁缙心里这么无根据地想着，嘴角硬是控制不住地向上翘啊。

"不过，吃完饭再让我仔细想想的话，要是拿小罗伯特·唐尼来换，我可以毫不犹豫地把你和叶畅畅都换走。如果拿康伯巴奇来换，我可以把你和畅畅还有房子都拿出去换。"

"……"

两个人在里面互相泼着冷水的时候，外面的雨声里夹杂着吵闹声。不一会儿，连店里的老板都打开玻璃门和伙计站在门口观望着。多事的叶梵梵也起身探了下头，隔着玻璃看不清，她干脆也走到门口看了看。隐约间好像是一对男女站在河岸边吵架，连雨伞都掉在脚旁边了。

"要不要报警啊？"叶梵梵略微担心地低声问了下不知何时也站到身边来的梁缙，"总感觉他们吵着吵着会动起手来啊。"

梁缙也觉得有点危险，更何况还下着雨，脚底打滑溜下河的可能性也比较高，还是……他还没想完后面的"还是"就听见旁边的叶梵梵大叫一声"快打120"后，就见她飞身冲向磅礴的大雨中。

梁缙顿时紧张万分，急忙叮嘱店里的老板："120、110，一个都不要放过！"然后也追上叶梵梵冲向雨里。

突发情况就是吵架的男女难免会有肢体上的接触。就和梁缙想得一模一样，下这么大的雨，脚底一打滑……看样子摔下去的是女孩子。

"叶梵梵，你别给我乱来！"当梁缙看见叶梵梵跑到河边，做出预备跳水动作的时候，他就觉得自己心脏骤缩，紧张到快要休克了。可是，这喊声完全没有进入到叶梵梵的耳朵里，他就眼睁睁地看着她潇洒一跃进入到水位上涨的河里，而且还是在这秋季里。

于是，梁缙当时恨不能把站在河边傻眼的男人给推下水去。当然，这样的行为显然不是他的风格，即使他有想过要这么做。

又"扑通"一声。

老板打电话报警，对着警察说："有两个女人落水了，现在……哦，不对！有三个落水了！现在的情况就是不清楚谁救谁啊……哎呀我去，那个该落水没落水的王八羔子想逃！你们快点来……"

在对于谁才是王八蛋的这个问题上，群众的眼睛还真的是雪亮的。

没过几分钟，叶梵梵就顺利就把那个女孩子救了上来，在众人的帮助下将女孩子拉上了岸。还好，女孩子只是呛到了几口水，并没有大碍。叶梵梵浑身湿透，喘着气看了眼周围，忽然发现哪里不对。

但是她一眼看到人群里畏缩着不敢看脸色苍白、吓坏了的女孩子的男人，就气不打一处来。一步上去就开挂似的大骂了起来："我告诉你，这姑娘要是清醒过来说你杀人未遂，你还指望能成为她的男朋友？你就等着还不清的债吧！"

"真，真的么？"男子瘦瘦高高的，看起来也吓坏了。

叶梵梵面色不改，雨水打着脸上也丝毫不在意。"基于疑点利益归于被告的原则，姑娘没有证据和证人证明是你硬要推她下去的。你还可以反咬她一口。"

男子顿时隐约地松了一口气。这让叶梵梵相当不爽，又补充了一句，"但是作为目击者之一的我，可以分分钟替姑娘了结了你。"

"别……我，我真的不是故意的，我只是一时激动。可可，我错了，你原谅我行不行？"男子扑倒在女孩的身边，而女孩还是惊魂未定的样子。

这时，旁边的看客多事儿，他向梵梵问了句："目击证人真的可以这样做吗？"

"当然不可以。当时雨下得这么大，又是晚上，我根本看不清他们的小动作。做伪证是妨碍司法公正，要坐牢的。我这么说，不过是为了吓唬他。"

"哦。"

这时候，人群里焦急的老板喊了声："姑娘，你男朋友还在水里！"

听到老板这么一说，叶梵梵大惊失色。她就说好像有哪里不对，那个时候她好像是看到有人跟着她跳了下来，还真的是梁缙！

二话不说的叶梵梵看了看还有点水花溅起来的地方，又一头扎进了水里。与此同时，警车和救护车都到了。女孩被送上了救护车，男孩被押去了派出所。

"河里还有人呢！"老板急切地呼叫着警察，指着看不见什么活物的水面不清不楚地说道，"女孩又下去救人啦，这次是她的男朋友。"

"什么情况啊？这是两对情侣在吵架啊？"

"跟你们警察一时半会儿说不清楚啊。"

"……"

然后，警察叔叔也脱下正装的外套，跳进了河里。大概折腾了十分钟左右的时间，叶梵梵和另外一个警察将梁缙拖上了岸。

"喂，梁缙？你别吓我！"看着被灌了很多河水、昏迷不醒的梁缙，叶梵梵果断急哭了。一边努力克制自己的情绪，一边又颤抖着说，"梁缙，我一定救你，你可别……"死，怎么也说不出口。

叶梵梵推开了警察，忙给梁缙做起了人工呼吸，那急救的动作比在大学里考那个红十字现场救护员证的时候还娴熟还认真还要负责任。

她一下又一下地做这套动作，五六个来回之后，梁缙终于吐出了好些河水。那个时候，叶梵梵甚至都觉得他还能吐出一条活蹦乱跳的小鱼。

但是，她没有笑。

因为梁缙咳了好些水出来后，对叶梵梵说的第一句话就是："这河里的水真是太腥了。"然后全身瑟瑟发抖的叶梵梵双手颤抖着当即就给了梁缙一巴掌。

两个人没有去医院，浑身湿漉漉地就回了家。坐上电梯的那会儿，窄窄的空间里还能听见水滴声。叶梵梵双手环抱胸前还在担心着生气，左脸颊五指印分明的梁缙看着她，这会儿，他的脸上不仅有抱歉，心里也更加抱歉了。"我今天……可能是太久没运动，在水里没一会儿脚就抽筋了。让你担惊受怕了，对不起。"

叶梵梵没有吭声，她知道不是他的错，她知道他是因为担心她，可是她真的是被吓坏了。那种突然就要失去某个人的心情，让她感觉天都要塌了一样。

而后梁缙不知基于什么契机，淡淡地问："你知道落水的比翼鸟变成了什么吗？"

"变成了什么？"

"鸳鸯。"

"……"

电梯似乎坐了很久，而叶梵梵在听到梁缙这个冷笑话之后，猛然转身双手抓住梁缙的衣领，给了他一个彻夜难眠的深吻。

拿叶畅畅的话来说，大龄男女青年大晚上都到家门口了，居然还在电梯里没有节操地玩起了湿吻，还湿着身，这简直就是误导青少年朋友的相当发指的行为。

"好啦，昨晚梁缙不是和你睡的么？"大清早的叶梵梵真的是被弟弟教育到心力交瘁，一双手臂因为昨晚那个人工呼吸还酸痛着。

不说这个还好，一说到这个叶畅畅差点急得跳脚。"梁缙的睡相有多差你知道吗？"

"我又没和他睡过，我怎么知道？"到了这个年纪的女人了，说起这些话已经不知道脸红了。

"我这么和你说吧。我昨晚是睡在床底下的，所以我……哈欠！感冒了。"叶畅畅捏捏鼻子，满脸需要被关心的神情，眼睛水汪汪装可怜地注视着叶梵梵。

叶梵梵摸摸叶畅畅的头说："小点声，他还在睡觉呢。昨晚肯定很晚睡的吧。"

看样子，这个姐姐已经妥妥是梁缙的了。叶畅畅无奈地想着，软软地瘫在客厅的沙发上，摆弄着遥控器对叶梵梵说："他昨晚兴奋得根本睡不着，一直在我耳边唠叨着你主动献出了你们两个之间的初吻……害得我游戏满盘皆输。不过，后来他一局就给我掰回来了。"

"呵呵。"叶梵梵笑笑，心情也颇好。她从来没有在一段关系中处于主动的位置，昨天会主动地吻梁缙，大概真的就是想吻他了。这种确定的感觉好棒，但同时觉得好害臊啊。

叶畅畅无语地瞅了瞅叶梵梵那桃花泛滥的迷蒙双眼，忍不住啧啧道："梁缙到底喜欢你哪一点啊？居然为了来看你，风雨无阻的。爱情真的是想不透的不辞辛苦啊。"感叹了下，叶畅畅从沙发上起身，从裤袋里掏出了几张东西递到了叶梵梵的眼前，耸耸肩说，"这是从他的外衣口袋里找到的。"

叶梵梵诧异地接过来一看，眉头逐渐紧锁。

"昨天广州确实遇到台风了，来上海的航班被取消了。他大概是不想让你空欢喜一场，换了不同的交通工具才能来到你面前，最后还假装出现在机场……"

爱情的真相就是让你瞠目结舌的同时也灌给你一大口的蜂蜜，让你不知道该是惊讶他如此爱你的好，还是甜蜜于他仅给你的甜蜜。不管如何，叶梵梵又被梁缙未说出口的爱给感动得一塌糊涂。

叶梵梵要叶畅畅陪她一起去买菜。"我不去。我去帮你把男人叫醒，让他陪你去菜场，行不行？"叶畅畅一手被姐姐拽着，一手像是有了磁力，拼命地想要往自己的房间躲藏。

叶梵梵用上了双手的力量将人高马大的叶畅畅给禁锢在原地，苦苦哀求道："别这样，亲弟弟。姐姐以后要是嫁给梁缙，他花不完的钱我都寄给你好不好？"

"这个倒是可以考虑。"叶畅畅稍微转变了下态度，后满脸狐疑地盯着叶梵梵，"怎么忽然提到要嫁给梁缙了？你怎么知道他会娶你？"

"别给点阳光你就灿烂，我可以随时让你进入梅雨季节。"叶梵梵收敛嬉笑神色，松开弟弟的手，整理下衣服说，"嫁人这种事也是要看时机的，不过就刚刚那会即使梁缙手里没有鸽子蛋一样的钻戒，我也毫不犹豫地嫁了。"

"但是？"

"但是，结婚这种事如果坐下来，喝口茶商量了一会儿，我没准就觉得我嫁给梁缙会不会是个错误?"

所以说,女人翻脸比翻书还要快。叶畅畅凭着自己多年在女人堆里摸爬滚打的经验确信了这个真理。其实,女人堆里无非就是一个叶梵梵一个叶妈妈。这两个颠覆他一生女人观的女人可谓是可歌可泣啊。

"那你以前有没有想要嫁给樊落的瞬间?"现在提到前男友应该没什么事了,叶畅畅确定自己的判断无误。

叶梵梵叹了口气,想了会儿点头。就在上大学那会儿,她和樊落结缘于图书馆,两人当时背对着背互不认识地坐在那里看书。但是随着不约而同的起身撞到了彼此的椅子,发出的那种响声以及两个人都很抱歉的回眸。

对视的那一刻,叶梵梵甚至就认定樊落是自己此生的相依。尽管,她现在已经没办法知道樊落是不是也和她产生了相同的想法,但是过去的事情就像无情流水,有缘无分罢了。

"我想能和他修成正果的时候,他却觉得还没办法给我想要的舒适生活。结果,他的事业刚启航,我却没办法再等下去了。有时候就是这样,明明不是不相爱了,就有一千种理由让这段感情进行不下去了。而那个理由,没有也可以创造。"

叶畅畅纵使再怎么单纯也听得出叶梵梵说的是樊落的"背叛"。或许理由并不存在,只是说得好听的还相爱早就已经荡然无存。

"行了,就留着和梁缙结果吧。你们打算生男孩还是生女孩?我比较喜欢女孩。"叶畅畅揽过自己姐姐的肩膀,大男孩一样地靠着她。他说,"女孩子要是像姐姐,我就可以把你小时候对我干的缺德事统统报复在你的女儿身上。比如你跟我说,苹果是小的甜,结果你吃了大的。再比如,你说吃鸡爪的人字会写得很难看,害我到现在看见鸡爪都有阴影,但是你吃了二十几年的鸡爪字写得和书法家一样……"

"我现在完全没有想要嫁给樊落的想法了。"叶梵梵说。

姐弟两个走出房间,亲昵地走在小区里。叶畅畅不知不觉就成了梦想中的天才,而叶梵梵也终究成了天才的姐姐。小时候姐姐照顾弟弟,长大后的弟弟保护姐姐。

今日，阳光安好，一高一矮的影子都被拉得很和谐。

虽然是叶梵梵怀着感恩的心情主动买回了许多好菜，但是下厨的依旧是睡到十一点多，饿到自然醒还要煎熬着做午饭的梁缙。

"畅畅，过来帮我揉揉肩。"梁缙掌着勺还不忘吩咐叶畅畅伺候下自己，他摸着脖子难受地转了转。"昨晚你是怎么睡的，我那个全身酸疼。"

"大爷，你那是自作自受晓得不？你记得我怎么睡的，我都睡在床底下了，你还有什么不满意的啊？你酸痛是因为你做了剧烈运动，你怪我？"

叶梵梵在客厅听到这样的对话，瞬间脑补了一些怪异的画面。差点把嘴里吃的东西喷了出来，这年头是不是英剧看得太多了……

"哦～我这记忆还没有从梦中苏醒过来，不好意思。昨晚游了个泳，脑子可能有点进水。"梁缙笑着调侃自己，顺便朝着客厅的叶梵梵问了句，"蒸蛋上面葱花要么？"

叶梵梵笑着高举了个 OK 的手势。

"嘿嘿，说什么脑子进水，其实就是被我姐的吻给亲得七荤八素了吧～"叶畅畅不怀好意地捅了捅梁缙的背，奸笑着说，"是不是打从心底里就期待我姐能那么主动啊。"

梁缙被说得怪不好意思的，主要原因就是叶畅畅说得都对。他将火关小，偷偷地勾着叶畅畅的脖子到厨房水槽边，对他说："男人嘛，你也应该懂得啊。"

"我上哪儿懂？我又没谈过恋爱。"

"没谈过恋爱你总看过人家谈恋爱吧？"梁缙怎么觉得和这两姐弟说话都这么费劲呢？但是转念一想，一脸震惊地看着自己未来无辜的小舅子问，"叶畅畅，你也活了二十几个年头了吧，居然还是一个小鲜肉？"

对此，叶畅畅表示不想追究自己为何不谈恋爱的原因，但是他无论如何也得拽上一次，于是清清嗓子对梁缙说："我是个把物理化学知识当成恋人的男人。像我们这种天才，不需要别人的喜欢，因为我有上帝喜欢。"

"呵呵。"梁缙鄙夷地笑了一笑，重新回到炒菜的岗位上，刚要调大火又追问了一句，"你的那些物理化学恋人负责给你生小孩么？"

"……"

"还是说喜欢你的上帝会指派丘比特给你标配一个老婆？"

"……"

"哼，天真。丘比特的第一箭向来都是射歪了的。"

"姐！立马跟梁缙分手！分手！分手！"叶畅畅到底是斗不过梁缙这个极度腹黑又狂妄自大的人，于是直接奔向客厅朝叶梵梵气急败坏地嘶吼。

叶梵梵正看着电视呢，见叶畅畅一脸小媳妇的样子冲自己喊委屈，忙拉过弟弟坐在旁边，拍拍他的头安慰道："没事，受伤的不止你一个。因为我也吵不过他……"

"给我分手！！！"

安静吃饭的时候，梁缙深知自己戳伤了未来小舅子的还没谈恋爱的自尊心。便暗落落地亲昵叫了声："畅畅～"

"别在吃饭的时候发出这种声音，免得我以为自己吃的是大便。"叶畅畅并不领情，光顾着吃着菜，因为梁缙的手艺真的不是一般大厨所能企及的。

叶梵梵很知趣，装作什么都没有听到，一直安分地吃着饭。反正这两个男人一时半会儿相亲相爱是不可能了，那就让他们多吵会儿。男人间的感情，反正女人也不懂。

"明天是不是要回美国了啊？"梁缙硬是迎难而上。

"我回去了你也给我回广州，别在这里勾搭我姐。"

"那这个……"说话间，梁缙居然从上衣内口袋里掏出了两张飞机票在叶畅畅眼前晃荡，笑呵呵地问，"这个道歉够诚意了吧？"

叶畅畅若无其事地瞟了眼，突然两眼放光，从他手里夺过机票，眼睛里写满了"土豪，求抱大腿"的字眼。"送，送我的？"

"嗯，我正巧要去趟美国硅谷，出差。"梁缙淡然地说着，期间看了眼叶梵梵的反应。

叶畅畅拿着机票略激动，机票的钱省下来那还可以买好多书好多游戏呢，顺便没准还可以给姐姐多带点礼物。但是他又问道："你去的是美国加州，我去的可是新泽西州啊，怎么两张票落地时间、地点都一样？"

"我替你姐去看看你的学校，让她好放心。学校里有的是漂亮姑娘，你绝对能交到女朋友的。"梁缙嘴角挂着赤裸裸的坏笑，又友好地拍拍叶畅畅的肩膀，继续埋头吃饭。

果然天上没有白吃的午餐，白拿的机票就是面临着这样的下场。叶畅畅在心里狠狠地咒骂了自己的贪小便宜，但也是不可能还了。俗话说得好，"梁缙的东西就是我姐的东西，我姐的东西就是我的东西，我的东西那还是我的东西。"为此，叶畅畅得到了自我满足。

叶梵梵嚼着饭，忽然没了味道，她抬头看向梁缙，问了句："去美国多久？"

"十天半个月吧。"梁缙就知道叶梵梵会不高兴，与其说是不高兴还不如说是不放心。他宽慰道，"出差，不久留。那边一完事，我就会尽快回来的。"

去美国出差。去法国进修。这年头的好男人是不是不出趟国都不好意思娶妻生子啊?！叶梵梵不动声色地在心里嘶吼着。

"那我天天打国际飞的回来怎么样？反正我也想这么做，就差你点头同意了。"梁缙忽然又提出了建议，"我回来的话，晚上睡你这儿。"

"你又钱多得没地方花啊。"叶梵梵脸上莫名地泛红，看着梁缙一本正经的样子，真是想骂人的话又只好当屁放了。"好好照顾我弟弟……"

"知道。不仅会好好照顾他，也会好好照顾我自己的。在我们两个男人都不在家的情况下，记得锁好门关好窗，吃好饭睡好觉。想我的话随时打电话。"梁缙将叶梵梵想要说的话都说了，还不忘说了他自己想说的话。

这样了，叶梵梵还能埋怨什么呢？好在梁缙给她的信心能让她平和地接受一天之间，她最爱的两个男人都要飞往大洋彼岸了。

"行，明天我送不了你们。就，到了美国给我打个电话吧。"明天是伟大的星期一，所有可以长话短说的会议都在那天召开。叶梵梵只能认栽。

梁缙听完点点头，在桌子下，他抓住了叶梵梵的手，轻轻捏了一下。

自打梁缙和叶畅畅"双宿双飞"之后，叶梵梵几乎都睡不好觉。倒不是说牵肠挂肚，而是梁缙一天一个电话准时准点，让叶梵梵觉得这都快成习惯了。总之，在没接到梁缙电话之前，就算把脑子里的那些羊全都数了个遍还剃光了所有羊毛，她也照样睡不着。

好在，梁缙没有一次让她觉得等待是不值得的。

"经理，又有人给你送植物了啊?"小艾推门而进的时候都能感受到强烈的光合作用气息扑面而来。

叶梵梵的办公桌上已经摆了三盆多肉植物了，窗台上有两盆，茶几上还有一盆。哦，对了，洗手间里还被她放了一盆。

"呵呵，可能再过几天我就成了'植物人'了。"叶梵梵自我调侃，心里倒是乐开了花。这些多肉植物多好看啊，到底还是梁缙懂她的心。

尤其是桌上那盆"丽娜莲"，白色的叶片边缘呈现美丽的粉色，还带着明显的波折状，妖娆的姿态就像是拟石莲花属中的女王，真的妙不可言。现在正值天气凉爽的秋冬季节，叶片的粉色更加明艳，美得简直让人想吃了它。

"经理，是不是梁总送的？"小艾羡慕地问了句。

叶梵梵这次不置可否地点点头说："嗯。但是他人在美国，这些都是托同公司的同事送的，好像是一个叫陆励的朋友送过来的。"

"看不出来梁总这么浪漫啊。"小艾抱着文件夹快羡慕死了。

"是看不出来对吧？我真的没觉得这个世上有哪个总裁是像他这么屌丝的。"反正梁缙也听不见，叶梵梵索性就敞开天窗说亮话了。

小艾大惊，这叶经理看人的眼光真的是有点特立独行啊。"梁总西装穿起来简直就是帅到没朋友啊！不对，他那种身材穿什么衣服都像是走 T 台。"

"有这么夸张么？我就觉得他和我弟弟其实半斤八两……"叶梵梵嘟囔着给她的这么小鲜肉浇了点水。

小艾走近一步，轻声问："经理，你还有弟弟？"

"嗯，在美国念大学呢。干吗，不许打我弟弟的主意，他可是上帝的男人。"

"经理，我们中午要不一起去楼下的西餐厅坐坐？"小艾想着叶梵梵长得如此好看，弟弟绝对也是个小帅哥，不妨先打探一下。

叶梵梵笑着抬头，呵呵地说："我懂得，你请客～"

中午下班时间一到，小艾就挽着叶梵梵的手臂相当开心地往电梯方向走去。这个点上，赶着吃饭的人多如牛毛。这幢写字楼什么都好，就是电梯狭窄得有够寒碜。

"你说哪部电梯会先到咱们这层？"小艾无聊地玩起了打赌的游戏，对着两部电梯开始神神道道地说着"小公鸡点到谁就是谁……"

叶梵梵无语地侧过脸笑了笑，这还用得着小公鸡这一招？很明显就是左边这部已经到了第五层的电梯快了。想着，她已经站定在了这部电梯的门前。

"叮"一声，叶梵梵选择的这部电梯果然先到了。她冲着小艾招招手，示意她过来自己这边。电梯门打开，里面的人出奇地少，而本身不怎么多的人里面有个人一眼不眨地望着门外站着的叶梵梵。

"经理，不进去吗？"小艾拉了把叶梵梵，却发现她站在原地，表情有些僵硬。

不用别人说，叶梵梵也知道自己现在的表情僵硬得就像是整容过的女人，想笑却是皮笑肉不笑，想说话嘴角也抽动不得。她想，为什么偏偏又遇上了他？远在法国的樊落为什么出现在了这里，出现在她的面前？还一副如此海归的派头？

"你们要下去是吗？"樊落一直将视线对准着不吭声的叶梵梵，话应该是问向了旁边觉得奇怪的小艾。"不介意的话，我先去趟十楼，你们再往下。"

面对着突如其来的帅哥的建议，小艾又冷不丁小兴奋了下，使劲地点点头。

"不了，我们坐那边的电梯。"叶梵梵脸一沉，自顾自地就站到了旁边的电梯口。小艾抱歉地对樊落笑笑，跟着叶梵梵来到她那边，轻声问："这个男的也不错哦，不知道他来干什么的？"

此刻，叶梵梵也想知道他是来干什么的。不过，有一点可以肯定，那就是和她绝对没有半毛钱的关系。

赶上饭点儿的时刻，小艾和叶梵梵在西餐店都排了十分钟的队伍才有了靠窗坐着的好位置。一如既往，叶梵梵点了意面。而小艾不知道是不是因为看见了帅哥胃口大开还是就异常地想要多吃点，点了一客牛排不够还点了两份水果沙拉，没有叶梵梵的份儿。最后，她又点了一客牛排。

"我不记得你这个月涨工资了。"叶梵梵悠悠地喝了口一边的饮料，埋头切着牛排。

小艾自然不是因为钱多，而是因为不吃多点，她怕等会承受不了叶梵梵要说出来的带给她的冲击性的消息。

"经理，不是我八卦，我感觉刚刚那个男人好像认识你。"

嗯，还真的认识。叶梵梵吃了一口牛肉，这口感，这嚼劲都不错。就是，想到樊落那泰然处之的样子就觉得这该死的牛肉怎么这么塞牙！

"你没觉得他一直在看着你吗？"小艾不死心地继续叙述着她的推理，"而且从始至终都在看你。经理，你真的有让男人一见钟情的本领！"

唉，既然如此，那就说呗。"他是我的前男友，怎么着也算是曾经一见钟情过我的男人。这个答案，你还满意吗？"叶梵梵这会拿着叉子开始吃起了小艾的水果沙拉。

小艾苦涩地吞咽了下口水，摇摇头对着若无其事的叶梵梵说："这个世界上我认为长得帅的男人是都被下了咒吗？下了一种'没喜欢过叶梵梵的男人就不是个完整的男人'的魔咒吗？我的天，什么时候也帮我下一个这样的咒，我保准每日三餐吃斋念佛。"

咳咳，叶梵梵被这样的话给呛到了，慌忙喝了口水。这个世界上，恐怕也只有小艾会觉得自己是个在爱情里如鱼得水的女人。可是她自己心里想，现在和梁缙在一起，一切就像是顺水推舟那样。至于樊落，她从不后悔爱过他，只是一场爱情里面总有离开的先后顺序。

"你为什么和前男友分手啊？"妹子，你还能再八卦点么？叶梵梵无语地对着小艾的进攻，没办法只好放下刀叉，淡淡地说了一句，"你不当记者真是可惜了。"

"呵呵，哪天经理你要是和梁总结婚隐退了，我就去当记者。到时候给我点豪门头条啊。"小艾真是个乐天派，总也能挑出些话题说些有的没的。

"喂？"这个时候，叶梵梵的手机响了起来，一听是梁缙。声音立马变得温柔，一点都没有对不起"女人是水做的"这样的标签。

"怎么办，我已经数了上千个'叶梵梵'了，还是睡不着。你说我是不是应该尝试着数一些其他的玩意儿？"梁缙开口就是一句抱怨的话，听起来很疲惫但是总感觉不正经。

叶梵梵看了眼竖着耳朵洗耳恭听的小艾，又继续投入到电话中。"你那是时差的问题，和数什么玩意儿没有关系。"

"我很想你。"

四个字。这四个字从电话里传出来就像是一阵电流，电得叶梵梵浑身麻酥酥的。梁缙在她面前虽然总是不正经，但是这样坦诚表达思念的话还是第一次听到，不免让人脸红心跳的。

叶梵梵忍不住拍了拍本就因为气候的原因而寒冷的手臂，小心地看了眼拥有狗仔队特质的小艾，想开口说却又被梁缙拦了去。

"我以为我能很淡定地处理这十天半个月的，看样子淡定的只有你。"电话那头的梁缙似乎有点腼腆，也有点沉闷地说着不满。"我现在可能有点要因为见不到你而疯在这充斥着高科技的硅谷街头了。"

"你……"

"你说我出去裸奔下会不会好点?"

"你去死。"

难得上来的想要情话绵绵的感觉,果然还是被梁缙这不正经的混蛋给硬生生地逼回到以前的格局。

梁缙低声笑了笑,又轻声说:"现在在吃饭吧?"

"嗯,和小艾一起吃呢。所以你放心。"叶梵梵后面加了这个放心的目的只是想让梁缙不要担心她的一日三餐。但是在小艾听来,无疑就是梁缙来查岗了。于是,她暗暗地起身凑到了叶梵梵的手机前,用梁缙能听得见的分贝说:"叶经理又被其他男人看上了,你可得快点回来!"

"小艾!你行,小心这个月的奖金啊,你去喝西北风吧。"叶梵梵仅有的权利也就是对下属的威逼利诱以及每时每刻的恐吓。

梁缙把话听进去了,语调忽而严峻了起来。"叶梵梵,大半夜的我受到这样的刺激,你觉得好吗?"

冷不丁地打了个寒噤,吃醋的男人好可怕。"没有,你不要听小艾瞎说。我哪有这个魅力啊。"

"那我是怎么喜欢上你的?"

"……"

小艾捂嘴偷笑,热恋中的两个人看起来就是不一样啊。不过即使在交流会那次,小艾也看得出梁缙对叶梵梵的爱。好像他眼里的光只是为她闪耀的,他的喜怒哀乐也只是因她而发生变化的。

"回头我要点补偿不为过吧?"

这梁缙是终于开始展现他傲娇总裁的本性了么?叶梵梵撩了下头发,妥协道:"是,梁总你说了算。早点休息吧,睡觉时间过得很快的。"

"嗯,确实,时间很快。"

"呵呵,那就这样,你先休息吧。"

叶梵梵挂了电话,嘴角漾着满满的甜蜜。每天都能接到梁缙的电话,早中晚就像吃饭一样这么及时。每次,他都在告诉她,他很想她。但重点是,也希望没心没肺的叶梵梵也能想想他,哪怕去洗手间的时候也要想。

和小艾吃完饭后，叶梵梵先去了趟银行。中午的时间银行排队的人也不少，好在流动性比较强，叶梵梵很快将事情办妥走了出来。可出来下阶梯的时候，却一脚踩到了路面不平坦的小坑里，穿着高跟鞋的脚立马成了二级残废。

"我是不是应该自己打120求救？"叶梵梵咬牙忍着脚踝上传来的痛楚，单脚跳到了一边，倚着墙艰难地从包里掏出手机，还真的准备打120。

"你怎么总是这么任性？"手上的手机被一把夺了过去，不仅如此，就连人也被打横抱起，来不及反抗就被妥妥地塞进了轿车的后座上。

叶梵梵看着自己被救，心里却说不出的不情愿。樊落，为什么在这个时刻出现了？明明任性的人是他，说走就走。可现在她崴伤了脚却被他说成了任性。

所谓的伤痛，就是不被理解。

"我要下车。"叶梵梵固执地握住了门把手。

樊落此时已经启动了车子，对叶梵梵说："我知道你不想看见我。但是，也得先把脚伤处理了。确认你没什么事了，我自然就放你下去。"

"我崴伤的是我自己的脚，不需要你来确认有没有事。我想你是忘了，我们已经没有任何关系了，充其量也只是曾经的校友。"

"对我说话一定要这样吗？"语气里有着淡淡的苦涩，樊落看着后视镜里别过脸的叶梵梵，眼神里有化不开的阴郁。

与此同时，叶梵梵拨通了小艾的电话。"小艾，等会麻烦开车来附属医院接一下我……没什么大事，就是脚崴了。嗯，好。"

不知怎么的，樊落听到这通电话隐隐地松了口气。这次他回来，是因为他想回来了。法国的进修并没有完全的结束，但他发现自己经历了这几个月的变化之后，最想念的人是叶梵梵，并且期待和叶梵梵重新开始。

至于叶梵梵同不同意，那就事在人为吧。

"你说什么，骨折？"叶梵梵瞪大眼睛看着医生手里属于自己的 X 光片，觉得自己崴脚崴出了新高度。"医生，你别开玩笑。崴个脚至于骨折么？你是不是坑我钱呢？"

医生瞥了眼质疑自己医术的叶梵梵，没好气地说："我也想问问你，崴个脚你至于骨折么？你自己看看现在都肿成什么样了？"

樊落在一旁迟迟不肯走，望着叶梵梵肿成馒头一样大小的脚，眉心一阵刺痛。他皱皱眉，问道："现在应该不能走路了吧。"虽然在问，但是语气是肯定的。

叶梵梵不知道他是在问医生还是在问她，总之她现在一点也不想让他看见自己狼狈的样子。早就推开他，让他走，这会儿他却死乞白赖地要留在她身边。最重要的是，这样的时刻梁缙居然不在。

"当然不能走了。处理好出院后，就可以抱她走了。"医生不知道是真傻呢还是装傻，多什么事呢，真是。

"我还有一只脚。"叶梵梵倔强地拍了下医生的桌子，抬眼瞪了下樊落。她并不是说有多讨厌樊落，只是觉得没有再亲近的必要了。而且，她有男朋友，只是现在美国罢了。这该死的十天半个月，怎么感觉都过了十年八年了？

"嗷～痛死了！不要碰我！"叶梵梵扯着嗓子大吼了一声，瞬间将樊落搁在自己脚踝处的手吓得惊住了。

樊落的眼睛里有陌生和苦涩，但是他淡然地说："忍一忍吧。我扶你。"

"不用。"叶梵梵包扎好脚后，在医院玩起了艰难的单脚跳。边跳边咒骂，"该死的小艾，从公司到这里需要花两个小时么？再不给我滚过来，就休怪我滥用职权扣光你的薪水了！"

看着叶梵梵扶着冰冷的墙单脚跳着前行，樊落亦步亦趋地在身后悠悠地跟着。这个固执的背影，当初他给她的关心是有多少才会让她变成了现在这副模样？原以为骨子里就很坚强的女孩，其实都强撑着的，想让人发现，可往往身边的人都发现不了。

"行了，再这样下去另外一只脚也要废了。"樊落一步跨到她旁边，抓住了她的胳膊，神情冷峻。"别犟了。"

又是这样。交往的时候，叶梵梵闹脾气，他也是一句"别闹了"来搪塞她需要的理解和关怀。这会儿，都不是男女朋友了，他也依旧学不会软言软语。

"嗬，樊落你说你到底得了什么病？"叶梵梵终于忍不了，嘲讽道，"你对你身边的人总是这么自私吗？我痛我的，你让我忍一忍。我不需要你，你又说我犟。怎么能什么事都让你说了算？我痛了就是痛了，为什么要忍？我就犟了，因为我根本不需要你！"

突如其来的爆发让樊落有些意外和震惊，同时也觉得心痛。他知道，他都知道，可是这么直白地被告知一时间不知道该怎么弥补。

"以前是我误会你了。"樊落拉着叶梵梵的胳膊没有松手，说起了另外一件事。

梵梵冷笑："你在说哪件事？"

"你在南京那件事。"樊落垂眼。

"呵，你是误会我了。但，我没有误会你。"叶梵梵依旧冷淡，"我没有误会你在法国有新欢的事实。因为是真的，所以我们分手了。"

是啊，是真的。樊落承认，自己当时在看到她和另一个男人的合照时发了疯，就那么巧身边正好有个红颜知己，就连最后上了床也是那么的理所当然。现在想起来，好像一切又都不是他的错。

但他的确犯了个错。

"我确实做了一件天理难容的事情，但那无非是因为我太爱你。而你的淡定总是能让我的在意灰飞烟灭。叶梵梵，你知道的，你从来都有让我回头的能力。"

叶梵梵再一次瞪大眼睛，望着樊落的眼眸，肯定他说的不是玩笑话后，她颤颤巍巍地向前跳了一小步，双手贴着冰冷的墙，笑道："你高估我了。我不是爱吃回头草的马，我也不爱吃回头草的马。"

"那你还爱我吗？"曾经再难以启齿的话面对着深爱的女人，樊落觉得自己再一次忘记了尊严和骄傲。

"你……"面对着问话直接到有点陌生的樊落，叶梵梵很是害怕。她无奈地被迫看向他，咬咬唇，一字一句道，"我爱过你，并不代表我仍会接受你。樊落，到此为止吧。你我再次开始无非也是重蹈覆辙。你知道我的，我不爱在结束的句点那里回到原点。"

覆在胳膊上的力道忽而加重，叶梵梵狠狠地皱了下眉头。而就在此时，更强大的一股力量将叶梵梵整个人都打横抱起，胳膊上的力量因为吃惊而脱落。

依偎在某个熟悉怀抱中的叶梵梵也因为震惊过度，看着梁缙那张许久未见却异常冷静无法亲近的脸庞，只喃喃一句："梁缙，怎么你……"

"这么不小心。"头顶上有丝不悦的声音传来，这和平时的梁缙很不一样。他低头看着怀里的梵梵，眼神里的温柔只给了她一个，声音却是压抑到极度的低沉："看样子，我是没办法在美国待更久了。"

叶梵梵还想说什么，其实无非就是解释下现在这个局面。但是话题硬生生地被梁缙给截了过去。他先是瞥了眼叶梵梵胳膊上留下的抓痕，看向了樊落，语气冷冽："这位先生，就算帮了我的女朋友也不应该得寸进尺啊。她的脚受伤了，总不能让她的手也跟着残了吧。更何况，这里是医院，在这里拉拉扯扯的怕也是不太雅观吧。"

从不知道梁缙还有这样一面的叶梵梵惊讶得只是看着他的下巴，梁缙从来只是和她嬉笑打闹，尽显各种不正经。说实话，叶梵梵根本不了解真正的梁缙究竟是什么样的。而樊落对这个梁缙也并不陌生，照片上的误会男一号现在成了正牌了。

误会什么的，真是可笑。

梁缙并没有等樊落给出回应，转身抱着叶梵梵径直出了医院。严格意义上来说，他不仅讨厌医院的消毒水的气味，更讨厌用那样的眼神看着叶梵梵的那个男人。

"梁缙，你在生气么？"上了车后，叶梵梵同梁缙一起坐在了后座。身边人传来的丝丝危险气息让她坐立难安。尽管，她还意识到梁缙在克制什么。

"开车。"梁缙只是冷冷地吩咐了句司机，再无其他的话。但是，温暖的大手一直握着叶梵梵显得冰凉的手。

看着梁缙这样的态度，显然就是在告诉叶梵梵"我现在的确很生气，回头找你算账"。对此，叶梵梵心里也隐约地有点不愉快。自己把脚崴骨折了，就不能先安慰下再讨论该不该生气的事情吗？刚回来就发脾气，还回来干什么？

于是，一日不见如隔三秋的两个人此刻见了面却闹起了别扭。

"你放我下来，我自己会走。"对于梁缙一声不吭又什么事都做到底的行为叶梵梵碍于面子只好挣扎地求放过。但是，梁缙显然没有给她反抗的机会，直接将其抱到了床上，好好放下之后，细细地打量了她一番。

被梁缙看得怪不好意思的叶梵梵不明其意地问了句，"干吗……"这样看着我。后半句还没有说出来，就被梁缙温柔至极的吻给堵了回去。冰凉的唇相触，那浅浅又强烈的刺激感让叶梵梵不知所措，就像一股电流通过。从一开始点点的试探、唇间的舔舐到舌尖的挑逗，慢慢的浅吻变得狂热了起来。

叶梵梵不知怎么的轻叹了口气，回应了梁缙。顿时，梁缙身体一僵，亲吻变得更加深入。直到两人之间最后一点空气被剥夺，梁缙才依依不舍地离开了叶梵梵的唇。轻轻地落了一个吻在她的额头。

"刚刚为什么生气？"好久才抚平了心中的燥热，叶梵梵说话都觉得嘴巴痛了。红着脸，像是做错事的小孩。

梁缙依旧俯身，双手撑在她的身侧，嘴角向上翘着。"要不是怕弄疼了你的脚，在车上我就想这么做了。"

"……"

"这是对你不好好照顾自己的惩罚。当然，你还欠着对我补偿，等你脚伤好了，我再来兑现。"梁缙说得很轻巧，可是一字一句就像是在宣布什么。

叶梵梵胸口又忽然变得躁乱不安，她也急着想要知道什么。"你怎么回来了，美国那边没事吗？"

"想你想到出现了幻觉，我觉得这病得你来治。所以回来了，只是没想到一回来病反倒被刺激得更加严重了。"梁缙鲜少说这些明里暗里都有意思的话，只是他又说，"我的确生气。气自己没能在第一时间回应你的需要。"

"看到你我已经好很多了。"这是实话，脚伤已经痛得不能再痛了。可在梁缙忽然出现抱起她的那一刻，她觉得自己很安全，并且觉得脚伤了很幸福。

梁缙心疼地皱眉看着那包扎成和一级残废没什么差别的脚，一时间说不出话来。好似在替她疼，替她揪心。叶梵梵见他如此，忙拉拉他的衣角说："没关系，休息一百天就能好了。不要紧张啦，我下次保证不穿高跟鞋了。"

"不能有下次了。"梁缙认真地说，想触碰那看起来伤得很重的脚，可最终也没有将手放下。"晚上脚可能会痛得比较厉害……你说你……"

难得地听见梁缙叹了口气，叶梵梵都觉得自己太不应该了。拉住他的手说："我晚上想吃你做的菜，行吗？"

梁缙五官依旧是出色得无法挑剔，但倦容却是怎么也掩盖不了的。坐了这么久的飞机，刚到公司又从慌张的小艾那里得知了叶梵梵脚受伤的情况，又立马来到了她的身边，这整个过程几乎都没有好好地坐下来喝口茶。

"想吃什么，我去买来做。"梁缙伸手整理了下叶梵梵遮住眼睛的刘海，起身站在床沿又整理下自己的衣袖。叶梵梵动了动身子，想要认真地说些什么，却一下子就被梁缙严厉地呵斥住："不要乱动，需要什么告诉我，我会帮你做的。装尸体会吧？现在你就是尸体。"

"可是我现在不痛啊，我只是想给你倒杯水。"叶梵梵略带委屈地说道，梁缙心疼她，她知道，可是她也心疼梁缙啊。

于是，感受到叶梵梵的爱意之后，梁缙显然怔住了。好一会儿才温和地笑道："谢谢。我会喝完水再出门的。你好好休息。"

"嗯。"看来梁缙也很容易满足嘛，叶梵梵心满意足地想着。

梁缙前脚刚跨出她的房间，又立马收了回来，但是站在原地，望着她才想到问了一句："小艾嘴里的'男人'该不会就是在医院对你动手动脚的那一个吧。虽然我对不美好的事物都没什么特别的印象，但是我怎么依稀记得那个是你的前男友？"

"……"

"叶小姐，你现在名花有主，请切记。"

"……"这个梁缙，看不出来这么小气。叶梵梵看着他出门的背影，心中涌过一股暖流。

　　在床上躺久了，感觉身上都长了虱子。

　　"包扎的是脚，阻断空气接触的也是脚。你怎么觉得背上痒?"清晨第一抹阳光洒进叶梵梵的房间，她并没有觉得惬意，反而觉得难受。梁缙坐在了她的床边，小心翼翼伸手探进被窝里，摸着她的背问，"是这里吗?"

　　"嗯，上边一点……下边……再往左……对了，就这儿。"叶梵梵背对着梁缙，享受着梁缙的特殊服务，嘀咕了一句，"这不是不方便碰水嘛，我两天没有洗澡了，以前一天没洗就觉得身上起疙瘩。"

　　梁缙若有所思地点点头，帮叶梵梵轻轻挠了挠痒之后，离开了房间。好一会儿才走进来，将叶梵梵连人带被单地一起给抱到了浴室。

　　"干吗?"

　　"水温刚刚好，给你泡澡。"说着梁缙就动手解起了叶梵梵身上睡衣的扣子，还没解几颗就被涨红了脸的叶梵梵给摁住了。"你放心，我没那么好色。"

　　"什么?"叶梵梵觉得是不是自己的耳朵有问题?他居然说自己没那么好色?是几个意思?是说对现在的崴了脚的叶梵梵根本没有好色之心?

梁缙，你可真是禽兽。

"叶梵梵，别用那种'我这么性感，你居然不好色'的眼神看着我。我是为了你好，要不然，谁愿意压抑这么久……"梁缙很是克制地吐了口气，表情看起来也很是纠结。

顿时，叶梵梵咬牙切齿地恨自己脚伤得真不是时候。

"……我真败给你了。"实在是克制不住自己情欲的梁缙面对着解扣子这件事举双手投降，他遗憾地走到外面用叶梵梵的手机给叶妈妈打了个电话。"喂，伯母，我是梁缙……"

叶梵梵扑哧地笑了出来，抿着唇听着梁缙打电话时吐露的语气，那叫一个恨啊。但是，她发现自己越来越爱他了。

叶妈妈来了之后，看了眼有些束手束脚的梁缙也忍不住笑道："这孩子蛮可爱嘛。"随后在浴室里帮着自家女儿洗澡，母女两个在里面聊得可开心了。只有梁缙一个人坐在客厅，听着浴室里传来的笑声，有些难以自持。

梁缙略微地尴尬，坐立难安就走到窗户前眺望了下远方的景色。回头再看里屋的时候才猛然想起，这房子一切好像都由叶梵梵的前男友一手设计出来的。

"有必要看看最近的房价是多少了。"良久，梁缙眯着眼淡淡地说了句。

过了半个多钟头，浴室的门才终于打开了。叶妈妈探出半个身子，对着梁缙招招手说："可以把梵梵抱回床上了。"

"我最爱干这事了。"梁缙笑呵呵地走了过来，一进浴室看着裹得和蛹一样的叶梵梵，一阵凌乱。走过去先蹲下来，凑近叶梵梵调戏道，"诶，你说半路要是浴巾掉下来了怎么办？"

叶梵梵瞥了眼还在门口看好戏的妈妈，斜着眼低声道："不是不好色吗？"

"嗯。"梁缙不置可否地承认，"可是你看起来特别美。"

"……"

然而在叶妈妈的强烈的注视下，梁缙也只能动动嘴了，出水芙蓉一般的叶梵梵，今天他是没办法享受了。"要不然给梵梵换下床单吧。"冷不丁地提出这么一个建议，惹得叶妈妈连连点头。于是，梁缙就坏笑着将叶梵梵抱向了他睡的房间，也就是叶畅畅的房间。

"你不是故意的吧？"叶梵梵动弹不得地躺在床上，看着梁缙也顺势躺在了她的身边，心里顿时一阵慌乱。"你，你看着我干吗？"

梁缙单手托着脸，侧身看着叶梵梵，另只手将叶梵梵垂在胸前的长发缠绕在指尖，暧昧地笑道："我要不要去把门先给锁上？"

"……"能正经点么，我的梁少？叶梵梵都不知道要怎么回应他，只能装作很无力地看着他出神。

"那你就这样陪我一会儿。"说着，梁缙揽过叶梵梵抱在怀里。

叶梵梵靠在他怀里，轻声问了句。"是不是要回去了？"说起来，从她脚受伤到现在已经有三天了，梁缙都没有提起工作上的事情，也没有好好休息过。

"呵，什么时候这么敏感了？"梁缙闭着眼睛轻笑道，却又是不自觉地将叶梵梵搂得更紧了点。

果然，女人的直觉就是这样准得可怕。

"不是，只是觉得每次看见你就好像已经准备等着下一次见面的时间了。"总归还是很心酸吧。天天腻在一起虽然有些疯狂，但是三天两头分开多少还是令人有些崩溃啊。

梁缙似乎渐渐地要进入睡眠状态，但还是轻声地安慰道："我现在就在这里啊，要不要摸一摸？"

摸你大头鬼啊！这么累了还没个正经的，叶梵梵挣扎着从妈妈裹的浴巾里伸出手来，还真的抚上了梁缙的脸庞。完美的五官，过人的头脑，风度翩翩，几乎每一样都能令女孩着迷。这样的梁缙到底是为什么喜欢上了她呢？

"嗯，别动。摸得我都有点痒了。"梁缙喃喃地说着，嘴角带着笑，之后缓缓地睁开眼睛，在叶梵梵的唇上落上了略微冰凉的一吻，这吻很浅，想来也是因为叶妈妈在这里克制住了。"我第一次见到你就迷恋上你了。"

叶梵梵一震，感觉好像听到了什么不得了的消息。梁缙见她愣住，含笑说道："那个时候，我看见你身上闪着的光了，美得不像话。"

"你是说在那辆出租车上？"不敢相信，叶梵梵又确认了一遍。哪知梁缙摇摇头，语气里有着淡淡的失落。"看来你真的没注意到我。"

说什么呢？叶梵梵纳闷着，但是不一会儿听着梁缙的呼吸声平缓着进入了睡眠的状态，也就不再多说了。这些天，经过时差颠倒、颠簸劳累，还一直撑着照顾着自己，叶梵梵才有了那种"遇见梁缙是自己上辈子修来的福气"的感觉。

叶妈妈收拾好女儿的床单之后，想来到房间叫他们，却见梁缙安稳地搂着叶梵梵睡着了，而自己的女儿也不动声色地望着像个孩子一样熟睡的梁缙，眼里满满的都是爱。

于是她静悄悄地将房门带上，自己一个人又回到浴室将叶梵梵换下来的衣服一并拿到了外面去洗，顺便把那些换下来的床单什么的给扔到了洗衣机里。做父母的，无论儿女多大，也都是他们的心头肉。

在家里熬到第四天的时候，叶梵梵不干了，死活要回公司上班。梁缙拗不过，只是特别交代，每天上班他负责接送，下班也是。看样子，梁缙是要等到她脚伤彻底恢复了才会乖乖回去上班了。

"那你一整天都干吗呀？"临时成了叶梵梵司机的梁缙显然时间上有太多的空余，这让叶梵梵没办法理解。"你总不能在我家担负起叶畅畅的职责吧。"

"你放心，我和叶畅畅那小子还是有着天壤之别的。"坐上车，梁缙将早餐递给了叶梵梵，嘱咐道，"中午我不能陪你吃饭，所以到时候我会让人把午餐给你送到办公室的。你不要逞强，以为走两步没什么事，再摔了你信不信我每天把你捆床上？"

"……"吓唬人什么的也不带这样威胁的啊。叶梵梵很自觉地闭了嘴，感觉再说下去又得少儿不宜了。

到了公司之后，梁缙下车就从副驾驶位上将叶梵梵抱了出来，不顾公司里的人的眼光，径直抱着她上了电梯，直到进了她的办公室才将她放下。

"哇哇，梁总要不要这么宠你啊！"小艾艳羡不已，忙不迭地端茶送水。可想而知，公司上下的职员看到了 Brainstorming 的老总梁缙抱着叶梵梵出现的时候该有多么的震惊！就拿现在来说，还有好多女职员在叶梵梵的办公室外偷看呢。

叶梵梵觉得有些脸红，这时梁缙看了下叶梵梵记录在工作表上的内容，对小艾说："她的脚受伤就劳烦你多担待了。需要的资料我会帮她一并整理出来放在桌面上，我时间不多，剩下来不及整理的就只好你帮忙继续做了。"

"呃，梁总，你的意思是你要把经理的活干完么？"小艾震惊着张大嘴巴，这是不是太不把她这个单身妹子放在眼里了？公开秀恩爱什么的最令人讨厌了！

但是看在梁缙这么帅的份儿上，忍了！

梁缙将椅子拉过坐下，在叶梵梵的台式电脑上啪啪地麻利地敲起了键盘。小艾看不懂他在干什么，就只听他说了一句："她的活都是些书面上的内容，你帮她写就是了。我现在只不过在她的电脑上安装个软件，好方便我看着她……"

"梁缙，你该不是安装摄像头想监视我吧？"叶梵梵的反应就是比较快，什么都能直接想到结果。

至少在这点上，她和梁缙的对彼此的了解还是达成了一致的。

没过几分钟，梁缙就离开了办公桌，看看手表上的时间，已经八点四十五了。他走到叶梵梵面前，笑着说："不是监视，只是作为监护人做些该做的事。"

"我没事的，真的。你不要这么不放心啊。"叶梵梵觉得梁缙有点过度紧张了，想试着宽慰他，却不想被他直接无视。

"小艾，帮我好好看着她。"梁缙如此说道，"我有些事要处理。下班来接你，乖。"

说完，在叶梵梵的脸颊印下一个吻。顿时，外面一片惊诧声。叶梵梵觉得自己这算是彻底被梁缙给"名花有主"了。

等到梁缙风尘仆仆地走出办公室后，小艾激动得差点跳起来了。她靠着叶梵梵坐下，兴奋得不知如何是好。当然，还有总经理，他也不知该拿外面那群无心工作的女职员如何是好，更何况，他好像也才知道叶梵梵和梁缙谈恋爱的事实。

中午的时候，叶梵梵还真的就等到了梁缙特别派送的爱心午餐。一份爱心牛排以及一大杯牛奶甚至还有一份装满胡萝卜的蔬菜水果沙拉……

"真的是我讨厌什么，他送了什么。"叶梵梵嘀咕着，然后就听到电脑发出了消息提醒的声音。她点开一看，是梁缙发来的对话框，她看了一眼就直接给叉掉了。

梁缙发的是——"挑食是不好的习惯。"

"哼，这根本就是在变相地虐待我。我可是个病人！"叶梵梵这会儿拿起叉子狠狠地叉了根胡萝卜，放到嘴里一嚼，那叫一个难吃啊。但是，她还是乖乖地吞了下去。

这时候，梁缙的对话框又弹了出来——"你不是病人，现在基本上是三分之一的残废。"对此，叶梵梵怒叉了那个对话框。然后，将这些令她讨厌的食物全部干掉了。

"好孩子。"这是梁缙中午最后发来的三个字。

叶梵梵扫荡完食物后，回味起来，好像觉得味道不错。看来她之前一直误会胡萝卜以及牛排的味道了。

"怎么不躺沙发上休息？"

叶梵梵躺在椅子上小憩，听到了陌生又熟悉的声音。她坐起身，看着门口站着的人，脸上幸福的神情归于平静。她说："所以你也在这幢大楼里工作了吗？"

樊落手里拿着咖啡，走进办公室放在叶梵梵的桌上，继而才看到她左手边的牛奶瓶，苦涩一笑说："果然换口味了么？"

"你是不知道我还有另一种可能。"对于樊落的突然出现，叶梵梵其实是感到仓皇的，于是摁下了电脑上的按钮，暂时让其处于休息状态。

望着对自己如此警戒的叶梵梵，樊落也并不打算作进一步的接近，他就站在她的对面，和她说："从今往后，我们见面的次数会多起来。"

叶梵梵只是看着他不说话，实际上她根本不知道要说什么。

"你和他现在的距离是不是比我们之间的要长？"樊落俯身，双手撑在桌面上，有那么一瞬，他眼里有闪过异样的独占欲。

"是。"叶梵梵毫不犹豫地承认了，但是，"但是，我的心在他的身上。"

铿锵有力的回应令樊落危险地眯起了双眼，他重新站直身子，居高临下地望着叶梵梵，淡然地说："近水楼台先得月。叶梵梵，如果我现在对你做什么，他根本帮不了你。"

顿时，叶梵梵明白了，眼前的樊落已经和之前的大不一样了。

　　樊落在走出办公室之前还环顾了下周围，冷笑着对叶梵梵说，这些绿色多肉植物可真是可爱，但是死得快。听了这话的叶梵梵气得差点把脚上的绷带解下来勒在樊落的脖子上，这去法国深造了一下怎么还把嘴皮子也给练出来了？

　　"梵梵，两个人在一起是为了生活，而不是爱情。他现在给你的，不就是我以前给过你的吗？我不过是中间错误地离场了，你就直接把我踢出局了。这就是你所谓的'爱过'吗？"樊落站在办公室的门口，逆着光，看不清脸上的神情。

　　叶梵梵绑着绷带的脚此刻非常有想要恢复力量的冲动，最好是三步并作两步走地窜到樊落跟前，用她法学生的尊严赢得这场爱与不爱的辩论。但是，不知道是因为受伤变脆弱了还是其他原因，叶梵梵在听到樊落这番话后，居然很难过。

　　"最爱你的人始终是我。在那个人试图把你占为己有的时候，我站在三米开外仍然觉得你最珍贵。"樊落自说自话，似乎在为了自己暂时的缺席而作解释又像是试图圆润自己错误的选择。

　　"樊落，你知道我现在最需要什么吗？"叶梵梵努力克制着自己不受控制的颤抖声还有那疼得发烫的脚。事实上，有关和樊落的回忆现在全部涌现在脑海里，翻搅着，激荡着，让她没办法不哭。

樊落望着她，不语。

"你真的爱我么？真的觉得我很珍贵么？如果是，你怎么还会拿'爱过'来指责我对你的用心？犯了错的人不是我，是你。可你却在这里以一种想要再度给我爱的施舍态度来告诉我，我才是错的。"叶梵梵泣不成声，却尽了最大的努力说了完整的话。"我一直告诉自己，我们的分开不是因为谁对谁错。可现在看来，势必是要分出对错了。"

终于，樊落离开那个光的盲点，重新走回到叶梵梵跟前。抬手，想要拭去她脸颊上的泪水，可却被拒绝。他看了眼办公桌上的那盆"丽娜莲"，又垂头看着怒视着自己红了眼眶的叶梵梵，觉得心头一阵悸动。

叶梵梵恍惚间被樊落一手拉起，这起身的空档已经被他单手搂住腰动弹不得。"你放开，听见没有？"

话音刚落，樊落却低头吻上了叶梵梵的唇。这一惊天地泣鬼神的举动令叶梵梵彻底崩溃在这办公室，而她脑子炸起来的唯一反应是庆幸她关掉了电脑，没有让这个意外被梁缙看见。

"哦，天哪！对不起，对不起！我不是故意要打扰你们……的。"突然闯进来的小艾可谓是及时地救了叶梵梵，但她一开始似乎并不知道吻叶梵梵的人是樊落，所以等她反应过来的时候，她已经光明正大地站在了他们身后。"喂，你干吗？梁总不在，你也不能乘人之危啊？亏你长得一表人才的，怎么干出这种事？"

平常护着小艾的叶梵梵此刻只能震惊不已地躲在她的身后，她几乎看都不敢再看樊落一眼，那发抖的双手就是最好的解释。

"梁总？"樊落重复着小艾嘴里习惯的称谓，好似一种嘲讽。他低低地笑着，目光越过小艾看向瘫坐在椅子上的叶梵梵问道，"叶梵梵，你什么都好，尤其是挑男人的眼光。"

这话不知道是在夸他自己还是在讽刺叶梵梵。总之，无论什么都好，叶梵梵只求他现在赶紧离开这个办公室。

"好歹经理也是你喜欢过的人，说话不要这么带刺嘛。"小艾的分贝没有提高，只是看在樊落也还算是个卖相很好的男生份上。但是，这个看起来斯文的男人似乎心里住了头野兽，现在正处于狂躁阶段。

叶梵梵深深吸了口气，几番努力才将眼泪咽回肚子里。她舔了下干巴巴的上嘴唇，对小艾说："我要休息一下，你带这位先生出去。"

樊落深深地皱了下眉，但没有多做停留，只是颇冷的语调中还有稍稍的暖意，他说："好好照顾自己。今天的确是我太唐突，但我希望你能好好考虑。"

小艾担心地看了眼无力的叶梵梵，带着樊落走出了办公室。叶梵梵在听见办公室门关上的刹那，捂着自己心脏狂跳的胸口差点儿跪倒在了地上。她不知道樊落会给她带来这么严重的刺激和打击，也不知道樊落居然会杀个回马枪。

"经理，你不要紧吧?"小艾很快就回来了，放心不下，所以又来看看。

这时，叶梵梵抬手尴尬地整理下自己显得凌乱的头发，轻笑一声说："我没事。只是不要把这件事告诉梁缙。"

"梁总他……"

"总之不能让他知道，否则我这办公室就不是在电脑上安装软件这么简单了。"叶梵梵头痛扶额，事情怎么会变得这么糟糕?

小艾哑吧着嘴，她其实想告诉叶梵梵，梁缙之前偷偷告诉过她，电脑上安装的软件即使在电脑休息的状态下也能获取外界的声音。看样子，还是别说出来给叶梵梵心里添堵了。反正，梁缙也警告过她，不许透露这个秘密。否则，高富帅的配置就取消。

"我哭……"小艾暗地里跟自己的忠诚在较劲，为了一个高富帅把亲爱的叶经理都弃之不顾，真的是活该涨不了工资啊。

另一方面，叶梵梵只是面无表情地在办公室待了一个下午。

晚上五点三十分的时候，梁缙准时来接叶梵梵下班。当时五点二十九分的时候，小艾还待在叶梵梵的办公室，余光瞥到一个气宇轩昂的身影逼近办公室的瞬间，她抱着文件夹就跑了。生怕梁总一个不高兴把她生吞活剥了，但是事实上梁缙显得很平静。

"我抱你。"梁缙将叶梵梵的包拎起，双手摊开。

今天发生的事情太过荒唐，叶梵梵下意识地拒绝了这样大庭广众之下的亲昵举动。她眼神闪烁，也没有好好看梁缙，只是淡淡地说："给我搭把手，我自己能走。"

梁缙没有迟疑，转而一手稳稳地扶住了她的手臂，一手托住她的手掌。陪着她十分钟的路程花了二十分钟走，期间梁缙也没有说什么。

直到两个人来到了写字楼的楼下，望着川流不息的马路，叶梵梵想要开口说什么，却感受到梁缙握着她的手的力量加重了些。有些讶异地抬头看他，只听见他说："梵梵，我爱你。"

那语气笃定温柔，让叶梵梵不由自主地回应了那温暖掌心的力量。她回握住梁缙的手，先前的不安点点消散。她知道，梁缙懂得她的需要。

那就是，在她感到不安的时候给她肯定的爱。

回到家后，叶梵梵躺在长条形的沙发上，闭目养神了会儿才睁开眼打量起了许久未好好看一眼的家。有感情，但也开始陌生。

"我在上海看中了一套房子，周末一起去看看。"梁缙倒了杯水走过来递到叶梵梵手里，似乎是掐准了时机说出了这个事情。

叶梵梵也没有多想，感觉梁缙会买房也正常。喝了口水之后，突然又觉得不正常，于是问道："怎么突然想起要买房了？"

梁缙也喝了口水，说道："现在这个房子太小。我可不想我的孩子在这里出生，感觉会长得很难看。"

"说话能积点德么？这关孩子什么事啊？"叶梵梵瞅着梁缙那张脸，又萌生了想要抽一巴掌的冲动。

"孩子出生，我总不能告诉他，这是你妈妈和未能成为你爸爸的男人共同设计的家吧？这让小孩多好奇那个没能成为他爸爸的男人啊。哎哟，想想都心疼。"

"……"

这个梁缙，原来在这里等着她呢。叶梵梵盯着他，梁缙就很明白地把水杯从她手里抽走放在了玻璃茶几上。

"知道了，周末。"叶梵梵无奈，只好点头同意。想着本来要说好多话的，可是梁缙的这话让她觉得他是想和她过一辈子的。"梁缙，万一我们以后结婚吵架闹到要分手的地步了，房子是归你还是归我？"

"反正我归你就行。"

"……"还能不能好好玩耍了？叶梵梵本来想秀一下她对新出婚姻法了如指掌的程度，这梁缙怎么就不按套路出牌？所以，她一开始就说了，她根本提不起劲和梁缙吵架。谁要是和梁缙吵架吵赢了，她现在出价一千。

"哦，对了。叶畅畅中午打来电话，说让你给寄点大米过去。"梁缙想着要做晚饭，刚起身到厨房系上围裙想起了这事。

叶梵梵歪着脑袋问了句："他怎么不说干脆把会做菜的你也一并给寄过去算了？"

"呵呵。"梁缙难得地没有拆台毒舌，只是在厨房又自个研究起了今晚的菜谱。想了半天后居然听到叶梵梵心血来潮地说道："我怎么想喝粥呢？"

于是，晚餐菜谱临时改成了大米粥。

风和日丽的周末，梁缙带着叶梵梵直接来到了清溪路。大门敞开，首先映入叶梵梵眼帘的是一个豪华齐整，带有喷水池和雕塑的欧洲式样花园，就连进门的大理石都看起来异常的昂贵，更不用说那拥有四层的别墅。

"这简直就是英伦皇室风格的私人别墅啊。"叶梵梵轻声感叹道。

梁缙拥着她，陪着她小心走路，附在她耳边低笑道："以后就是你的了，梁夫人。"

"你已经买下来了？"

"先下手为强。"他浅笑道。

叶梵梵有些受宠若惊，倒不是惊于别墅的身价，而是受宠于梁缙竟然会为了她买下这样价位的别墅。

"你别告诉我，这是我们的后花园。"慢悠悠闲逛到别墅二楼的叶梵梵意外地发现了别墅后的一座有着强烈中国元素的花园。

梁缙点点头，说："以后你可以生一支足球队。"

"篮球队不行么？"

"呃。"梁缙难得的语塞，半晌，他有些为难地说，"也不是不行。"

"我觉得我还是生个女子排球队好了。"

"红色娘子军么？"

"……"

最后，当叶梵梵和梁缙一起离开这豪华得不能再豪华的别墅之后，有那么一小会儿，叶梵梵都有点缓不过神来。这一千多平方米的私人别墅，感觉看看就够了，拿来住人是不是太大了？而且，梁缙是打算和自己待在上海了么？

"叶梵梵，我真该拿镜子让你看下自己喜忧参半的表情。"坐在回去的车上，梁缙有些好笑地望着她说。

"哎，不就是又可惜又喜欢咯。"

"我只是想带你来，然后看看你的反应。你喜欢这房子，但是你不喜欢住在这里。"

"……原来那私人别墅不是我的啊？"叶梵梵笑着惋惜，"还好，不是。我喜欢的家是只有我们就能填满的幸福感。那别墅太大了，幸福感填不满，显得太空虚。"

梁缙看了看叶梵梵，笑而不语。面对着私人别墅那样的诱惑，她也只是淡然地表示欣喜，心中却担心着会不会真的就成了她的。虽然，梁缙不太懂得叶梵梵对房子的喜好，但有一点他很肯定，那就是叶梵梵希望那个家里有他。

"哟，舍得回来上班了啊。"陆励因为没有上头老板管着，一直到下午才来公司上班。刚踏进公司大门就看见二楼梁缙的办公室灯亮着，在下着雨的阴沉天里，看见那盏智慧的灯光是多么值得高兴的事情。

键盘上那双修长指骨分明的手停了下来，梁缙搓搓脸，转了下老总椅说："我不在公司几天，怎么你们设计出来的东西都跟闹着玩似的？你看看这个软件的界面，是人用的么？"

陆励抽搐了下嘴角，他可是上来表示思念的，不是来讨骂的。"你那个叫几天？你在上海待了两三个月，你自己不知道，你爸妈知道吗？"

"所以你们设计出来的垃圾还是我的错咯？"梁缙指尖在桌案上有节奏地敲打着，另一只手相当直接地摁住了键盘上的删除键，将他们做好的界面程序全部删了个干净。"给我拿回去重做。"

陆励低声骂了句"我去"，摸摸鼻子很是识相地走出了办公室，同时还自言自语道："家里明明那么大一个公司，旗下的经纪公司都好几个，更别提其他的一些领域行业了。相比之下 Brainstorming 真的是有种小巫见大巫的感觉啊。不知道他为什么这么执念于此。"

刚踏出办公室没几步，陆励又回头半推开着门问道："对了，你让我寄的那些多肉植物都是你妈妈亲自挑的。她说了，看你哪天会把那姑娘带回家给她看。还让我传话给你，'你个臭小子一天不把女朋友带回家就别想回来'，以上是你妈妈的原话，不谢。"

然后，门就给啪地关上了。对此，梁缙捏着鼻梁，感觉到熬了通宵的双眼更加酸痛了。陆励这小子办事果真是不太牢靠啊，不过说得也对，是时候带叶梵梵回家见下家长了。

想到这里，梁缙拿起手机拨通了叶梵梵的电话，但是奇怪的是那边却一直是忙音……

"你妈妈会去哪里呢，我这里找不到她。"

上海也是阴天，只是阴天，沉闷却下不来一滴雨。叶梵梵本在公司好好地上班，突然接到樊落打来的电话，说是刚接来上海定居的母亲从家里出走，现在不知道上哪儿去了。樊落很小的时候，爸爸就去世了。和母亲相依为命的他很是孝顺，不幸的是母亲又患上了老年痴呆症，有时甚至都不认识自己的儿子。

因为樊落的公寓就在公司附近，想着他母亲可能会去就近的公园，叶梵梵就在那里找了大半圈，但是始终没有看见樊落的妈妈。而此时，樊落因为公事在别的地方，没办法及时赶回来，只好打电话向叶梵梵求救。

"拜托你再帮我找找，我也不清楚刚来上海的妈妈到底会去哪里。"樊落很是紧张急切，声音都抑制不住地颤抖了起来。

叶梵梵站在公园口，连忙安慰道："没事，你不要急。阿姨一定走不远，我再去找找。你别急啊。"挂完电话，叶梵梵也没有来得及看呼叫等待里面梁缙的来电，急匆匆地跑到公园对面的街上，四处寻找。

人海茫茫，如大海捞针。叶梵梵在樊落的公寓四周几乎翻了个底朝天，也没有看见他妈妈的踪影。就当叶梵梵有些丧气的时候，想着阿姨会不会已经回家了，就忙赶到樊落的公寓楼下，刚想上楼却忽而瞥见尽头花坛一边有个人影。

"阿姨？"叶梵梵小心翼翼地走近，对着那略微佝偻着背，有些苍老的人唤道。

被唤的对象缓缓地回过头，痴痴地看着叶梵梵，良久，居然高兴地握住了她的手，笑说："梵梵呐，你可来了。我问儿子，你怎么老不来咱们家，这回你可终于来了。"

叶梵梵怔忡，阿姨居然认得她，还叫出了她的名字。这么说来，阿姨并不知道她和樊落已经分手的事实，否则怎么会埋怨自己老不来呢？

"嗯，阿姨我来很久了，看不见你，可把我急坏了呢。"叶梵梵伸手也握住了樊落妈妈的手，拉起她一起往樊落的公寓楼走去。

打开门进入里屋，看到樊落的家里齐整有条理更显得简单，叶梵梵也一点都不觉得奇怪。相比其他男人的凌乱，樊落真的是很懂得生活的一个人。想来，房子的简约设计也是出自他自己的手。本来自己的东西，他从来都不喜欢别人干涉。

"来，梵梵坐。"阿姨热情地招呼叶梵梵同她一起坐在沙发上，还拿过摆在电视机旁的相片对她说，"这就是我儿子的女朋友，漂亮吧？"

叶梵梵看着那张大学毕业时穿着学士服的姑娘的照片，心酸不已。照片中的人就是她，她就坐在这里，可是樊落的妈妈却……

"喂？我找到你妈妈了，现在正在你家。你开车小心，不要急。阿姨没什么事，有我陪着呢。"叶梵梵趁着阿姨爱不释手看照片的间隙，拨通了樊落的电话，让他不要担心。

樊落的声音这才平静下来，长长地松了一口气，沉默良久才说道："谢谢你，梵梵。"

叶梵梵回头望着樊落的妈妈，挂了电话。樊落把母亲接来这里，房间里有他的东西，也有关于叶梵梵的记忆。她搞不懂樊落在做什么，明明可以把她的照片藏起来或是扔了，可他却如此光明正大地摆在客厅的电视机旁。

我这是在做什么呢？叶梵梵对自己的举动产生了怀疑，但是出于人道主义关怀，她接受了樊落的请求，帮她找妈妈。这是好事，为什么她心里如此不安？

"阿姨，肚子饿么？"在家里等着樊落无所事事也怪难受的，叶梵梵上前关心地问道。"我有看见楼下有卖饺子的，阿姨你吃么？"

"饺子，我儿子爱吃。"这是阿姨的回答。

叶梵梵点点头，想了想后说："那阿姨你待在家里，我给你去买饺子，一会儿就回来。你要是不乖乖听话，梵梵以后就不来看你了哦。"

一听这话，阿姨就像是个犯了错的小孩，连忙摇头答应不会乱跑。叶梵梵无奈地笑笑，看样子"叶梵梵"这个名字还算是管用。

安抚好阿姨后，叶梵梵拎着包下楼，在排队买完饺子之后正好碰上了回来的樊落，他焦急地拉住了叶梵梵，问道："我妈妈她……"

"没事，正在上面等我的饺子呢。"叶梵梵笑笑，这次没有挣脱开他的手，而是把打包买好的饺子放到了他的手里，说，"既然你回来了，就赶紧把这个拿上去给阿姨吧。她可是惦记着你爱吃饺子呢。"

樊落接过饺子愣了愣，眼神有些慌乱："你急着走吗？"

"嗯，还有很多事要处理，我出来已经够久了。阿姨没事，你又回来了，我当然可以放心地回去工作了。"叶梵梵抬手看了下时间，"好好照顾阿姨。还有，我的照片……"

"晚上能一起吃个饭吗？"话被樊落截了过去，听起来更加的急切，像是想要留住她。叶梵梵垂下手，望着樊落，像是奇怪他提出的邀请。樊落见她不回答，便补充道，"就当作是我妈妈请你吃的饭，权当谢谢你。"

话虽然是带着软软的请求，但实质上听起来却是不容拒绝。樊落了解叶梵梵的性格，她在否定的事情上比任何人都决绝，但也比任何人都心软。

"我妈妈唯一认得的人就是你，我想就算是成全她也好，陪她吃顿饭。"

"好吧，那到时候把地址发给我，我开车来。"叶梵梵思来想去总觉得这会儿拒绝的不是他，而是他的妈妈，因此，她只好答应了。

樊落舒展笑颜道："我们同在一幢写字楼，我接你下班就是。"

忽然间，叶梵梵觉得眉心一阵刺痛。急匆匆地赶回公司，因为樊落的事情属于突发状况，叶梵梵没有来得及和身边的人说清楚。一回去，小艾就着急地告诉她，还有三分钟就要开会了，幸好没迟到。

"好，我马上过去。"叶梵梵把包往办公椅上一扔，挂上工作牌就移动了位置，而包里的手机还在顽强地震动个不停。

梁缙放下手机，心里隐约地不安。这个叶梵梵居然把自己安装在她电脑上的软件给关掉了，他可不记得有告诉她怎么启动那个软件。天，真是不作死就不会死。

"梁少，今天晚饭是你请客还是去我家吃？"站在公司外面走廊靠着墙休息的时候，陆励这个没眼力的家伙又屁颠屁颠地过来打扰。

"不吃了，今晚有事。"梁缙将手机揣兜里，冷淡地拒绝了。回过身时赫然发现陆励正在用他那欠扁的脸对准他眼睛的焦距。"离我远点。"梁总总是这样不近人情，冷淡得很。

幸好陆励闪得快，要不然眼睛已经被梁缙给戳瞎了。"别告诉我晚上又要飞上海。你这样子怎么不干脆把她接到广州来呢？夜长梦多的，你也不嫌累。"

他想这么干已经很久了，但问题是时机还没成熟。贸然唐突地向叶梵梵提出这样的要求，绝对是被拒绝的。

"唉，我没想到异地恋这么辛苦。"梁缙深深地叹了口气，眯着眼睛打量了下陆励好奇地问道，"我一天见不到梵梵就感觉日子要过不下去了。你和那个 Sandy 一个多星期没见了，你怎么还能这么活蹦乱跳的？"

"哪个 Sandy？"陆励不明就里地望着梁缙。

"你有几个 Sandy？"

"等等，我数一数。"

"……"

"诶，梁缙你别走啊，我想了想，我好像没有交过叫 Sandy 的女朋友！"

没等陆励数出个 ABCD 来，梁缙果断走开了。和陆励这样的人探讨爱情的伟大简直就是在对牛弹琴，浪费时间。

"喂？哦，妈，什么事？"手机响起来的瞬间，梁缙以为是叶梵梵打回来的，心里一阵激动。可一看是妈妈的，顿时冷淡了不少。"家里有客人，什么客人？不是，你的大学同学来了为什么要我回去掌勺下厨？我爸呢……好吧，我知道了。"

梁缙真的是一脸憔悴，苦不堪言啊。

"怎么了？"陆励关切地问道。

梁绶拉开办公室的玻璃门，愁眉苦脸道："上海怕是去不了了，家里来了一群的中年妇女。哎，我好累。"

"哦？"陆励眨巴着眼睛，那眼里都放着光。"那上海我帮你去啊，女朋友我也帮你看。"

"是不是连孩子都想帮我生了啊？"

"那哪能啊，我想生也得你女朋友同意啊。"

梁绶单手撑住额头，右手一抬，指着门没看陆励一眼，冷冷地说："在我没找到工具打你之前，快滚。"

话音刚来，陆励就瞬间消失了。梁绶烦躁地转动了下脖子，看了眼手机，最终还是拿起它，拎着外套走出了办公室。

雨，下了快一个星期了。樊落请她吃饭也快持续一个星期了，每次都想拒绝，每次都因为他的母亲不得不妥协。每次，他甚至都抱着玫瑰来接她去吃饭。因为这些"每次"让叶梵梵觉得有些话已经开始说不清楚了。

"我说了不要送我花。"又一束玫瑰躺在她的办公桌上，鲜艳欲滴，娇艳可人。可惜叶梵梵再也不需要这里蕴含的爱和付出了。

樊落从不气馁，只要来就一定会给叶梵梵带来玫瑰。他说："你可以不回应我，但是不能拒绝我的付出。"

"玫瑰比多肉植物死得更快。"叶梵梵知道如今多说无益，这时，公司上下仅因为这个星期看见樊落和她出入频繁纷纷推测她和梁缙是不是已经分了。再加上这惹眼的玫瑰，一切推论看起来都是理所当然的。"而且，花，我只接受梁缙送的。"

樊落目光垂下，自嘲地笑笑，抬头看向叶梵梵的时候却没有半点愠色，他说："叶梵梵，你可以不用把话说得这么绝的，就当给我点念想。"

"樊落，我曾经对你的喜欢一心一意。而今，对梁缙的喜欢也是如此。我不能给你念想，那是对梁缙的一种伤害。"叶梵梵抚着自己发冷的手臂，看向桌子上摆的丽娜莲，那颜色还是那么的好看。

"花插起来吧，就当给办公室添点暖色。"樊落说他自己的，说完转过身冷冷地走出了办公室，也不理会叶梵梵的不接受。

对这样的冷淡的处理方式，叶梵梵很是厌恶，对此，她也只能抓起玫瑰扔在了垃圾桶里。每次看见这样的情景，小艾都隐约地替樊落惋惜。当初能抓牢的爱不要，现在抓不到了又奢望爱自己回到他的手里。

爱情里面，先爱上的人容易犯贱。

事实上，叶梵梵最近一个星期感到的不安已经远远大于樊落带给她的反感。自从，她因为樊落的母亲而和樊落联系频繁起来的时候，她和梁缙似乎就莫名地疏远了。往往是梁缙打来电话，她没接到。等她看见再拨回去的时候，梁缙那边又无法接通。

这种断断续续的联系在她和梁缙之间是第一次，叶梵梵的不安是有道理的。梁缙从不给她这种惴惴不安的感觉，所以当这样的事情发生的时候，叶梵梵甚至有想过要到广州，只为确定梁缙不是不爱她了。

"老天爷你家的下水管道是不是爆裂了，一天到晚雨下个不停。"叶梵梵没开车，撑着伞小心地走在雨夜的道路上。嘴里埋怨着，心里却在惦记着梁缙有没有好好的。

这个时候，一辆轿车非常迅速地同叶梵梵擦肩而过，溅起的水花瞬间泼了叶梵梵一身。当时叶梵梵就感到身上一凉，目瞪口呆地甚是无语地望着那辆嚣张的车子消失在自己眼前。

"Oh，my God！"叶梵梵咬着牙忍了，再多的不爽也只能如此文雅地咒骂道。她几乎不想再前进半步了，那一瞬间的恼怒化成了悲伤。

就当悲伤还来不及同雨水融合在一起，先前那辆肇事车子居然有胆量倒退了回来。有个穿着黑色风衣的高个男生从副驾驶位上急忙下来，也没有撑伞，来到叶梵梵眼前站着，摘下蛤蟆墨镜，目不转睛地看着她。

"你有病啊？"叶梵梵溢上心头的难过一下子又变成了满腔怒火。"麻烦你在雨天开车的时候小心点，这里不是赛车道，转弯什么的不需要这么激烈！"

"啊～你果然是梁缙的女人。"

"什么?"

男人伸出手，友好地对叶梵梵说："初次见面，我叫陆励，是你男人的好朋友。"

叶梵梵愣愣地把自己的手递向了他伸过来的手，仔细打量了一下，怎么也不觉得梁缙会有这样一个看起来清秀，但言语轻浮的花美男好朋友。当然，就"花美男"这个好像还能和梁缙的好朋友对上号。

"看不出来梁缙看女人的眼光这么有品位。"陆励自说自话，然后幡然醒悟道，"梁缙在上海呢。我本来是去你公司接你的，没想到这么有缘分在路上就碰见你了。"

"他在上海?"叶梵梵皱眉，声音都有些僵硬。

陆励笑着点头，随即眼神里透露出的担心让叶梵梵更加不安。"我们先上车吧，到了他那里再说。哦，还有你的手怎么这么凉?"

叶梵梵随即才意识到，自己的手一直被这个陆励握住，于是立马从他的手心抽了出来。果然，这个叫陆励的家伙言行举止都很轻浮。梁缙看女人的眼光不错，找朋友的眼光……嗯，找朋友的时候可能正好瞎了眼。

上了车之后，陆励才对溅了叶梵梵一身水的事情感到抱歉，"要不要回家换一套?"对于陆励的贴心，叶梵梵本想着不用，她赶着见梁缙。但是以这副模样去见他，是不是太糟糕了一点? 权衡之下，她到底还是回家换了一套干净的衣服。

再次出发的时候，却见陆励露出了邪恶的笑容，自语道："哼哼，这下子被我知道小公馆的所在地了吧。哈哈哈～梁缙啊梁缙，从现在起，我手里也有把柄了。"

"……"敢情自己是被利用了啊，叶梵梵无语地想着。这会儿她已经不再怀疑陆励是梁缙好朋友的身份了，因为陆励在某一方面和梁缙还真的是够像的。

在车上的时候，叶梵梵没有追问梁缙为什么会在上海，在上海做什么以及为什么不是他亲自来接自己。这一连串的问题，她都没有问，仅仅是因为不敢问。而陆励也只是简单地说了下梁缙之前一段时间的动向，大抵是为了某个项目一直在工作着，甚至还亲自跑到实验地去勘察，看样子是超负荷工作了。

难怪两个人之间的联系时间总是错开了。

车子开进了上海的某一别墅区，叶梵梵对这个地方倒是不陌生。据说有好多名人都有购置房子在这里，但是住不住在这里就不清楚了。

"梁缙不会是在这里吧？"下车后是陆励主动撑着伞，叶梵梵还是觉得云里雾里，忍不住问出了口。

陆励搂过叶梵梵的肩，爽朗地笑道："如果梁缙不在这里，那你不就危险了？我可是出了名的宁可放过三千女人，也绝不放过一个美女的男人啊。"

"呵呵。"因为寒冷的雨滴的关系，再加上这个冷笑话，叶梵梵冷不住打了个寒战。

"不过话说回来，你难道不知道梁缙名下有幢别墅在这里吗？"好一个陆励，最后补了一手好刀，彻底令叶梵梵张口结舌面红耳赤。

这里别墅群立，叶梵梵在陆励的带领下走到了一幢外观上看起来和其他任何一幢都没什么区别的房子前，摁了门铃。

"来了。"里面传来梁缙的声音，听起来有些沙哑。忽然间，叶梵梵感到心里一阵的紧张，莫名的紧张，让她急切想要见到梁缙的心不知所措。

"嗨，我的梁少～"一开门，陆励就扯出与雨天大相径庭的灿烂笑容对着戴着口罩、显得很是虚弱的梁缙打了个招呼。

梁缙一眼就看见站在门口的叶梵梵，喉咙处一阵难受，忍不住咳了起来。与此同时，那凌厉的目光就扫到了搭在叶梵梵肩膀上的爪子，"拿开。"

声音很是介意，充满着火药味。陆励呵呵地憨笑着，收回了手。想着进门再寒暄几句，却不料梁缙伸手就将叶梵梵拉了过去搂在怀里，然后在陆励没进门之前就索性无视他的存在将门无情地关上了。

"喂，就算重色轻友也不要表现得这么明显好吗？我知道你们有段时间没见了，可在我看来不就是短短的一个星期嘛，至于这样吗？"陆励可怜兮兮地站在外面，一边坚持不懈地按着门铃，一边顽强地对着冰冷的门说话。"好吧，就算是女朋友太漂亮的原因，也不至于呀，但是，女朋友也是我给你带过来的，要不然你就发着高烧在浑浑噩噩的病态中难解相思之苦了。喂，梁缙，你有没有听我说话……"

外面热闹地吵着，里面安静地相拥着。

"生病了？"叶梵梵依偎在他的怀里都能感觉到他身体的滚烫。

"嗯。"

"怎么不告诉我？"

"幸好你来了，否则我不知道还要过多久才能见到你。"

梁缙哑着声音，费力地说着话，让叶梵梵忍不住想哭，她不知道自己感性到这种程度了。好像梁缙只要软言软语地说这样的话，她就可以哭上好一会儿。

唉，这该死的温柔。

"怕传染给你，又怕你因为要照顾我累着，所以……"回到里屋的卧室中，梁缙重新在床上躺好，仍旧戴着口罩只剩下一双深邃的眼睛看着叶梵梵。

"所以想在这别墅里自生自灭？"叶梵梵简单地熟悉了下房间，到客厅倒了杯水给梁缙，"药吃了么？"

梁缙接过叶梵梵递过来的水杯，又咳嗽了几声后说："先前吃过了。"

"嗯，那你先睡会儿。感冒药吃了容易犯困，多休息就会慢慢好起来的。"说完，叶梵梵从床沿起身，却被梁缙一把拉住。"怎么了？"

"你，能不能留在这里？"梁缙摘下口罩，艰难地说着话，费劲地咳嗽着，身体状况看起来真的很差。他本以为他还是以前那个战无不胜攻无不克的梁缙，可在生病的这会儿，看见了叶梵梵，整个人变得不能再脆弱了。

叶梵梵看着他，重新坐了下来，笑着握住他的手说："嗯，我不走。看着你睡着好吗？等你醒来，至少不再发烧了。"

梁缙点点头，这才放心地闭上眼安静地睡觉。不到一会儿，梁缙就困倦不堪地陷入了沉睡，叶梵梵确认他真的安心睡着之后，走出了卧室。

一楼客厅，陆励正百无聊赖地翻着杂志。

"你想弄死你男人啊？他身体这么虚，你居然给他做炸酱面？"叶梵梵在厨房摸索的时候，在冰箱里发现了她想要的素材，刚撕开包装袋就被陆励无情地吐槽了。

叶梵梵睁着无辜的大眼睛，对陆励说："这是煮给你吃的。"

陆励听闻尴尬地笑了笑后说，"我最爱吃炸酱面了，尤其是美女做的炸酱面。话说，梁缙真的有段时间没能好好睡过一觉了，果然还是女朋友好啊。"

"等会儿水烧开了，你自己把面放进去煮吧，我去洗下米。对了，你知道鸡丝粥要怎么煮么？"

"……"陆励微张着嘴巴，不知道该怎么表达自己现在的情绪，只是含糊地说了句，"是不是应该先买只鸡？"

然后，两个人顿时愣在了厨房。

晚上八点的时候，不懂厨房情调的叶梵梵和陆励总算是勉强整出了晚饭。说白点，没办法做料理鸡丝粥的两个人临时改了容易上手的皮蛋瘦肉粥。

到了饭点，梁缙也醒了过来。难得地连续安稳地睡了好几个小时，期间没有做过一个梦，醒来感觉身体都轻松了些。

"你煮的？"梁缙有些惊讶于饭桌上那色香味俱全的皮蛋瘦肉粥，欣喜地望着叶梵梵。

叶梵梵倒是有些后悔，明明可以去外面买，非要自己动手做。梁缙还是病人，万一吃了她煮的玩意儿不合胃口怎么办？

"你先尝尝看，不好吃的话我上外面给你买。"

陆励埋头一声不吭地吃着炸酱面，虽然粥也是好东西，但是对于身强体健的他来说，那粥根本就不够塞牙缝，看来他今天晚上还要准备夜宵。

梁缙摆摆手，幸福万分地吃了一口，浓浓的香味瞬间溢满了整张嘴。他不说话，只是一口接着一口吃完了叶梵梵给他盛的第一碗粥。

"看样子你的粥非但不难吃，还应该是人间极品。"陆励对着叶梵梵开着玩笑，"你也给我来一碗呗。炸酱面配粥，让我尝试下新搭配。"

叶梵梵受宠若惊，感觉自己还是有烹饪的天赋的。高兴地拿过空碗准备替陆励也盛一份，结果被梁缙遏制住了。"你自己没手么？还是说，你想让我动手啊？"

"行行行，我自己来。"陆励真的是拿这个"病人"没辙，从叶梵梵手里接过碗边盛粥嘴里边嘀咕着，"有女朋友有什么了不起的，得瑟成这个样子。"

梁缙看着叶梵梵，心里涌起了无可比拟的幸福感。然后，他看着叶梵梵说了句似乎酝酿了很久的话："搬过来一起住吧。"

"咳咳～"叶梵梵还没有这么大的反应，陆励倒是先喷了出来。他急忙擦擦嘴，相当不满地嚷道，"你们秀恩爱也有个分寸，尊重下我这个电灯泡的感受好吗？吃饭就吃饭，突然谈什么同居啊，害得人家小心脏扑通扑通地乱跳。"

"明天，我就让陆励帮你去搬行李。我处理完事情马上就会过来。"梁缙无视了陆励的耍宝，直接给他安排了任务。"至于你原先的房子，我尊重你自己的处理意见，我不干涉。"

叶梵梵点点头，她想梁缙也知道那房子曾经的意义。但是过去就过去了，人生不就是别离与相遇吗？

离开，不惋惜，不念念不忘。

相遇，到相惜，执子之手。

第三十一章 爱就宅一起

　　"梵梵，这沙发你准备放哪里?"两个人站在空荡荡的新房子中央，幸福的感觉油然而生，即便里面什么都还没有，就是能够体会到归属感。

　　叶梵梵抱着樊落，吐着舌头说:"当然是由我们伟大的设计师决定啦，我反正什么都不管。房间都是你设计的，所以什么东西摆哪里也都由你决定。"

　　樊落宠溺地摸摸她的头笑道:"可是这是你住的房子。东西摆在哪里得看你的需要啊。"

　　"我需要你啊，那你把自己摆哪里?"叶梵梵娇嗔地往樊落怀里靠了靠，望着这新鲜的一切感到异常的满足。

　　樊落低头，吻在梵梵的额头上，语调温柔无比。"能摆在你心里最好了。"

　　"嗯，我会一直在心里给你留位置的。"

　　相爱几年，这一幕仍旧美好得让人心疼。只是，今非昔比。叶梵梵看着空无一物的这个家，回忆翻涌，感慨万千。

　　"怎么，不舍得了?"陆励坏笑着走近在房门口远远观望的叶梵梵，拍拍手上的灰尘，说，"你这样的表情要是被梁缙看见，估计那货也要心疼死了。"

叶梵梵吸了口气，努力想让自己忘记当初甜蜜带来的阴霾，管理了下自己的表情，挤出一个笑容给陆励看说："没有不舍得，只是没想到和过去说声再见这么的不容易。"

陆励耸耸肩，看着搬家公司的人将沙发什么搬出来，伸手拉了叶梵梵一把。两人站在房内，他说："过去如果根深蒂固地存在，那拔出来自然是痛的。可是你不痛，怎么能体会到梁缙带给你现在和未来的甜蜜呢？"

不得不说，陆励这个人还真的不鸣则已一鸣惊人。对此，叶梵梵还真当只能像听到了什么大道理似的点点头。"你说我当初在遇见梁缙之后，还是没有分手，这个故事要怎么继续呢？"末了，叶梵梵忽而想到一个只能用"假如"来开头的假设。

陆励摸摸下巴，若有所思地说："我又不是上帝，怎么知道换个开始故事会怎样结束？"顿了顿之后，挑着眉笑道，"你不妨回去问问梁缙？"

"我不想活了才会去问他。"叶梵梵断然拒绝。

陆励大笑："放心，对你，他下不了手，顶多让你下不了床。"

"……"

至此，叶梵梵得出了一个结论，那就是不能对陆励和梁缙把话说得太满，因为他们都有一种分分钟让你想去死的能力。

搬家搬到一半的时候，梁缙打来电话，说是最快也得下午四点过来。叶梵梵想着现在才下午一点四十五分，都四点了还过来干什么，再说四点可能搬好家了。索性就不让梁缙来凑热闹了，反正这里有陆励呢。这个家伙除了嘴巴坏一点外，其他都还算得上不错。

等到叶梵梵钟爱的一些大物件搬走之后，她和陆励开始在卧室里倒腾小玩意儿。再者，回头还得帮叶畅畅也收拾，仔细一想，没准到四点了也没办法结束。

哎，有点后悔拒绝梁缙的凑热闹了。

"哇，叶小姐，这不是我们家梁少的西装么？"没让他收拾衣柜，他非要打开收拾。就知道这个人没安好心，一个劲儿地八卦。顿了顿他又淡然道，"也是。他现在人都是你的了，一件西装算什么。按理说，我应该对更劲爆的玩意儿感到兴奋才对。"

"比如?"叶梵梵无语。

陆励抖抖眉，再次坏笑道："比如内衣裤。"

"……"算了算了，要习以为常，见怪不怪。叶梵梵想着，估计搬过去和梁缙一起住的时候，陆励说出的话也应该比现在劲爆一百倍。现在看来，要防的人是梁缙的小伙伴。"你去帮叶畅畅整理吧，我的房间我自己来。"

无奈之下，叶梵梵选择交换立场。叶畅畅那里应该没什么秘密，反正都是大男人，要是有什么秘密也应该是男人共同的秘密。

"我有点好奇你弟弟长什么样，是不是和梁缙凑不到一块啊?"八卦完叶梵梵和梁缙的事后，陆励开始八卦起了梁缙和他未来小舅子的事了。

"那倒没有。我弟弟和梁缙还蛮和谐的，想来我和梁缙能在一起他也是出了一份力的。"叶梵梵关上了衣柜门，一门心思地在整理床头柜里放着的各种杂七杂八的东西，那里面甚至还有打翻的粉饼。

陆励若有所悟地点点头，边想边往叶畅畅那个房间走去。走到对面，朝着叶梵梵喊道："这么说是你弟弟助纣为虐啦？哟哟，梁缙这个人果然是没有办不到的事情，连小舅子也可以骗到手。"

这话只换来叶梵梵粲然一笑。

"你弟弟房间里的东西，我怎么感觉都该扔了?"才开始整理不到五分钟的时间，陆励就厌倦地走过来又找叶梵梵搭话。"他房间里那台式电脑已经玩不动游戏了，扔了找梁缙再买一台。还有挂在衣柜里的衣服也都太随便了，拿去裁缝店里改改给你未来的孩子当尿布还行。至于房间那些摆着的照片，倒还有留下来做纪念的价值。"

说到照片，叶梵梵才有兴趣地抬起头，一看差点拿头去撞墙。首先，陆励手里拿着的是她和叶畅畅小时候穿花裤衩的旧照片，喜感十足。再者——梁缙是什么时候出现在这里，而且还拿着照片同陆励津津乐道地看着!?

"哦，我家梵梵小时候就这么漂亮吗?"

这是梁缙笑意十足的话，却惹得叶梵梵羞愧难当。谁都知道，那个年代穿的都是老土的衣裤，就连扎着的辫子都透着一股浓浓的傻二妞的气息。还有叶畅畅，就穿了一条三角裤，咧着缺了门牙的嘴在傻笑，怎么看怎么都是山里娃喜庆的瞬间。

"说真的呢，虽然土得一塌糊涂，但还是隐约能看出叶梵梵有美人的雏形。"陆励还一本正经同梁缙分析道。

梁缙身上穿着黑色有淡淡纹理的西装，看样子是出席了什么重要场合，否则谁会在休息的日子把自己装扮得随时要赶回去加班的模样？

"你才隐约。我家梵梵那美人胚的感觉是呼之欲出的！你看叶畅畅这小子，缺了门牙还笑得这么开心，你说会不会漏风？"

"哈哈，我不行了，让我笑一会儿，哈哈～"

"你们真的是够了……"叶梵梵黑着脸，看着两个大男人在一唱一和玩双簧似的，完全不把他们姐弟放在眼里。真的好像把那盒打翻了的粉饼扔在他们脸上，解解气。

梁缙捂着嘴也偷乐了会儿，顺手把那张照片占为己有了。上前抱了抱叶梵梵，像是安慰也像是对刚才自己忍俊不禁的举动道歉。"我带了你爱吃的北海道蛋糕，你先去吃，我和陆励帮你收拾着。"

"这还差不多。"不扔粉饼也瞬间解气，叶梵梵推开梁缙说，"把照片还我，畅畅最爱这张了。你拿走了，他怎么办？"

"借我看几天。"梁缙说得理直气壮，"有点舍不得小时候的叶梵梵呢。给我点时间让我感受下你过去的生活。"

说的好像蛮有道理的，没办法反驳，叶梵梵只好默认地随他去了。既然梁缙来了，她也就能放心了。

等到她吃了三分之二的蛋糕，梁缙和陆励就甩了把汗从她房间里出来，各自双手都拎了一大袋的垃圾。

梁缙先开口："看来畅畅会变成保姆也是情有可原的啊。"

陆励几乎是顶着一张累残了的脸，苦涩道："女神的房间原来可以这样不堪入目。叶梵梵，你让我对这个世界上的女神产生了严重的怀疑！"

"呃，你们硬要帮忙收拾的啊。"叶梵梵觉得很无辜，她从来没觉得自己是女神，但是她承认畅畅是她的保姆。"你们好像没有把有价值的东西给我收拾出来啊。"

"我们其实应该把她的衣服拎出来，这样她房间里就只剩下垃圾了。应该先取其精华，再去其糟粕的啊。"陆励懊悔不已，"统筹规划得不当啊，梁少。"

"我的房间真的有这么糟糕吗？"因为这样的话已经听到不止一次了，叶梵梵也总算是对自己处理房间的方式产生了质疑。

梁缙宠溺一笑道："放心，以后我会帮你收拾好的。"

对此，叶梵梵又一阵脸红。陆励果然听不下去，很是自觉地拿着垃圾袋到了叶畅畅的房间，然后就听到哗啦哗啦的声音，看样子陆励也把叶畅畅房间里三分之二以上的东西当成垃圾扔掉了。估计叶畅畅回来之后会崩溃到找陆励复仇的。

搬家活动一直持续到了晚上六点，三个人都拖着有些疲惫的身躯回到了梁缙的别墅。梁缙一直没有歇着，回去就准备给叶梵梵弄点好吃的晚餐。

"累死我了……"陆励敲着背在梁缙家客厅来回煎熬地走着，最后一下子瘫倒在了沙发上，叫苦连连。"叶梵梵你净身出户就行了，你要什么梁缙不都会买给你？反正你以前用的家具，也不用搬到这里来。"

"别喝冰水，对肠胃不好。"在叶梵梵准备大口地喝冰水时，梁缙已经把热好的牛奶塞到了她的手里，并嘱咐道，"喝完了休息下，晚饭很快就好。"

叶梵梵只能乖乖地喝着梁缙递过来的已经打开盖子的牛奶，也走到客厅坐在沙发上，将牛奶一饮而尽。然后看着陆励托着下巴饶有兴味地望着她，浑身起了鸡皮疙瘩，缩缩身子问道："看着我干什么？"

"看你漂亮咯。"陆励说话向来这么口无遮拦，继而又说，"'梁缙就交给你了，他是个好孩子，体贴懂事又能干，重要的是他对你一见钟情。'以上是梁缙的妈妈让我带给你的话，本来她想自己亲口对你说的，但是要怪就怪梁缙，他迟迟没把你带回家见家长。"

叶梵梵放下牛奶瓶，望着在厨房张罗着的梁缙的背影，心头涌过一股暖意。她垂下头想着自己未曾出现在他爸妈面前，他爸妈就已经知道她的存在并接受了她。和梁缙比起来，她确实有点糟糕。更何况，见家长这种事她也还没有想过，想必梁缙也为她考虑到了。

不过，这一见钟情到底是怎么回事？梁缙之前也好像有意无意地提到过这样的一个情况，叶梵梵揣摩不透，按说没有什么合理的条件让梁缙对自己一见钟情啊。

"诶，不对。你们两个今晚圆房的话，我睡哪里?"忽然之间，陆励从沙发上一咕噜翻身而起，小跑到厨房缠着梁缙不放。"一共五间卧室。一间是你们小两口的，一间是未来丈母娘的，一间是你爸妈的，还有一间是未来小舅子的。我的呢?"

梁缙在烧菜，没空理会陆励的话，只是淡然地回了他一句:"不是还有一间，你没数么?"

"哦～"陆励顿了顿后再度咆哮，"我数什么数啊! 最后那间你不是留给你未来孩子的吗? 难道我去睡小孩子的摇床啊?"

"那你可以买机票回广州。"

"……算你狠。"

叶梵梵听了这两个人的对话，差点笑岔气。上前对陆励说:"你睡叶畅畅的房间吧，他反正还在美国，没放假呢。"

对此，陆励还征求性地瞟了梁缙一眼，见他默不作声，立马做出了胜利的手势说:"果然还是老婆的话算数啊。"

其实，梁缙非常希望陆励今个就能在上海消失，毕竟这是他和叶梵梵的"初夜"啊。家里多了个外人，连酝酿好的情调都没有了。现在想想，把陆励招惹来实在是有点不计后果的决定。

最后三个人四菜一汤地满足了晚饭的需求，就各回各的房间了。梁缙连碗都没有让叶梵梵刷就拉着她回房了。陆励寂寞地想，春宵一刻值千金呐。

"先把药吃了吧。"回到房间，叶梵梵就把床头柜上的感冒药递给了身后的梁缙，然后又走到卧室外面的房间给他倒了杯水。"虽然不发烧了，但是听起来还是有点咳嗽。"

梁缙笑容既灿烂又有点腼腆，他接过水杯和药，听话地吃了下去。然后看着为他忙碌的叶梵梵，不知道为什么感动到想哭啊。但是，他只是上前静静地从背后抱住了站在衣橱前帮他拿睡衣的叶梵梵，把脸埋到她的颈项，低声细语道:"你这样温柔，让我无时无刻不在想一个问题。"

"什么问题?"

"你什么时候能和我结婚。"

叶梵梵身子一僵，回身和梁缙对视，他眼睛黑亮，显得认真、自信又小心翼翼。叶梵梵莞尔一笑："你这样子求婚我可不会答应。"

梁缙也笑了，握住她双手说："求婚不易，但是我会让你嫁给我的。"

两人笑着幸福相拥，夜晚寂静充满魅力。对于相爱的人来说，在一起的每一刻都是充满着诱惑、洋溢着幸福的。

而对于寂寞的单身人来说，安静入眠才是正确的选择。

"老子还不如回广州！孤枕难眠，寂寞空虚冷啊，哪个 Sandy 来救救我啊～"陆励睡在隔壁房间，痛苦哀号。

"开门啊，九点了，太阳晒屁股了啊。"

叫醒叶梵梵的不是清晨那缕暖暖的阳光，也不是枕边梁缙温柔的呼唤，而是那杀千刀一夜没睡大清早的来敲门的陆励。

"我最后说一遍起床了，再不来开门，我报警了啊！"陆励在外面扯着嗓子却不紧不慢地调戏着房内的小两口。"梁缙你可说过的，今天要陪我回广州的。"

叶梵梵总算是受不了，撩了把秀发，翻身瞪着梁缙说道："快滚。"

"呵。"梁缙笑着将叶梵梵拥入怀中，这个举动让昨晚两个沉醉于甜蜜乡的人瞬间又感受到一种炽热的情感。"我不想走。"

"别闹，有事情要办当然要回去了。"叶梵梵愣住，昨天折腾到很晚，她可是精疲力尽，没办法让他不走了。

许久之后，叶梵梵也没能在周末睡个好觉，陪着梁缙起了床。看着梁缙和叶梵梵都摆出一脸"迟早杀了你"的表情给他看，陆励可真是乐坏了。世界上再没有比搅乱情侣更来得大快人心的事情了。真是干得漂亮！

"不用送我们了，你在家好好休息。"准备出门时，梁缙回身抱住叶梵梵，拍拍她的背说道，"我晚上就会回来。"

叶梵梵点头，松开他，对睁着眼睛不知道看哪里好的陆励说："梁缙就拜托你了。记得提醒他吃药。"

"吃什么药啊，他肯定已经好了。昨晚不是挺厉害的嘛～"陆励说着冲着他们俩眨眨眼睛，言下之意明显不过。

叶梵梵真当是后悔说了一句有的没的，顿时面红耳赤，抬起双手就将两个大男人推出了门外。"不送。"然后，啪一下子就把门给关回来了。

"怎么，我说错了吗?"陆励还装无辜。

梁缙对着叶梵梵的锁门表示接受，但是对于陆励的厚脸皮表示相当的难以忍受。侧过身看着他，语气里是满满的威胁："你脸皮比钢板还厚，说不准子弹都穿不过去。但我家梵梵闺中待嫁，根本受不了你这种浅薄露骨的表达方式。所以麻烦你以后收敛一点。"

"谁还和你以后啊! 你以为我还想第二次享受做白炽灯的机会啊! 你想都别想!"陆励也总算是憋不住爆发了。这梁缙肯定是故意的，故意嘲笑他这个精神上单身，肉体上总是达到饱和状态的花美男。"我算是明白你了啊。故意拽我来上海，知道我这个脾性的拿生病的你没办法会去找你女人，你就妥妥在家装病了是吧?"

这会儿梁缙赔笑着搂过陆励的肩，边走边解释："你这话呢，说对了一半。"

"哈，还真给老子猜中了。"

"错误的一半呢是我真的病得不轻，而且我压根儿没想到你居然真的会去找叶梵梵。话说，你还溅了她一身水是吗?"

话锋一转，陆励明显感觉到梁缙之前带着赔罪的感觉在叶梵梵被雨水溅了一身的事情上急转而下，态度都变得异常的冷清。这兄弟还说会为了自己两肋插刀，现在叶梵梵还没过门，就已经准备为了她插他两刀了。

友尽! 陆励暗暗地想着，然后脸上带着乖巧的笑，弱弱地解释说："我及时带她回去换衣服了啊。真的，为了不让她出事，我可就守在她卧室门口呢。"

"你偷看了?"

"嘿嘿，怎么会? 我就只是不小心看到了她的 bra 而已……你干什么?"陆励话还没说话，就大呼救命。

梁缙面无表情地将陆励的手臂拉过来别在了他的背上，语气却是再狠毒不过。"我要是个霸道总裁，你看了叶梵梵的眼睛我岂不是得挖下来？"

"可惜你不是啊！"陆励只感觉到自己的手快断了，"回公司我自愿放弃下个月的工资以此赎罪！"

"就只有下个月？"

"那，下下个月？"

梁缙想了想，给出了个建议。"这样好了，年假取消，免费加班。"说着又加重了手上的力道，"成交么？"

"成交成交！"因为手实在是疼到要分裂了，陆励急忙答应，这才换来了完整的手臂，真是比周扒皮还扒皮啊。这个梁缙，连自己人都不放过，迟早抠死。

随后，两个吵闹似小学生的大男孩才上车前往机场。留在家里的叶梵梵从窗户里向外望，看着他们再正常不过的交谈忍俊不禁，又动手收拾起了房间里的东西。在陆励和梁缙的帮助下，很多属于她的物品已经如数搬到了这个家，但是还没来得及整理。

时间过得很快，忙忙碌碌的后果就是直起腰来发现已经到了傍晚了。夕阳西下，腰快断了的人还要准备晚饭。

"嗯？"叶梵梵起身敲敲酸痛不已的腰，却再次接到了樊落的电话。实际上她已经拒接了他电话好多次了，明着说得已经够清楚了。对于樊落的坚持不懈，叶梵梵觉得该是给个了断的时候了。"你在哪儿，我来找你。"

于是，顾不上时间，叶梵梵离开了才温存了一日的家，驱车前往了与樊落约定好见面的地方。而那个地方很是意外地选中了她和梁缙多管闲事跳水的河边。

临近夜晚的河岸，像极了叶梵梵刚从南京回来与樊落见面的那次景象。依旧有情侣，有一家人，还有他们。

"你来了？"樊落看见叶梵梵，再也没有热情的拥抱与不可理喻的喜欢。似乎到了今天，才发现以前做得再自然不过的事情，现今觉得是强人所难。

叶梵梵上前，点点头。看了看他的穿着，说道："穿得这么单薄，小心也感冒了。"

　　樊落心里清楚，她话里用了个"也"字。只是他没有问，想来问这个也没有多大的意义。于是正常的开场又成了这样。"我妈妈她很想你。"

　　世上最无法狠下心拒绝的都是母爱，叶梵梵也同样，狠不下心拒绝樊落母亲的爱，她觉得拒绝是一种伤害。可是，她再无法为了这样的伤害而继续地狠不下心了。

　　"樊落，我知道。阿姨她是你唯一的牵挂，既然如此，你就该好好地为了她努力。她的病可以用耐心和爱来医治，而医治的那个人是你，不是我。"

　　"或许是我们。"樊落双手扶着护栏，望着那波澜的河面沉思，失落。

　　叶梵梵一下子又不知道该怎么继续这个话题了，她说得再清楚不过，但是她也不想说得更清楚了。因为任何话说得太满，都会招来一些负面的情绪。"'我们'已经不再是指你和我了。这点，在我们分手那刻你就该知道了。"

　　"是。我不知道缇娜哪里比你好，她根本就比不上你，可就这么奇怪地恋上了她。她和我志同道合，却和你完全是两个世界的女孩子。我不知道我为什么喜欢上她，直到回来看见你，才发现我喜欢她不过就是为了证明自己多么的在意你，而你，却直接不要我了。"

　　樊落侧身看向叶梵梵，眼里有浓浓的懊悔与不舍。叶梵梵望着河岸对面的建筑物深吸了一口气，也转回身同樊落对视。她爱了这个男人四年，没到七年之痒就结束了。或许，幸好是在第四年结束的，否则叶梵梵都不知道自己会以怎样惨烈的方式宣泄自己的痛苦。

　　"畅畅说，你对我的喜欢过于谨慎，你不甘于平庸，也不甘于过得比我差。你的没自信不是我造成的，也不是畅畅造成，而是你自己。我不想纠结我们之间的对错，我只想知道，你现在回来仅仅只是还喜欢着我么？"

　　樊落沉默不语，他不是对这个问题沉默，而是对自己的做法沉默了。

　　叶梵梵轻叹气，搓搓发冷的双手，鼻子也冻得有些红了。她说，"你回来仅仅是为了证明自己，而不是因为还喜欢我。我在想，是不是在你选择留北京的那刻心里就已经没有我了。当然，我现在所有的猜疑也不过是因为我喜欢的人不再是你了。"

　　终于，一句"喜欢的人不再是你了"彻底将樊落拉回了残酷的现实中。这个曾经对他关心有加，善解人意的女孩子已经将她全部的温柔都转移给了另外一个男人。

"你喜欢他什么？"或许已经词穷，或许是不想让叶梵梵感觉到他的极度挫败，樊落淡淡地问了这么一句。

这样的问题，向来都是女生问男生"你喜欢我什么"。叶梵梵现在不会傻兮兮地开着玩笑说"因为他是我的优乐美啊"，她会直接说，"梁缙懂我想说又说不出口的话。他做的一切，我都不需要去揣测。如果我担心，他会直接告诉我放心。我不用患得患失地面对这份爱情，因为他总是信心满满地给我他给得起的一切。"

"呵。"樊落冷不丁地发出一声苦笑，"我的低三下四又被他的信心满满给打败了是吗？"

"樊落，你可以不用这样。"叶梵梵了解樊落的自负以及自卑，他对自己的高要求恰恰是他容易自卑的障碍。人活着，图的不是成就感，而是幸福感。"人总要向前看的，既然你和缇娜已经开始，何不再试试，不是说两个人最后是为了生活在一起的吗？"

"缇娜不是你！"莫名的樊落抓着她的手臂大吼了一句。这惹得周遭的人都投来了奇怪的目光，而这夜也彻底进入了黑暗。

"但我也不再是你喜欢过的叶梵梵了！"叶梵梵也压低声音喊道。

这时好巧不巧的，口袋里的手机响了起来。叶梵梵不用接也知道，这绝对是梁缙打来的电话。可在樊落的注视下，她还是伸进口袋将手机掏了出来。可是连通话键还没摁下去的时候，手机已经被樊落一把抢过，硬生生地给抛进了河里。

叶梵梵无以言表地回望着做出这一举动的樊落，对视了一会儿后说："这是我们最后一次见面，从今往后我不会再因为你或者你妈妈而违背自己的意愿出现。"

说完这句话，轮到樊落大惊失色了。他眼睁睁地看着叶梵梵动作麻利地越过护栏，纵身跳进了这条河。

"哎呀，快来人呐，居然有人跳河啦！"

"这么冷，不溺死也得冻死啊！"

　　"怎么回事啊，这条河里怎么老发生这种事情？我这店是不是得改成派出所比较合适啊？"人群中，反应不同的人正是那家岸边私房菜的老板。

　　河面上的水花，一时间引起了在场人的议论。樊落深知叶梵梵的水性，可就像大家说的这是冬天。她以此来反抗他钳制她的理由，现在什么理由都挽不回叶梵梵了。怅然失落的樊落退出人群外，拨通了叶畅畅的电话。

　　晚上医院的急诊病房送进来一个大冬天跳河的女孩子，在陪同的"家属"强烈的要求下进行了全面的检查。后来病人冻得瑟瑟发抖，说内衣都湿透了，死也不要住院。家属才勉勉强强地带着病人离开医院。

　　"万一以后留下病根怎么办？"梁缙开着车，眉头皱得很深。他不想责怪叶梵梵那冲动的行为，但是嘴上一直没停过。"你跳河的时候有没有想到是冬天？有没有想到我？有没有想到你经期的日子快到了？"

　　"……没有想到才跳下去了嘛。"叶梵梵把外面湿透的衣服脱下，裹着梁缙的大衣，蜷缩在副驾驶位上。还好，车里有暖气，否则她现在可能已经是结晶体了。"哈欠——"

　　这个女人真的是。梁缙听到她打喷嚏的声音，瞬间又心软了。那个时候刚出了虹桥机场的他先是打给了叶梵梵，却一直没人接听。心里正纳闷着，没一会儿工夫叶畅畅火急火燎地打了电话进来。开头第一句就是"我姐跳河了！"吓得梁缙差点把车子开进了臭水沟。

　　"叶梵梵，知道我现在想什么吗？"

"什么?"

"以后就算是为了我，也不要做那么危险的事情。"梁缙妥协了，从叶畅畅的电话里知道叶梵梵去见了前男友樊落，中间的过程他不清楚。但是，就叶梵梵跳河这件事情让他特别的不能接受。"其实简单地来说，我现在满脑子都是怎么样才能把那个男人用同样的方式扔到冷得刺骨的河里，还让他上不来。"

从没见过梁缙身上散发出的戾气，叶梵梵这才觉得自己这一跳可能把他有点逼疯了，只好搭上他握着方向盘冰冷的手，好声好气地说："是我太冲动了，没有考虑到后果。让你担心了，真的对不起。"

无奈，梁缙叹了口气。他的心脏到现在都还没有从叶梵梵落水的心痛中缓过来，他真的很想问，他们到底在河边谈些什么，非得谈到河里才能解决?

"那个时候没能接我电话的原因是他么?"到底还是问了。

叶梵梵收回手，也是一阵叹息。然后才说："你电话打来的时候，手机被他抢过去扔到河里了。"

"所以你就因为这样跳河了?"再度感到震惊的梁缙顿时觉得脊背一凉，那种后怕的感觉越发的强烈。"你再怄气，再想要做出证明和反抗，你也用不着……"

"手机里有我们在南京的合照。"

"……"

车子唰地就停在了小区楼下，梁缙面色凝重地解开安全带下车，将叶梵梵从车里抱出来，径直走进了房子的里屋，直到抱进了卧室才将叶梵梵放下。在叶梵梵站定的瞬间，梁缙二话不说俯身就攫住了她的唇。这个吻并没有深入，只是带着强烈的情感想要让叶梵梵记住这一刻他带给她的感官体验。梁缙知道，他已经没办法回头了，他爱着叶梵梵，深深地爱着。

"快去泡澡，等会儿真的要感冒了。"良久放开叶梵梵的梁缙如是说，摸摸她冻得发白的脸颊，心里还是无法平静。

叶梵梵握住他的手说："真的不要担心，我是铁打的。"

"可我不是。"梁缙轻声说着，将叶梵梵领进浴室。在浴缸里放进热水，吩咐叶梵梵赶紧脱下衣服进去。"我去帮你拿睡衣。"

"好。"叶梵梵点头，感觉到梁缙的心神不宁，忽然在他走出浴室之前从身后抱住了他，对他说，"梁缙，谢谢你。"

其实她更想说的是，我爱你。

梁缙明显的身子一僵，回过身也同样抱住了叶梵梵："对不起，让你受这样的委屈。"

或许是梁缙太过温柔，或许是真的太委屈，叶梵梵在听到这句"对不起"之后几乎泣不成声。明明觉得没什么好哭的，明明觉得该是庆幸的，明明不该这样矫情，可到底还是成了爱情的俘虏，心甘情愿地为之哭、为之笑。

哄了好久才得以平静的叶梵梵终于安心地泡完澡，却没想到梁缙为她拿来的睡衣竟是他的白衬衫。

"恶趣味。"叶梵梵总不能厚着脸皮裸着跑出来然后缩在床上吧？这档猥琐的事情给她十张脸皮她都不会做。

这时候梁缙刚把准备好的暖水袋塞进被窝里，回身看见穿着自己白衬衫的叶梵梵，忍不住惊艳道："原来女人穿男人的衣服真的可以这么性感。"

"你在拿我当试验？"叶梵梵略微害羞地走过去，跳上床，钻进被窝中。"这么好色的行为一定是陆励教你的。"

梁缙笑笑，替她往上拉了拉被子，摇摇头说："这次你可冤枉陆励了。"停顿了下，也侧身躺在床上，托着腮帮子不住打量，"你穿我衬衣怎么能美成这样？"

"所以呢？"叶梵梵隐约觉得这个话题继续下去的后果会"不堪设想"。

"我能把那该死的衬衣撕了么？"

"……"

就知道梁缙这个人没个正经的，叶梵梵下意识地将被子拉高捂住了脸。事情从南京开始发展到了现在，一切就像是老天爷开的玩笑。但是，叶梵梵钟情于这样的安排，她遇见了她此生最美的风景。

"你早点休息，我去书房打个电话给畅畅，说你没事了。"梁缙这会儿惦记着叶畅畅倒是让叶梵梵有些意外。但是她也没说什么，只是点了点头，然后享受被窝的温暖。

半个小时后，叶梵梵还是没能入睡，而梁缙居然也没从书房出来。于是纳闷的叶梵梵拿了外套披上，蹑手蹑脚地来到书房门口，耳朵贴着门确实听到了梁缙在打电话。

"嗯，你就告诉我能不能办到吧？做不到，是你自己去死呢，还是我送你去见上帝？"这绝对是梁缙会说出来的话，不过他是在对谁说呢？叶梵梵扯了扯外套，继续偷听着。

"哼，爷现在心里有多难受你知道吗？你说我怎么会跟着你回广州呢？我家梵梵受委屈的时候我居然还能在高速上开车！算了，反正说了你个白痴也不懂。总之，我要的东西你尽快帮我弄好，否则你就去死！"

明白了，应该是在和陆励打电话。叶梵梵还真的是替他捏了把汗，在梁缙这样的人手底下工作，需要智商也需要技能，当然更需要识时务。这边陆励的电话才刚结束，又听见他拨通了另一个电话，这次终于是叶畅畅了。

"畅畅啊，你姐姐没事了，现在应该睡着了……嗯，真的没事，你不要担心。哦，那个该死的前男友是吗？你放心，我一定会找个机会让他体验下冰冻三尺非一日之寒的感觉。你就别动手了，万一弄出人命来，你让我这个做姐夫的怎么办……"说完这句话之后，叶梵梵只听见梁缙嘀咕了一声，"唉，叶畅畅这小子这么难伺候，又挂我电话。"

以为梁缙这下子该出来了，没想到只听见他重重地叹息后，就不动声色了。叶梵梵也站直身子轻轻地走回了卧室，没有再继续听下去了。想来，梁缙现在的心里仍旧不好受吧。

"叶梵梵啊叶梵梵，你可真是个罪人。"这么想着，叶梵梵枕着枕头，有些难过地闭上眼。以后，就算是为了梁缙，也绝对不能再这么冲动了。

夜已深，梁缙才回到卧室，为了不吵醒叶梵梵，轻手轻脚地上床，只揪了一丢丢儿的被子给自己盖上。片刻之后，他才慢慢靠近叶梵梵，伸手将她轻轻地拉到自己怀里，相拥入睡。

隔天一大早，梁缙在被窝里接了个电话后就立马滚下床穿好衣服，说是有什么急事要赶回广州一趟。叶梵梵也没有半点迟疑，动作麻利地送他出了门。关上门后她才反应过来，早上的电话是不是陆励的？

三个小时之后，不出所料又出人意料的事情发生了。叶梵梵本是坐在客厅里喝茶，却听见家里座机响了起来。这年头，座机这玩意是越来越不招人待见了。

"阿，阿姨？"电话那头响起的声音令叶梵梵既紧张又吃惊。"对不起，应该是我给您打电话的。"

没错，在梁缙回广州还不到半天的时间里，梁妈妈已经准确地掌握了叶梵梵的动态，毫不客气地将电话直接打到了梁缙的小公馆。

"我来广州么？是梁缙他出什么事了么？"对于未来婆婆这种突击行为，叶梵梵深感仓皇。从未照过面，却在梁缙不在的情况下被邀请去家里做客。这心里难免在琢磨，该不会是场鸿门宴吧？

令人感到愉快的是，梁妈妈的声音听起来纯粹就是万分渴望地想要见叶梵梵一面。电话里强烈指责了梁缙金屋藏娇的行为，也欣喜若狂地表达了梁缙能找到女朋友作为妈妈的喜悦感。在叶梵梵还没有明确答应前往广州的情况下，梁妈妈已经先斩后奏说几点会在机场接她。

"不见不散"说完之后，叶梵梵扔了电话就疯了一般地冲回换衣间，抓狂地在衣帽间翻箱倒柜了起来。

"天哪，谁能告诉我在冬天怎么样才既能穿出优雅感又不显得厚重啊！"真是要哭了，敢情梁缙那次见了她的妈妈正好是天时地利人和的，连穿什么衣服都根本没发过愁。

无奈之下，叶梵梵居然把电话打给了远在北京的美丽。

"你在开玩笑呢吧？"美丽听完整个来由之后，冷笑着来了这么一句。语调里统统都是赤裸裸的讽刺，"冬天穿出美感，你就得冻死。穿得厚重，你就丑死。自古以来，鱼和熊掌都是不能兼得的。"

叶梵梵蹲在衣帽间，愁眉苦脸地说："那你不是每个冬天都穿得挺美的吗？"

"呵呵。知道为什么吗？"美丽继续冷哼，"那是因为姐不怕死。"

"……"

好吧好吧，求助美丽算是失败了。最后叶梵梵凭着自己多年来观察别人婆婆的经验得出了一个结论，那就是——任何一个想要把儿子给你的婆婆首先看的是你的身材，太瘦怕你不能生孩子，太胖怕你吃穷了这个家。所以，叶梵梵决定了，就穿羽绒服来掩饰她大冬天跳了个水惊吓过度而消瘦的身材！

然后，叶梵梵就穿得极为朴素地出现在了机场。这梁缙前脚刚走，叶梵梵后脚就追了过去，不知道的还以为她是去查岗的呢。

"诶，不是。我到了梁妈妈怎么联系我？我手机掉水里还没来得及买个新的呢。"猛然间意识到问题所在的叶梵梵已经妥妥地坐上了飞机前往广州了。

再一次，想哭却哭不出来。

飞机稳稳地落地，叶梵梵走出了陌生的机场，四处张望。不要说是电话，她连梁缙的妈妈长什么样都不知道，这不是无头苍蝇乱撞嘛。

最要命的是，她连梁缙的号码都从未记住过，她也没办法打公用电话。"我要是死了，绝对是被自己蠢死的。"这话用来形容此时此刻的叶梵梵一点都不假。

片刻之后，随着人流量的不断增大，叶梵梵忐忑的心也开始焦躁了起来。而随着这样起伏的心情，身后终于传来了带着起伏性的音调。

"哎呀，我一看你就知道是我家梁缙找的女孩子，叶梵梵，对不对？"叶梵梵未见其人先闻其声，扭头就看见一穿着精致、五官柔和的中年妇女朝自己热情地拥抱了过来，还是不停地说，"哎哟，梵梵你妈妈怎么生的你呀。就你这姿色，站在人群中绝对是金鸡独立啊。妈妈真的是好喜欢～"

金、鸡、独、立？这是个褒义词，叶梵梵知道。但是，为何听起来特别像是站街女中档次颇高且数一数二的花魁？

"错了错了，妈妈用词不当。是鹤立鸡群！"梁妈妈开心地玩起了成语的游戏。

叶梵梵尴尬得只能对此傻笑，又是鸡，她一来广州连属相都变了。但是算了，只要梁妈妈喜欢，豁出去了。

"阿姨，您好。我就这样来是不是会给你们添麻烦？"想到这个，叶梵梵又郁闷了，估计梁缙这会儿还不知道她来了，否则死也不会放着他妈妈来吧。

梁妈妈热情地握住了叶梵梵的手，牵着她往路边的一辆车子走去："怎么会呢？是我突然叫你来，吓到了吧？"

"没有……"呵呵，才怪。

坐进车里，梁妈妈一直拽着叶梵梵的手不放。大冬天的不戴手套也给硬生生地焐热了，叶梵梵多想说，"阿姨，手心快出汗了。"但是她不能说，梁缙的妈妈绝对是百年难得一见的中国好婆婆，不能就这样给毁了。

"我早就让梁缙带你来见我了。他总是推辞说再看看再看看，再看个什么啊！这不，今天回广州居然也敢不把你带回来。等他下班回来，我非得好好教训他。"梁妈妈如是说，但是看着叶梵梵的眉眼都是笑着的。

这多少让叶梵梵有了错觉，这梁妈妈是不是精神分裂？"他今天回来上班的么？这个没有和我说，只是说公司有急事。"

梁妈妈一听，一副"我儿子我了解"的样子，笑着说："他现在，只要是关于你的事都是急事。"

这话令叶梵梵又颇为感动，想来梁缙对她的疼爱已经是尽人皆知的事情了。能被双方父母认可，这是件最幸福的事情。

从机场到梁缙的家开私家车都要花一个多小时，于是叶梵梵对梁缙三天两头打飞的来看她的行为产生了内疚。

被很是热情地请进家门后，叶梵梵没有看见梁缙的爸爸。对此，梁妈妈解释说，"那老家伙一定又背着我偷偷去搓麻将了"。但是，这不是重点。重点是，叶梵梵虽然没有看见梁缙的爸爸，但是她看见了客厅里坐着一堆的三姑六婆！

"来来，别喝水了。快看看，这就是我儿子的女朋友，怎么样？我家梁缙的眼光是不是精准狠？这个就叫作'不鸣则已一鸣惊人'。我儿子就这个特色。"梁妈妈毫不吝啬地将初来乍到的叶梵梵介绍给了亲戚以及邻里认识，话语里是浓浓的显摆与得意。

于是在座的阿姨们纷纷起身围在叶梵梵的身边，打量的眼神就像是在考量自家儿媳妇一样，令叶梵梵着实不自在。

"这姑娘长得不错，皮肤这么白。"

叶梵梵呵笑，我这是吓得。

"嗯，脸颊还是粉嫩的嘞。"

叶梵梵再笑，我这是冻得。

"进来家里有暖气，快把这件羽绒服脱了吧，身材都显现不出来了。"

叶梵梵……

接下来的几个小时，叶梵梵就这么被梁妈妈拉着和"三姑六婆"家长里短的。平时怎么就那么讨厌周围那些上了年纪的阿姨八卦别人的事呢？今天听来，有些八卦还是蛮有趣的嘛。叶梵梵坐在沙发中间，想了想。

聊天的时间飞快，等到她们散去之后，梁妈妈麻利起身对叶梵梵说道："要不要来帮我做晚饭？"

都已经到了做晚饭的时间了，叶梵梵愣了愣，然后再次坐立不安，这吃晚饭还可以，做晚饭这不是等于让她直接走人吗？

危难之际，门铃突然响了起来。叶梵梵好似抓到了救命稻草，急忙起身说："我去开门。"满心欢喜地以为可能是梁爸爸回来做饭了，哪知一开门正好和梁缙撞了个正着。

"妈，你叫我回来干什么到底？我得赶回上海，梵梵一个人在家呢。"梁缙边在门口脱鞋，边对着开门的人说道。然后一抬头突然看见出现在自己家的叶梵梵着实吓了一大跳，立马震惊摸着胸口，"叶梵梵，我没有眼花吧？"

这人什么意思？叶梵梵差点就想揍人了，一想这是在婆家，还是规矩点儿好。立马挤出个笑容对他说："你要是这会儿眼花了，我还和你在一起干什么呢？"

言下之意，就是赶紧把眼睛擦亮了进来再说话！

"哟，我儿子回来了啊。"梁妈妈迎了出来，手里拿着围裙。二话不说就先给儿子套上了。"来，家里两个女人等着你做晚饭。"

呃，这个……叶梵梵看向了梁缙，吐了吐舌头，表示无能为力。刚想随着梁妈妈一起走，就被身后的梁缙一把拉住了胳膊。

"见到我就这个反应么？"梁缙拽着她，忽然说起了别的事情。

叶梵梵试着逃脱，但是挣脱失败，只好反问道："那我被你妈妈下了一道指令就来了广州，见到你难不成还要跪下请安啊？"

梁缙将她往怀里拽了拽，意图很明显。"下跪请安就算了，我又不是皇帝也不想后宫三千，你就亲我一下就好了。"

"不要耍流氓啊。你妈妈可看着呢。"这个梁缙，玩什么呢？叶梵梵很是局促，她可不想在大人面前失了分寸。

梁缙笑得特别的放肆，他说："我妈就爱看这些，要不然她把你召唤过来干什么？你太低估我妈妈了，她的口味可重着呢。"

　　叶梵梵对梁缙这话感到震惊之余，已经被梁缙彻彻底底地索要了一个吻。果不出然，他妈妈激动得拍手叫好，甚至手里不知道什么时候多了一部拍立得……

　　梁缙低笑，想起什么似的，他从口袋里拿出一只手机放到叶梵梵手里，说："这算是作为补偿。让你特意过来一趟，辛苦了。"

　　叶梵梵抚摸着手里的手机，心里暖乎乎的，果然还是梁缙惦记着她。等到屏幕亮起来的时候，叶梵梵意外地愣住了。

　　锁屏的图片竟是早已落入水中不复存在的她和梁缙的合照。

　　"你是怎么做到的?"

　　"因为我爱你。"

　　叶梵梵的感激之情因为梁缙突然的告白而转变成了深深的羞涩，这种时刻被爱着的感觉真的很不赖。叶梵梵觉得，她或许能在梁缙的呵护下延年益寿呢。

　　"谢谢你。"这次，叶梵梵主动抱了上去。而梁缙也回应了这个拥抱，只是微微一笑低声说了句："你可真狡猾。"

第三十四章 信不信由你

　　属于叶梵梵的广州第二天，醒来呼吸到的是清爽的空气，浑身感觉到的是暖暖的阳光，眼里看见的是对自己别样柔情的梁缙。

　　"现在几点了?"叶梵梵往被窝里钻了钻，冬天太冷总是没办法好好地起床。

　　早就醒了的梁缙一直侧身躺着看着叶梵梵的睡颜，明知道可以看一辈子，还是觉得不能放过一分一秒的机会。看着她辗转了下又睡了回去，也跟着她钻到被窝里，单手将她搂进怀里，在她耳边轻声说："大概快八点了吧。"

　　"唔，痒。"感觉到梁缙在自己耳边吹气的叶梵梵缩了缩脖子，混沌的脑子意识到时间的重要性，挣扎了下说，"我们是不是应该起床给你爸妈准备早点啊。"

　　梁缙低笑道："你现在说是不是有点晚了啊?"

　　"那我马上起来。"叶梵梵闭着眼睛就坐起了身子，想要转身下床却被梁缙拉回被窝里，动弹不得。"别闹，你妈妈没准会因为这样讨厌我的。"

　　"你眼睛都没睁开，怎么做早餐?"梁缙还是轻声细语地说着话，"再说了，你会做么?"

　　"……"算了，讨厌就讨厌吧，总比做了个焦掉的荷包蛋要来得委婉。叶梵梵自我安慰道，"那你今天要去上班么？"

梁缙吻了下她的额头，笑道："我的心和脑子都在你这儿，怎么去上班？"

叶梵梵觉得好笑，总算是睁开了睡眼，看着梁缙说："走着去上班。"

"我身子也在你这儿，走不了。"

所以说，和梁缙斗真的太伤神了。叶梵梵想了想，从认识他到现在快半年之久的时间里，她赢的次数掰掰手指就数出来了。看来她这辈子是赢不了梁缙了，只能指望下一代逆袭了。

一直折腾到了九点，两个人才恋恋不舍地从床上起来到楼下给父母亲请安。叶梵梵本是忐忑自己这样赖床的行为会不会给未来婆婆带来不好的影响，但是，在楼下见到梁妈妈给他们留的字条之后，她觉得自己多虑了。

"你们多睡会儿没关系，我也可以早点抱孙子。早餐，放在微波炉里热热就行，给我儿媳妇炖的汤还在厨房小火慢炖着呢。我和你爸爸去散步了。"

对此，梁缙捂嘴偷笑。叶梵梵瞪了他一眼羞红了脸，很明显是因为"早点抱孙子"这句话。这年头，家长比儿女都开放。

"我去给你盛汤，你坐会儿。"梁缙跳过这个话题，很是识相地到厨房给叶梵梵盛她妈妈特地为她做的爱心汤。

叶梵梵坐下后，瞥见了梁缙放在桌上的手机，不知道怎么的，忽然就好奇到不能自已。从来也没听说过梁缙有什么异性朋友或是前女友之类的事情，这手机里不知道有没有什么蛛丝马迹。边想着，爪子已经按捺不住地伸向了手机。

"这……"叶梵梵拿到手机发现并未设置密码，一滑就进入了主屏幕。然后，她发现梁缙什么多余的软件都没有下载，业余活动苍白到令人发指。不过仔细一瞧好像多少还是下载了个微博的，因为记住账号密码的缘故，叶梵梵一点就进去了。结果可想而知，右上角显示的几十条未读信息都是无关紧要的广告和粉丝关注，梁缙自始至终都只关注了她一个人，就连微博秘书他都没有关注。

"无趣。"叶梵梵嘟囔了句，随便看了看就挑中了联系人，点开之后差点叫了起来。她都甚至怀疑梁缙这手机是不是中病毒了，为什么联系人里只有她和叶畅畅的号码？还是说，他真的只是存了他们姐弟两个的号码。

"哦，查岗吗？"梁缙端着早餐挑挑眉站在桌旁，身材修长。叶梵梵被抓了个现行之后，感觉到这身高带给她的压迫感。心虚地抿抿嘴，乖乖地把手机放回了原处。梁缙无奈地笑笑，把东西放下坐在她的身边，问："看出什么来了？"

"你只有这么一部手机吗？"叶梵梵问题的重点很明显，她不信。

梁缙把碗筷放到她面前，简单地说了句："工作用的手机我一般不带身上。"停顿了半秒之后，有点不可思议地反问道，"你只有这么一个问题吗？"

叶梵梵拿起调羹尝了一口梁妈妈特地为她煮的十全大补汤，这口感简直好到爆。然后她气定神闲地抬头望着有些惆怅的梁缙，缓缓道："谢谢你这么爱我。"等到梁缙反应过来露出笑意的时候，叶梵梵出其不意地主动献上了 morning kiss，并说了句"我也爱你"。

如此，没有说完整的话，今天总算是补上了。

"那我也谢谢你爱我。"梁缙也回了个吻。一顿正常的早餐就被这小两口吃出了甜蜜，要是被陆励看见，估计又得奚落上半天了。

然后，那恼人的声响还真的就传进了他们的耳朵。

"诶，我说你们吃早饭就早饭，这么大个人还非得嘴对嘴地喂吗？"陆励似乎知道梁缙没有能回上海，也知道他离开公司就等于人间蒸发。本着试一试的心态来他家看看，然后就在大门敞开的门口看见了温馨的一幕。

此时三个人已经莫名地开着车来到了离小区不远的公园，坐在石凳上看着三三两两的人锻炼的锻炼，遛狗的遛狗。话说大冬天地坐石凳上，屁股好冷啊。

"来这里干什么？"首先发话的是梁缙，因为他已经拉叶梵梵坐在了他的大腿上，"别告诉我这里的空气好。"

陆励喝了口热可可，缓缓地吐出一口气道："你们的感情太炙热了，带你们来冷却一下。我说，你们怎么这样都还能腻歪在一起？"后半句明显指的是叶梵梵坐在梁缙大腿上这件事。

叶梵梵哈了口气，戴着手套也觉得刺骨的冷，只好对陆励说："你的女朋友呢？可以带来一起炙热的啊，你就这样不觉得就算是电灯泡也结霜了么？"

"好好一个淑女硬是被梁缙给带得嘴巴这么坏，你能不能学点好？"陆励捏了捏空罐子，一脸的不耐烦。"我要是有女朋友，我还会给你们来当电灯泡吗？我要是有女朋友，还会在这里吹冷风吗？"

"有道理。"梁缙搂着叶梵梵的腰起身，对她说，"还记得我在南京和你讲过的那个悲伤逆流成河的故事吗？喏，他就是男一号。"

"哦，天哪，这是真的吗？"叶梵梵捂嘴看样子受到了惊讶，这故事里被她嘲笑了半死的悲情男一号就是眼前的陆励！

这下子陆励慌得跳脚了，恨不能上去掐住梁缙的脖子。"梁缙，我不想和你废话！你就说吧，想怎么死？"

"想死在梵梵的爱里，行吗？"梁缙这个不正经的，在这种节骨眼上也还开得起玩笑。可陆励就实在是笑不出来，这骂也骂不过他，打也打不过，这口气估计得憋死了。

叶梵梵一看情形不对，立马挡在他们两个人中间，当起了和事佬，向陆励道歉："对不起啊陆励，梁缙不是故意要说的。"

"他不是故意的？是你拿刀架他脖子上了是吗？"

"当时的情况真的不是这样，说来话长。但是陆励你相信我，梁缙他真的不是有意的……"叶梵梵看着陆励真的好像上火了，也有些急了。

梁缙看着叶梵梵急着替他解释的紧张的样子，欣慰地笑了。搂过她的肩对陆励说："看在我未来夫人这么紧张的份儿上你就原谅我吧。"

"呵，拿女人当挡箭牌啊，你要不要脸啊梁缙？"好不容易逮着能奚落梁缙的机会，陆励怎么会轻易放过？

"不要脸，我只要梵梵。"

"……"这会儿同时无语的是叶梵梵和陆励，同梁缙说话伤神又伤身，好累啊！感觉都不会再爱了。

因为实在是受不了外面湿冷的气候，三个人转移到了开着中央空调的大商场。而就在他们准备进入大商场的时候，被门口一算命的老大爷给拦住了。

"年轻人，算个卦吧。"开口就是这么一句，老人胡子拉碴，看起来还真像那么回事。

叶梵梵从来不信这个，拉着梁缙欲往里走，哪只陆励这个白痴居然上前端正地坐在了那残破的小凳子上，伸出手对老大爷说："给我算一下，我想知道我的真命天女现在是不是躺在别人的床上。"

　　"姻缘是吗?"老大爷看起来年纪有八十往上了，但是说话咬字清晰。他粗糙的手接过陆励伸过来的手，看了看笑说，"这位年轻人姻缘不必担心。你虽命犯桃花，但是却意外地受到眷顾，往后不久就会出现你喜欢的女孩子了。"

　　听了这话，叶梵梵首先笑了。拍了拍陆励的肩膀对老大爷说："他喜欢的女孩子很多的，大街上随便一个黑丝都能把他俘虏了。你确定他这么快能遇到命中注定的?"

　　陆励眼眸子一转，拉过叶梵梵对老大爷说："这姑娘怎么样，和我配不配?"话音刚落，梁缙就在身后用束缚术勒住了他的脖子，差点把陆励勒出了幻觉。

　　老大爷仔细看了看叶梵梵，又顺带看了眼梁缙，点头顺带也测了一卦说："这姑娘面相好，旺夫，且会和你身后的那个年轻人幸福长久。"

　　"梁缙，你直说了吧。这老头儿是不是你安排在这里的托儿?"陆励不干了，起身就毫不客气地质问起了梁缙。

　　还没等梁缙笑得缓过劲来，老大爷却一把抓过他的手，认真地看了看语重心长地说道："这位年轻人近日千万不要在某些重要的场合碰水，或是接近有水的区域。这姑娘在的时候可以化解你的危机，若是不在，可就难说了。"

　　"梁缙，这托儿拿了你多少钱，我现在就帮你要回来。"心里清楚这老头儿不是托儿的陆励又开始没事找事了。

　　而叶梵梵在听了这一系列类似危言耸听的话后，隐隐觉得有几分玄机，便朝老人家礼貌性地点点头，没有多问，因为梁缙也是意外地沉默着。

　　"得了，多少钱?"陆励看不下去了，置身于这种"宁可信其有不可信其无"的氛围下他浑身不自在，于是赶忙掏腰包付钱，推着两人就走了。

　　逛商场的时候，梁缙只是握着叶梵梵的手，若有所思地往前走，似乎是在回忆他和叶梵梵相处至今，因为水而发生的事情。

　　"仔细想来，好像真的蛮多事和水有关系的。"路上，叶梵梵担心地说道。

　　梁缙捏了捏她的手，看着她说："确实，我小时候妈妈也给我算过命。和这老头儿说的八九不离十，但是至今也活得好好的呢。"

　　"总之以后小心。我不在的时候，千万别碰水。"

　　"那洗澡呢?"

"洗澡不能用浴缸，用淋浴的。"

"那不行。我以后还想在家买个能鸳鸯浴的浴缸呢。"梁缙突然一本正经道，"哦，鸳鸯浴的时候你应该在我身边，那没事。我们现在就去看看浴缸好了。"

"能不能正经点……"

这时候早已经不在他们两个身边的陆励果断去了大商场内的酒吧，想要验证下算命人的话到底准还是不准。其实陆励不明白，所谓真爱绝对不是刻意寻找的，而是最出其不意的不期而遇。

梁缙可真的不是开玩笑，逛商场的目的居然一针见血的。他还真拉着叶梵梵看起了生活必需品，当然她首先看的是厨房要用的碗筷。

"给孩子也买一套吧，你看这个多可爱。"不知是不是太过于新鲜，总感觉梁缙说起了胡话。

"哪来的孩子啊？"叶梵梵紧张地看了眼导购员，想要证明她这个年纪绝对还没有做辣妈。但是她失败了，因为导购员的眼神分明透露出一种"啊，好幸福的一家人"的情感。

梁缙温和地笑着，爱不释手地看着小孩子用的东西。看到最后，居然拿着一种相当渴望的眼神注视着叶梵梵，拉着她的手轻声问道："什么时候给我生小孩？"

"反正不是现在！"还能不能正经地挑碗筷啦？

"那我们现在回家。"

"……"

叶梵梵想要逛商场的心情现在被梁缙搞得全无，这么巧叶畅畅一个电话打了进来。通话内容很是简单，说是放假要回家了。

"姐，你能不能来接我？"叶畅畅在那头凭着自己是弟弟对着叶梵梵进行着撒娇攻击，但是他没料到此刻叶梵梵正和梁缙在一起，更加没有料到是梁缙接了这通电话。

梁缙不屑地问："你多大了，怎么总要你姐来接啊？"

"她是我姐，我的。你是不会明白的，毕竟她现在还不是你合法的妻子。哈哈哈～"叶畅畅重点强调了"我的"两个字。

这让梁缙难以忍受，继而放出了狠话："行，我明天就拉着你姐去民政局登记。回头我们是一家人，你不就也成了我合法的弟弟了嘛～"

"死都不会屈服在你的淫威之下的！"

"嗯，你有种。我可以在一秒钟之内卸下你废寝忘食得来的游戏装备，让你从大神直接堕落为菜鸟。服不服？不服来战啊。"

"……换我姐接电话，你个禽兽！"

叶梵梵在一旁听着他们吵闹深感头疼时也感受到了一种属于亲人之间的亲密，俗话说得好，"打是亲骂是爱"啊。这话一点都不假。

吵了大概五分钟之后，叶畅畅碍于要上课只好不甘心地挂了电话。梁缙把手机递还给叶梵梵的时候，说了句："到时候把畅畅落地的时间发给我，我去接他。你就在家准备点好吃好喝的，这小子估计又嚷着要吃家乡的白米饭了。不过我听说，他在美国和洋妞约会了，但是失败了，哈哈哈。这小子真逗，哈哈哈～"

叶梵梵想着，这大概就是梁缙和叶畅畅的相处模式了，互相抬杠，相亲相爱。夫妻之间如若能在吵架当中也保持着一颗爱着对方的心，想来这个世上就不会有那么多悔不当初的相遇、相知和相爱了。

　　大概把叶畅畅从机场接回来那天起，梁缙就没有回过广州了。叶梵梵纳闷，问起他的工作，他也只是拿着一个 iPad 同她解释说："远程控制，全公司就像个虚拟的环境。"

　　好吧，说多了反正叶梵梵也听不懂，但是梁缙的下一句话可就是连傻子也懂了："简单的来说，我现在处于休假阶段。你要不要辞职，和我一起休假？"

　　"呵呵，我这点工资要是还休假，万一你不要我了，我岂不是要去喝西北风？"叶梵梵在阳台上晒着衣服，梁缙则盘腿坐在吊椅上，悠闲自得。

　　"你别不要我就行。"梁缙说着忽然起身，从身后抱住叶梵梵，阻挠了她晒衣服的动作，"我这几天都睡不好，一直在思考畅畅的话。"

　　"什么话？"叶梵梵纳闷。

　　梁缙蜻蜓点水似的吻了下她白皙的脖子，叹息道："你还不是我合法的妻子。换句话说，我们现在是非法同居啊。"

　　"法盲。"叶梵梵低低地笑道，"自新的婚姻法颁布后，就取消了非法同居一说，充其量就是同居关系，只是不受法律保护罢了。"

"不能享受法律庇佑的关系，看来必须得改善。"梁缙自我反省的同时也在琢磨一个很是严重的问题，就是该怎么向叶梵梵求婚。

这天是冬天难得的大太阳，叶梵梵推了梁缙一把，继续晒她的衣服。话说，自从叶畅畅也一起住进这个家后，她要洗的衣服就翻倍了。嗯，也不对，衣服都是畅畅帮忙洗的，准确地来说是她要晒的衣服翻倍了。

"诶，中饭吃什么？"这个时候叶畅畅穿着松松垮垮的衣裤，头发还是乱糟糟地出现在了阳台。因为早饭没有吃，叶畅畅的肚子这会显得特别的难受。

梁缙瞥了他一眼，坐在吊椅上，语气冷淡地说："滚，爷现在最不想看见的就是你。"

"我又怎么碍着你了？本着勤勤恳恳、任劳任怨的生活态度，把你们家料理得井然有序。怎么的，还不能给口饭吃啊？"叶畅畅入住这个家后，和梁缙说话变得不那么水火不相容了。很明显，他喜欢这宽大且应有尽有的房子，但是要他彻底低头，那也是万万做不到的事情。

梁缙再次冷淡地瞥了他一眼，不紧不慢地说道："在我家包吃包住，水电全免，难道不应该多做点家务活么？你房间里的那台电脑配置可是用陆励扣下的薪水买的，你不觉得光干家务活根本就抵不了你现在所享受的一切么？"

什么叫作寄人篱下，看人脸色？喏，以上就是活生生的例子。叶畅畅不吭声，径直走到叶梵梵跟前，义正词严地说："姐，一句话分不分？"

叶梵梵拍拍手，瞪了梁缙一眼，替自己弟弟出气说："怎么这样说我弟弟？你的衣服都是他帮忙洗的，晾干了收回来还是他帮忙放衣柜的呢。"

"对，我衣柜里的衣服洗一件没一件的，我说什么了？"原来梁缙在这里等着他们呢，说完他放下了 iPad，站在叶畅畅跟前，拍拍他的肩膀说，"你想要新衣服你跟我说啊。"

挑衅，赤裸裸的挑衅！叶畅畅捏紧拳头，噌地转身，大喊道："你个周扒皮会给吗？上次问你借条领带，你居然以我没有系领带的气质拒绝了我！姐，你瞧我受的委屈。"

"我是以正当的理由拒绝你的。"梁缙气定神闲，丝毫没有慌了阵脚。继而看向无奈的叶梵梵说，"他向我借领带居然喊我'那谁'。你说就这个态度，我会给你么？"

　　唉，一大早的又开始了是吗？叶梵梵摇摇头，想要离开阳台这个是非之地，回到卧室看看放在梳妆台上的手机。今天忘记刷微博了。

　　"姐！"叶畅畅抓住了她的手臂，脸上的表情比窦娥还冤啊。"他逼我喊他'亲爱的伟大的姐夫'，姐夫也就算了，还加了那么多名不副实的前缀，你说我喊得出口不就成贱人了吗？"

　　这会叶梵梵是真的听不下去了，抬手握拳打在了梁缙的胸口，责怪道："适可而止好不好？那些个前缀确实太恶心了。你伟大什么啊，又没有去参加十万里长征。"

　　"你和我在一起了啊。"

　　"……"

　　真是受不了。这小两口真的是逮着机会就秀恩爱，尤其是梁缙，各种秀恩爱的行径真是令人发指。叶畅畅深知自己不是他的对手，懒得再争辩，匆匆撤离了差点开出花来的阳台。

　　走了没一会儿，叶畅畅的声音从里屋传了出来："姐，你的电话响了！"

　　"不和你闹了。"叶梵梵笑着瞪了他一眼，赶忙从阳台跑下二楼卧室，拿起手机一看居然是美丽的电话。"喂，今儿个怎么会打我电话？"

　　"当然不是因为闲来无事打给你的咯。"

　　"要不然呢？"

　　"我要结婚了。"

　　"What?!"叶梵梵震惊是因为美丽前不久才告诉她和某个金融界的高管分手了，这才两个月的工夫，她居然打电话来说要结婚了。"今天不是愚人节吧?"

　　"大冬天的谁要和你过愚人节啊？"美丽的声音听起来还真的不像是开玩笑，语调显得轻松但也有着担心。"这次来真的了。请柬我已经发你邮箱了，查收下。"

　　"不是，你闪婚啊。对方靠不靠谱啊？"叶梵梵和美丽虽谈不上是至交，但是两人斗嘴都有了些年份了，对彼此了解的程度可以匹敌青梅竹马。所以，叶梵梵在她结婚这件事上有那么点操碎心的节奏。

美丽在那头叹了口气，不是无奈，听起来像是想要安定下来了。她说："当然是遇见靠谱的才会想要嫁啊。你我都快奔三的人，再不嫁出去，等着从高档货柜下架啊？你是无所谓，我的自尊心可丢不起那人。"

好吧好吧，她叶梵梵就是这么没出息。顿了顿后她又问："确定能幸福么？"这话是真心的。

"呵呵，幸福这事吧因人而异。不过对于女人来说，没有足够的钱就去拥有足够多的爱，我想我钱也不缺，爱也不缺，只是到年纪该嫁了而已。"美丽难得说出这么有哲理的话，"我呢，其实就是想在北京有个安定的家了，有个一回到家就能听见'你回来了'的声音，而不是只有我自己的回音的房子。"

这话触动了叶梵梵的心，有那么一刹那，她居然想为美丽的悟性流眼泪。她抬头看向梳妆镜，发现镜子中的自己早已经红了眼眶。

"行，我就不跟你多说了。带着男朋友一起来啊，记得红包带上。"

"不是……"叶梵梵还想说什么，美丽已经飞快地挂了电话，估计她自己都不好意思说了那么多感慨人生的话了。"不是，哪有人把请柬当电子邮件发的啊？"

唉，结婚连请柬都这么数字化可怎么行？亲笔手写的请柬可充满着满满的爱意和幸福的啊，这个美丽，一定是因为自己的字写得和鸡爪一样，所以果断放弃了。

"怎么了？"梁缙进来卧室，随手带上了房门，看见叶梵梵垂着眼，一副很失落的样子。"公司电话打来裁员了么？"

真是狗嘴里吐不出象牙。叶梵梵抬头，有气无力地说："是美丽。我一同事要结婚了，请我去参加婚礼。"

"哦，不是裁员啊。"听着梁缙的声音，居然还透着隐隐的失望。后来反应过来，拉着叶梵梵坐在床沿问道，"人家结婚，你这么难过干什么？"

"不是难过，替她高兴呢，做了这个年纪该做的事情。"叶梵梵深吸一口气，整理下心情说，"你和我一起去北京参加她的婚礼。"

"能不去么？"这个一去参加婚礼，那个结婚的欲望就会膨胀直至炸了伤到心肝脾肺肾。他和叶梵梵都没修成正果，居然先去参加别人的婚礼了，想想真是不爽。

叶梵梵听到这样的回答，面不改色道："行，我带畅畅去。"

"叶畅畅哪有我高大上，我马上就去订机票。"到底是拗不过叶梵梵，梁缙只好答应了。走到书房上网很快就将票和酒店订好了。然后，坐在那里，又陷入了沉思。这求婚到底需要什么样的节奏才能让女人欣喜若狂地答应呢？

回头看看正在整理床铺的叶梵梵，一脸的风轻云淡，无欲无求。顿时梁缙脑袋都快裂了。

北京的冬天干燥，还寒风刺骨。这样的天气，光是想着穿露肩的婚纱的样子都让叶梵梵冷不丁地颤了个抖。但是，看见作为新娘的美丽在酒店大门口捧着花笑迎亲朋好友的时候，叶梵梵始终觉得美丽是这个世界上最勇敢最漂亮的女人。

快走到酒店大门的时候，乐队奏乐的声音很欢乐。梁缙搂紧了叶梵梵的肩膀说："不要羡慕，明天我们就去拍婚纱照。"

"我还真的羡慕了。"叶梵梵微微一笑。

两个人走上前的时候，美丽先是看见了叶梵梵并拉住了她的手，赶忙凑到耳边说了句："男朋友可真帅啊。早点带来，我的结婚对象没准就换了。"

"去你的，都为人妻了，还这样不正经。"叶梵梵笑着说，"你该不是奉子结婚吧？你看你肚子上的赘肉……"

美丽一撇嘴，打了下叶梵梵想要摸她腹部的手说道："小心我孩子生出来和你没完，居然说他是赘肉。"

"呵呵，我算是明白了。在电话里说的那些个大道理全都是骗人的，敢情就是怀了小孩，再不结婚纱都穿不了了，是不？"

美丽干脆就不回应叶梵梵的话，百分之百的笑容面向梁缙说："你说梵梵上辈子是不是月老的亲戚，否则怎么会给她标配一个你这么高大上的男朋友呢？"

梁缙笑得腼腆倒也不失礼，看着同样高大帅气的新郎说："那梵梵的福气一定比不上您先生的。想来他一定是月老的前生，所以才能如愿娶到了你。"

"哎哟哟，可真会说话。好了，赶紧里面请吧，外面怪冷的。"美丽被说得心情愉悦，忙不迭地招呼着。顺便和新郎撒娇道，"要珍惜这份福气，知道没？"

"一直视为珍宝。"听新郎的谈吐想必也是有修养的人士，毕竟比美丽大了八岁。年龄虽然是无法跨越的鸿沟，但是爱情并没有界限。

叶梵梵回头，看见美丽的笑容，在寒风中几乎化成了暖冬的太阳。而梁缙眼里只有叶梵梵，他看见她对美丽的祝福，也看见了她对幸福婚姻的向往。

于是回上海三天后，叶梵梵出现了在某一家婚纱馆的大厅内。她坐在沙发上，望着精致的无与伦比的婚纱，惊艳到差点掉下巴。而此刻的梁缙，虽然是休假，也参加了某个正式场合下的会议，会刚结束连西服都没换就直接来与叶梵梵会面了。

"你……"感觉到梁缙是不是要在这样的场合下做出类似求婚的行为，叶梵梵为此感到紧张不安。

梁缙解开西装扣子，挨着她坐下，笑容满面地问道："怎么样？"

"什么怎么样？"到底什么怎么样？叶梵梵焦躁。

梁缙摊开手，表示这一切的安排。"你可以在这里试婚纱。你愿意花多长时间都行，拍几套都可以。"

"所以这是？"

"拍婚纱照啊。"梁缙的答案简洁明了。叶梵梵明白了，敢情就只是来拍婚纱照啊。真的是，什么时候梁缙才能琢磨出来求婚的形式啊？再不求婚，她叶梵梵都等不了要亲自来了。这男人，聪明一世糊涂一时的。

梁缙见叶梵梵脸上的表情忽明忽暗的，忍不住偷笑。又不分场合地亲了她一下，说："婚纱随时都可以拍。但是有些事情得找合适的时间和地点，否则没办法在某人的心里留下深刻的印象，让她爱我一辈子。"

好吧，这浪漫情怀谁都赢不了梁缙。如果能就这样和他度过一辈子，时刻都被爱包围着，赢不了也没关系。

这天，上海居然飘起了鹅毛大雪。一觉醒来，世界变成了白色，那白晃晃的视觉效果其实并没有那么美。

叶梵梵裹着厚厚的棉大衣，站在客厅的落地窗前喝着热咖啡望着雪景，松了口气。好在梁缙昨晚早些时候就回了广州，要不然这会儿飞机绝对不是误点那么简单，一定妥妥地取消。

说到梁缙，身为公司的老大居然也能被强制取消休假，去执行出差的任务。话说公司里一定还是要多培养几个精通好几国语言的人才，否则梁缙以后要休个婚假都难上加难。

"唉，不知道这会儿到了日本没有。"叶梵梵自言自语，回头看了下客厅墙上的时钟，觉得时间过得好慢，居然才七点二十。"我这样待在家，迟早有天发霉变成蘑菇。"

这话一点都不假，梁缙在出差前为了让他自己安心，也同样为了让叶梵梵过得舒心，采用了迂回战术以及苦肉计，并同叶畅畅两个人好说歹说将叶梵梵成功劝成了闺中待嫁的全职太太，提前让她享受了婚后的生活。

对此，叶梵梵也懒得表明心迹。本来她也不是要成为女强人，说实话，到了这个年纪有了爱自己的人，就应该找点自己喜欢的事情做做，也不至于无所事事。

"姐，梁缙没有告诉你要怎么做荷包蛋么？"这个点上，叶畅畅居然醒了，昨晚不是通宵打游戏来着吗？

叶梵梵回过身，把手中的杯子放下，走到他身边，揉了揉他乱糟糟的发型，嘲笑道："你回光返照是不是啊？在家里三餐都是梁缙做的，我哪知道呀？还有，你怎么起这么早？"

这个问题一出，叶畅畅就一脸断念的样子拿出手机放在了叶梵梵眼前，无力道："这杀千刀的七点打我电话，吩咐我给你做早餐，指明要做你爱吃的荷包蛋。所以我想问下，你爱吃的荷包蛋长什么样……"

没想到姐姐谈个恋爱居然会连累弟弟。叶梵梵略微心疼地摸摸弟弟的头说："行了，你回去睡吧。我做给你吃。"

"这么爱我？"叶畅畅怀疑自己耳朵也没有睡醒，出现了幻觉。

"哪能不爱你啊？拿十个钢铁侠都不换！"叶梵梵说得义正词严。

叶畅畅顿时两眼闪亮，乘胜追击地问道："那拿梁缙换不换？"

"呃……"这个，还真的不好说。叶梵梵立马转移了话题，准备下楼到厨房，嘴里还不停念叨着，"哎呀，不知道雪下这么大，水管会不会冻住啊。"

让我去死一死……叶畅畅再次万念俱灰，回到房间，闭上眼开始在梦里还原了游戏场景，而敌人正是梁缙。于是乎，他在梦里将梁缙杀了个片甲不留，跪地求饶。最后，叶畅畅心满意足地笑了。

雪一直下到中午十点，终于停了以后，叶梵梵还是撑着把伞出了门，出去之前吩咐了叶畅畅在家门口铲雪，也算是舒展下筋骨。她穿着长靴和长款的白色羽绒衣，走在城市中，居然和以白色为背景的城市融为了一体。

这天是妈妈的生日，叶梵梵想着下这么大的雪干脆就走路接她老人家过来，去的时候顺带去店里订做下蛋糕，下午等大街上雪被清理得差不多了，也好开车出来拿。

实际上，梁缙和她都曾让她的爸妈一起搬过来住，因为离得也不远，搬过来也好互相有个照应。但是爸爸是个老顽固，怎么都不肯搬家，于是也只好算了。

走到蛋糕店的时候，叶梵梵已经感觉不到双脚的存在了，只是低头确认下她的脚在是还在，就是冻得没了知觉。这冬天，真是让她又爱又恨的。

"嗯，就给我来个北海道吧。对，八寸吧。"叶梵梵在店里挑选了好久，最终还是确定了自己爱吃的这款蛋糕。想着母女连心，妈妈也一定爱吃。"嗯，我下午过来拿。"

店里有暖气，让叶梵梵的双脚稍微回了下暖。这该死的靴子是不是草纸做的？走了这么久，上半身的温度都上去了，只有脚上的温度始终是持续下降。唉，果然还是应该装嫩穿雪地靴么？

正踌躇着要不要在店里暖和一下的叶梵梵忽然看见门口进来一人，离开的态度立马变得坚定了。不管三七二十一，抬脚就准备同他擦肩而过。

"梵梵？"可是，还是被他叫住并且被拉住了胳膊肘。

无可奈何之下，两个人坐在了蛋糕店内靠窗户的位置，叶梵梵点了杯热牛奶，而对面的那人点了杯热咖啡，袅袅的热气几乎模糊了对方的视线，但对面的人一张口隔膜又似乎不存在了一样。

"最近还好么？"樊落食指指腹沿着杯身下滑，然后手臂搁在了桌面上。

叶梵梵点点头，尽量让自己看起来坦然。"挺好的，阿姨呢，还好么？"

樊落也点头，语气里还是有些凝重的情感掺和在里面。"病情没有得到改善，进入了后期，但是还好，我妈妈能认得我。现在住在医院，我请了看护，她会得到很好的照顾。"

啊，叶梵梵听了心里有些遗憾，更多的是惋惜。樊落身上的担子越来越重，想来请了看护也算是目前来说最好的选择。

"你来蛋糕店是有人也要过生日吗？"叶梵梵问道。

樊落喝了口咖啡，微笑道："我知道今天是你妈妈的生日，但同时也是我的生日。"

震惊得不能再震惊了。叶梵梵表示自己居然把这样特殊的日子给忘记了，可仔细一想她确实不该记住了。虽然有些罪过，但是君子之交淡如水，如能和樊落像现在这样好好地相处说话，也未尝不是件好事。

想着，叶梵梵起身走到柜台对营业员说："再来一份戚风蛋糕，六寸就够了。哦，有现货就更好了。"

付完钱，拎着蛋糕，叶梵梵又重新做回位置上。将蛋糕推向了樊落，对他说："也祝你生日快乐，这算是我的心意。你不爱吃奶油，戚风蛋糕最适合你了。我想阿姨也会喜欢的。"

樊落望着这份蛋糕，往事又残忍地浮现，可他逼着自己只专注于眼前的叶梵梵，于是他接受了她的好意。

"你好像变了。"

"你也是。"叶梵梵承认，和梁缙在一起后，原本那个有些自负的自己不再那么清高了，她学会了内敛，学会了如何思考。"我们之间的过往对于我来说是个很好的经历，希望你也能有和我一样的感悟。对将来的女朋友要好。女生可以不在乎你的身世背景，但她只在乎你爱她的心是否够坚强。不是说爱情的力量很伟大么？我想的确是的。"

樊落听着，露出了淡淡的笑意。他抬起咖啡杯对叶梵梵说："唯愿此情此景能让我记住，我是如何失去一个这么好的女孩子。而我也依然爱她，只是不再奢望拥有。真心祝你幸福。"

叶梵梵浅笑，也抬起牛奶杯碰了一下他的杯子，说："也祝你幸福。"

从蛋糕店走出来，本是要分道扬镳的两个人却意外地顺路一起走了。叶梵梵才恍然大悟，樊落妈妈住的医院也就在她爸妈住的地方两条街。

雪地上两个人的脚印很长，也分得有些距离。樊落望着怕冷的叶梵梵，想起大学时的冬天，两个人能在积满雪的操场上玩打雪仗玩到浑身湿透都不觉得冷，而代价就是，第二天叶梵梵的手肿得和馒头一样。

"呵。"忍不住笑了。

叶梵梵抬头，诧异地看向他问："什么事这么好笑？"

"没什么。"事到如今，能想到美好的回忆就是一种恩赐了，更何况还能令他如此愉悦。樊落摇摇头，看着前方的一小学，喃喃道，"学生时代真的是最好的时代。"

是啊，最好的时代。叶梵梵点点头，同他继续朝前走着。雪地走路脚容易打滑，叶梵梵还穿着高跟的靴子，走三步跌两步，真的是不作死就不会死。

"好走么？"拐过小学门口的时候，樊落看着叶梵梵走路带着点滑稽的样子，生怕她摔倒，伸手抓住了她的胳膊，"不要拒绝，我就扶你一段路。"

樊落确实变了，但性子里那种霸道依旧没变。叶梵梵想着算了，现在别扭地闹起来吃亏的是自己，本来没准可以好好走路的，推来推去的反倒还摔了。

"上次的事对不起。"走着走着，樊落轻声地道歉。

叶梵梵听到的时候还是愣了下，事情虽然过去有段时间了，但是回想起来还是蛮简单的。毕竟落水瞬间刺骨的寒冷与接近地狱的恐惧感至今都挥之不去。

"我想我是疯了才会做出那样的举动，不敢求得你的原谅，但还是奢望你能原谅。"樊落继续说着，语气里充满着懊悔。"重新见到你，看到你想逃，还是抓住了你。对不起，出现在你面前。"

"别说了。"对于这样的"忏悔"叶梵梵着实狠不起心肠来，人的理智并不能在遇到情感问题的时候占上风，所以樊落做出了那样过激的行为，现在看来都是可以理解的。"不要再说对不起了，都过去了不是么？我还好好的，你也还好好的，我们都要向着更美好的生活努力地奔跑。"

樊落不置可否地点点头，再也没有说话。两个人一路走，先是到了叶梵梵妈妈的家，樊落送她到了楼下，说了声再见后转身离开了。而叶梵梵站在楼梯口，望着他的背影，心里想分了手的恋人不可能再成为朋友，但依旧是故人。

再见了，樊落。

晚上，冰雪融化了点，上海重新归于零下好几的温度让蛋糕差点结了冰。在开着空调的客厅，叶梵梵和叶畅畅为妈妈庆生已经进入了开吃的阶段。这个时候叶梵梵随身携带的手机里收到了梁缙从日本发来的贺电。

刚给妈妈念完短信内容，梁缙的电话就直接打了进来。

"你怎么知道今天是我妈妈生日？"叶梵梵有些惊喜，她没有想到梁缙把妈妈的生日也记在了心里。

梁缙那边倒是没觉得这是什么值得表扬的事情，开口就是一句："我连叶畅畅那小子破壳的日子都知道，怎么能不知道你妈妈的？哦，不对。应该是我未来的丈母娘。"

"就知道贫嘴。"叶梵梵无力吐槽，然后才关心道，"今天到那边还顺利吗?"

"哼，总算是知道关心下我了。整整一天了，你居然连条短信也不发给我。果然，这种事情还是得男人主动，否则女人会在你离开几分钟后忘了你的存在。"

看来梁缙是颇有微词啊。叶梵梵也感到抱歉，说实话她还真的没想到要给梁缙发条短信，于是趁还能挽回，赶忙道歉。"我错了，以后每天给你发。"

"真是不长进的女人。发短信够么，每天一个电话让我也好睡个安稳觉。"真是得寸进尺，不过这是梁缙的强项。

叶梵梵这边连连点头，继而问道:"你什么时候能回来?"

"现在还说不准。但是一定赶在你生日之前回来。"梁缙承诺道。

说真的，叶梵梵还真的没想到梁缙会这样回答。说来也奇怪，叶梵梵一家人的生日全都集中在了冬天和春天，而叶梵梵好巧不巧的是在除夕夜。

"本来就是一家人团聚的日子，哪能不回来?"叶梵梵的语气变得柔和，但是转而又叮嘱道，"你可不能在外面乱来啊，回头我让畅畅收拾你。"

"哪能啊? 岛国姑娘三围再性感，也不及你的万分之一。"梁缙说话总是这么坦诚，不做作，让人听了即便是感动，也想冲上去揍一拳，就没有正经点的回答么?!

叶梵梵无奈摇头，感觉自己身上那仅剩的三寸不烂之舌的优点也在认识梁缙之后完全消失殆尽。这样一来，她就成了毫无优点、平淡无奇的女人了。或许，这就是梁缙的终极目的，真是细思极恐啊。

这个时候，叶畅畅见姐姐许久不从卧室下来，便边上楼边冲着里边喊:"姐，蛋糕还剩最后一块，你赶紧下来吃啊。还有，妈妈过生日，你怎么连面条都不煮呢?"

听到叶畅畅说的话，叶梵梵顿时觉得自己生无可恋。那可有可无的优点已经被梁缙抹杀了，再加上被梁缙容忍并且惯坏的不会做饭这一技能，这样一来真的是惨不忍睹。

"呵呵，我的梵梵真是块宝啊。"梁缙嘿嘿地笑道，不知道是不是嘲笑，但可以肯定的是他笑得很宠溺。"行了，把电话给畅畅，我教他煮面，很简单。"

"这么简单，为什么不教给我?"

"哦，因为你脑子太简单。"

"……"

等到叶畅畅上来之后，叶梵梵就直接将手机扔给了他，二话不说就下楼去了。叶畅畅纳闷呢，将手机凑到耳边，问，"你惹我姐生气了？"

"我怎么舍得？真是。不和你废话，赶紧下楼给咱妈煮面去，我手把手教你。"梁缙那边似乎是喝了口水。

叶畅畅"切"了声，还是乖乖地下楼遵照梁缙的指示有条不紊地煮起了面条。而叶梵梵坐在客厅，闷声不吭地吃着蛋糕，心里将梁缙从上到下、从左到右狠狠地 KO 了上百遍。

生日，伴随着儿女的祝福，叶妈妈笑得很开心。唯一不开心的是，这个梵梵到底什么时候和梁缙结婚？她想抱孙子已经快想得肝肠寸断了。同一时间，身在广州的梁妈妈和叶妈妈想的是同一件事情。

第三十七章 姐弟的日常

自从叶妈妈生日那天和梁缙约好后，叶梵梵说到做到，每天都想到要打他电话，但是每天都被梁缙捷足先登了。叶梵梵埋怨梁缙为什么不能再等等，而梁先生的回答是"思念泛滥成灾的人等下去会死"。于是，电话每天都进行，只是每次都由梁缙先打了过来。

这天，叶梵梵待在家里亲自打扫卫生，但是这别墅略大，一个人打扫回来估计得花上好几天。为了在短时间内达到事半功倍的效果，叶梵梵拉上了玩游戏正在兴头上的叶畅畅。

"姐，梁缙不在，你就这么无聊么?"叶畅畅戴上了橡胶手套，还被逼着戴上了口罩，两眼无神地望着这偌大的房子。"我有拒绝参与这项体力劳动的权利么?"

"闭嘴。"

"……"

于是，叶畅畅在姐姐的威逼利诱之下以及远在国外的梁缙的远程压迫下就范，乖乖地听姐姐的吩咐，让他往东他就往东，让他刷马桶他就刷马桶。这不，他已经蹲在马桶边，毫无生气地机械地刷着马桶。

"又不脏，非得让我刷出钻石的光泽来，让马桶的脸面往哪搁？"叶畅畅自言自语地埋怨道，手臂都感觉到酸楚了。甩了下手，摘下了右手的手套，暗落落地拿出手机想在脸书上 po 一张绝世干净的马桶的照片。

不得不说，叶畅畅也是相当的恶趣味。

相机模式调好后，刚要摁下，梁缙却莫名其妙地打来电话。突如其来的铃声与地震模式的震动，再加上叶畅畅小弟手滑，手机就在一瞬间掉入了他刷的干干净净的马桶中。

"啊——"一阵冲入云霄的哀号之后，叶畅畅颤抖着用两根手指夹出了水淋淋的手机，哭丧着脸大喊，"梁缙我要你陪葬！"

闻声而至的叶梵梵手里拿着抹布，探身进卫生间对他说："叫唤什么呢？梁缙说要打电话给你，问你需不需要他从国外带点什么东西回来……你手机是到马桶里游了下泳么？"

"别的不需要，我要他死！"叶畅畅欲哭无泪地盯着那挂得彻底的手机，万般心痛。"陪伴了我五年的手机就这么毫无征兆地离开了我……我手机里存着的那些密码都不见了啊，我以后要怎么登录游戏界面，我要怎么在游戏界立足啊？"

叶梵梵望着弟弟落寞愤怒地蹲在地上的背影，很是识相地拿着抹布离开了。顺便给梁缙回了个电话，告诉他"畅畅他什么都不需要，你给带个手机回来吧。要不然，不是你死就是你死……"

令叶畅畅痛心疾首的大扫除在他痛不欲生的精神状态下勉强告了一段落，叶梵梵从楼上的阳台下来，进入了叶畅畅的房间，看见他正拿着吹风机顽强地想要使那已经由内而外都浸湿的破手机起死回生。做姐姐的不忍心，只好上前关心道："畅畅，你这个年纪的孩子都用上苹果、三星了，你干吗执着于老版的黑莓？"

"黑莓的安全保密性最高好吗？要不然我会把银行卡的密码也存在里面吗?!"

"……"孩子，你说你一个记忆力超强的神童，为什么放着脑子不用，用智能手机？叶梵梵无语。后转念一想，又说，"你的银行卡密码我都知道啊。"

叶畅畅瞬间眼睛瞪大，关掉吹风机，杵在梵梵跟前，确认道："Are you sure?

（你确定？）"

"我非常 sure。"叶梵梵点点头，继而解释道，"当初办卡是我帮你设的密码，超好记的。你忘了么？"

"我还真忘了。"叶畅畅的记忆把这样的事情完全屏蔽了，"那密码是什么？"

"嗯，一张工行的是518888（我要发发发发），另外一张建行的是888851（发发发发我要）。"

"……"

于是在后来，叶畅畅果断更换了密码，理由不是因为他记不住这六位数密码，而是他丢不起那个人。

"那接下来我们干什么？"执着于找点事做做的叶梵梵刚坐下没几分钟，又开始想各种法子折腾。大扫除反正就那样了，家里也没什么需要添置的。再说，她一个无业人士也花不起大价钱购置家具。存款是有，但妈妈说女人也要有自己的小金库。

叶畅畅瞥了眼不罢休的姐姐，安静地起身想要从书房溜回房间。刚背过身去就被叶梵梵叫住了，开口就是一句："对啊，我们家还没有买年货！"

我的天，这是要逛商场的节奏。叶畅畅的内心在歇斯底里，但是表面风平浪静。他揉揉鼻子，一副弱不禁风的样子对叶梵梵说："我怕冷，身体好虚的。"

"你肾亏？正好，可以去买药。"

"……"好吧，这个编造的理由严重地伤自尊了。

十分钟后，由叶梵梵开车，叶畅畅坐在副驾驶室妥妥地开向了市中心的大商厦。期间，叶梵梵忍不住问："畅畅，你什么时候考驾照啊准备？"

"毕业之后。"四个字表示了他的决心。

叶梵梵摇头，嘟囔了一句："难怪找不到女朋友，车都不会开。"

"姐，你和梁缙现在是一个鼻孔里出气了是吗？"叶畅畅不屑地"切"了声，"上次他和我一起回的美国，在飞机上也和你说了同样的话。你说我不找女朋友，碍着谁了？"

"碍着叶家的香火。"

对此，叶畅畅怀着相当沉重的心情抹了把脸，然后无力道："你先延续梁家香火吧，我叶家可以再等等。"

"别擅自就把我剔除在了叶家范围之外啊，我可还是闺中待嫁。"在十字路口遇上了一个红灯之后，接下来的每个十字路口就都遇上了红灯。叶梵梵踩着刹车等着绿灯，对叶畅畅语重心长地说，"学业是很重要，但是你不觉得一个男人交女朋友也是必修课吗？"

"那梁缙好像这门课也修得不好嘛。"有了比较，自信心就倍增了。

叶梵梵煞有介事地斜视着弟弟，冷冷地问道："修得不好是几个意思？是交了很多个女朋友都没有修成正果，还是也和你一样两袖清风，以学业为重？"

"呵呵。"叶畅畅不带感情地呵呵一笑让叶梵梵加重了疑心，然后就听他神来一笔地一转折说道，"他当初在学校可是风云人物啊，每门课都是轻松拿第一。跟我比起来当然是过犹而不及的。就他这样才貌双全的，女孩子恨不能一秒钟躺他床上。给不了他的心，给他的身体也是好的。但是他居然不为心动，执着于自己的创业。说起来，梁缙是不是比我还差劲？"

这些个"野史"畅畅是怎么知道的？叶梵梵纳闷之际，绿灯亮了，于是一脚油门继续向前。眼睛看着前方，好奇发问："这些是他和你说的？"

"那倒没有。是我大学里一前辈说的，他已经留在美国教书了，比梁缙大一岁。中国友人联谊的时候遇上他，于是偶尔聊聊。我说我姐姐交了个高水准的男朋友，是个搞IT的，叫梁缙的。然后那前辈就开始脸色大变，滔滔不绝地讲起了他的英雄事迹。其中，就有他学生时代情书、手机号码、QQ号码收到手软的事情。"

呵，看来梁缙回来要让他睡浴缸了。

"不过姐姐你知不知道，梁缙他家名下有个集团，他爸爸可是富豪呢。"叶畅畅接着爆料，语气里隐约着有不同之前的佩服感。"没想到梁缙他还蛮自力更生的。不过，那集团迟早是他的。话说来，姐姐你嫁入豪门指日可待啊！"

"要抱大腿吗？"叶梵梵扯扯嘴角，心里在这一刻想了很多事情。她不知道这些，也不知道梁缙家的背景到底如何，只是在她见到他父母的时候，他们带给她是接纳、喜欢以及是一家人的感觉。那么，这样就够了。家境殷实固然好，但最好的是始终想要给你最爱的那个男人。

到了商场，叶梵梵和叶畅畅就直接往目的地奔去。除夕那天基本上很多店面都会陆陆续续地关门回家过年，所以必须赶在除夕之前将年货一并买齐，要不然看春晚都提不起劲。

"姐，我年夜饭是回家吃还是在你家吃啊？"在干货铺挑东西的时候，叶畅畅犹豫着问出了这么一句话。

叶梵梵埋头挑着花生、无花果以及瓜子之类的零嘴，没抬头就回答说："当然在我家啊。到时候把爸妈都接过来吃年夜饭，让梁缙烧一桌的鸡鸭鱼肉。"

"唉，真是奢侈浪费的夫妻俩。"叶畅畅嘟囔着，捡了一颗花生吃了起来。"饺子我不要店里买的，我要吃亲手包的。"

"好的，你包。"

"……"叶畅畅顿时觉得喉咙干涩，艰难地说了句，"那买现成的吧。"

买好这些之后，姐弟两个移步到了叶畅畅想要吃的零食区。叶梵梵对零食意外地不感兴趣，让她吃零食她宁愿多吃水果。于是，姐弟两个暂时分开，各买各的。

叶畅畅逛来逛去，居然停留在了卖巧克力的专柜前。他怎么不知道自己还会对巧克力感兴趣，刚伸手去拿却不小心蹭到了同样伸手来拿巧克力的一女生的手。顿时，一种麻酥酥触电的感觉直冲大脑皮层。

"不好意思，那你先请。"叶畅畅赶忙收回手，看向女生道歉。这一看才知道眼前这个女生清秀得不像话，简直就像是天山的雪莲一般。而这个形容后来被梁缙嘲笑了半个世纪。

女生眉眼带笑，眼睛里都像是有星星。她的声音也非常好听，"谢谢。"叶畅畅就站在那里看着她挑了一块巧克力后又挑了一块巧克力对他说，"这个不错。"

叶畅畅一时之间没反应过来，就听见不远处有人喊她："婧婧，该走了。"然后那女生莞尔一笑，离开了。那长发飘飘的景象在叶畅畅的脑海里也停留了半个世纪。

"畅畅，你流鼻血了哟～"叶梵梵神出鬼没地在他耳边轻声调戏了一句，叶畅畅整个人立马起了鸡皮疙瘩，还深信不疑地摸了下鼻子，惹得叶梵梵大笑道，"逗你玩呢。谁让你盯着人家姑娘盯得这么带感？"

"姐，在我眼里你是唯一的女神，但刚刚那个像是仙女。"叶畅畅没有丝毫的脸红，好像在说一件很正经的事情。"喏，巧克力送你。"

"……结账的时候花的还不是我的钱。"叶梵梵无语，接过巧克力细细地想了想。叶畅畅从来没有这样直接地夸过一个女孩子，看样子到底还是心动了下。

嗯，这绝对是好事！

叶畅畅转身深深地吐了一口气，仍旧能感受到手背的皮肤表层还是隐隐的发烫。为了转换下心情，叶畅畅脑子转得飞快，他说："姐，我们新衣服都没有买。"

"对啊，辞旧迎新啊，必须从头到脚，改头换面。赶紧的，连爸妈的也一起买了。不过，梁缙的品位太高大上了，他的我不来买。你要不等他回来，和他一起买？"

叶畅畅果断鄙视道："别拿我当垫背的，我的品位很随便的。"

"不要这样嘛。梁缙要是知道我没有帮他买，他一定会气上好几天的。你们都是男的，彼此好商量嘛，是不是？"

是个鬼。叶畅畅想着，梁缙这个醋缸子，怎么就喜欢上姐姐了呢？按梁缙的话来说，只是在那个对的时间，对叶梵梵一见钟情了。

"畅畅，你说我过年穿大红色的怎么样，喜庆不喜庆？"

望着叶梵梵那想要打扮成福娃的气势，叶畅畅深表尴尬。这个梁缙，到底钟情她哪里？

在看到沉船新闻的时候，已经是晚上七点了。那个时刻，各家都在热热闹闹地准备着年夜饭，大地的颜色都被门前挂着的大红灯笼给渲染得格外热情，即使关着门都能听见隔壁邻居在开心地逗着小孩。

电视机的声音开得很响，响到只听见了主播痛心的一句话："今日晚上六点十五分发生了沉船事件，目前救援人员正在全力搜救生还者……"

四个小时前。

家里双方的父母都已经到了，正坐在客厅沙发上聊着家常。叶梵梵也开心地在厨房倒腾着能倒腾起来的玩意，无非就是洗洗菜，擦擦菜板。而叶畅畅算得上是有前途的小伙，什么活都不干，凭着嘴巴甜硬是和四位老人坐在一起谈天说地，逗得他们哈哈大笑。

也就是在这会儿，她接到了梁缙的电话。

"很快就能见到你了。"电话里，梁缙显得很高兴，"飞机没赶上，换了水路，幸好速度还是蛮快的。"

叶梵梵听后，隐隐约约地感觉哪里不对，但是因为梁缙的归心似箭让她也变得热切了起来，忙说："嗯呢，爸爸妈妈都在家等你呢。快到的时候打个电话给我，我可以开车来接你。"

"好，辛苦你了。"

这大概就是梁缙这天说的最后一句话了。叶梵梵挂完电话后，心里莫名的不安焦躁，做什么都觉得有东西悬在心尖上，难以平静。

"梵梵，过来坐。"梁妈妈走到厨房拉过叶梵梵的手，让她和他们坐在一起先看会儿电视。"反正梁缙还没回来。等过个半个小时，我们一起包饺子。"

叶梵梵点头，和大人们挨在一起看电视，央视正在播春节晚会倒计时的节目。节目里，也有一家人围在一起包饺子的场景，其乐融融，充满了浓浓的年味。

"过年那必须在家包饺子啊，我就不喜欢像他们在外订一桌年夜饭。"畅畅插话道，这话深得老人家的心。

梁爸爸这是第一次见到叶畅畅，就对这个小伙子有莫名的好感。从衣服内侧的口袋里掏出一个大红包塞到他手里，声音很厚重："这是压岁钱。在国外留学可很辛苦呢。当初梁缙在外读书的时候，没要家里一分钱，我有钱都给不出去。现在，你也算我们半个儿子了，以后有什么需要尽管开口。"

哇～这是叶畅畅的第一个反应。他没顾上谢谢梁爸爸，反而冲着姐姐眨眼，羡慕地说："姐，你可嫁着好男人了！我爱你！"然后才连忙站起身朝梁爸爸点头鞠躬说，"谢谢梁爸爸的厚爱，我一定好好学习。"

"要不毕业后来我的公司？"梁爸爸忽然神秘一笑，抛出了更大的橄榄枝。

叶畅畅怔忡，挠挠头很是为难地说："梁缙……哦不，姐夫应该不会同意吧。再说我以后想去研究所之类的地方。"

梁爸爸有些遗憾地点点头，又追问道："你以后要去哪个研究所？我赞助下，让你当研究所的所长？最大的是所长么？"后半句是问梁妈妈的。

"行了，孩子他爸。别说畅畅了，你儿子都不稀罕你的钱。等到人家孩子有需要你再出手，你这么直截了当的，畅畅脸皮薄，哪能答应呢？"

"说得也对。"

梁妈妈的一句话拯救了已经彻底凌乱的叶畅畅，敢情这梁爸是想诱拐他进公司啊。难怪梁缙没有接手自家的公司，完完全全是因为这老爸实在是太热情太操心了啊。

叶梵梵坐在一旁听着他们的对话，一点都笑不出来，心里始终挂念着梁缙，总担心他能不能平安到达。呸呸呸，真是的！赶紧把这些乱七八糟的想法甩掉，要冷静。梁缙福大命大的，不会出事的。

于是时间就这么一分一秒地过去，熬得人心发慌。天色渐渐陷入黑夜的怀抱，家里的人开始动手包起了饺子。叶畅畅嚷着要在饺子馅里放枚硬币，谁吃到谁就大发。于是，梁爸爸和叶爸爸一同恶作剧地放进去了七枚硬币。

外面红灯笼已经亮起，叶梵梵在客厅来回走了好久，手机也一直没有动静。她忍不住发短信过去问他到哪里了，也始终不见梁缙回应。

"姐，快来看！"

在听到叶畅畅的高分贝后，叶梵梵本能地紧张了起来。顺着他的声音走过去，见他指着电视屏幕的即时新闻，皱着眉头说："这水上客运不就停靠在上海港么？"

水上客运？叶梵梵顿时感觉到一种灭顶之灾，颤抖地问："这有国际航线么？"

畅畅点点头说："有的。"

说完，叶梵梵转身就抓起玄关处放着的车钥匙就奋力往车库跑去。身后是爸爸妈妈着急的声音："梵梵，你干什么去啊？"

梁缙，梁缙！叶梵梵根本没来得及穿外套，单薄的一件羊毛衫就冲了出去，到了车库启动了车子，脚底狠狠地一踩油门，车子就冲去了小区。

"梵梵怎么了到底？"爸妈不明白，都纷纷问向了叶畅畅。而叶畅畅在思考片刻后，拿出手机查了下飞机航班，顿时明白了，对爸妈们说："姐夫可能在那艘邮轮上。如果他坐的是飞机，应该早两个小时就到了。"

语毕，梁妈妈差点虚脱昏倒。叶畅畅看情况不对，只能对自个爸妈说："你们在家，我去追姐姐。不要担心，我会给你们打电话。"

"天哪，怎么会发生这种事！"叶妈妈倒了杯水递给了梁妈妈，看着她紧张不已的样子也深感作孽。

除夕之夜，大马路上几乎少见了川流不息的景象，留下孤零零的路灯还有仅剩的几辆在路上慢慢开的车子。而在平静之后，一辆红色的车子突然呼啸出现，带着不减慢的速度急速地向前方前进。

"该死，这车速就不能再快点吗?!"叶梵梵狠狠地拍打着方向盘，恨不能现在就爆表，恨不能现在就见到梁缙。而这些恨不能统统是为了换梁缙一个平安。于是，车子的呼啸声越加的强烈。

"快快，小心，这里还有生还者。"

"慢慢来。快送医院。"

"好多家属都来了，怎么办?"

"加快搜救力度!"

上海港一片混乱，警笛声加上救护车的声音还有家属大哭的呼喊，各种声音夹杂在一起，让人揪心不已。普天同庆的日子里，却换来了惨兮兮的一片哭喊声，从上空往下看也只是看见零星的红点，悲痛焦灼的人们全部和大地融为了一体。

叶梵梵一个急刹车，车子停在了警车的后边。她心急地想要开车门下去，却被忘记解开的安全带勒在了车上，在扯安全带的过程中，叶梵梵觉得自己很没用地想哭。

放眼望去，她居然先是看见了地上两三个并排在那里被盖上白布的已经去世的人。叶梵梵的呼吸都急促了起来，她眼睛盯着那些白布，恨不能看穿里面的躺着的人。

而在这样嘈杂的环境下，她居然只听见了自己的呼吸声。等到她一步步靠近那些白布的时候，她甚至觉得自己下一秒就可能因为窒息而死去。

"天哪。"在掀开第一块白布的时候，叶梵梵看见了一个三十几岁的男人，一个毫无血色，面色苍白且恐怖，他就那样静静地躺在那里，被摄取了灵魂。叶梵梵就在这个时候不可抑制地哭了起来。

这时候才注意到她的民警赶紧过来拉起她，问道："你是死者家属吗?"

叶梵梵哭得泣不成声，不顾民警的阻拦颤抖着一一掀开了白布。民警对她的行为感到不安，毕竟这样过激的行为会引起民众的反应，间接或直接影响搜救。

"请问……"

"我不是死者家属！我不是！我要的是活人，活着的人！"叶梵梵撕心裂肺地喊着推开民警，精神有些崩溃地奔向港口。是的，梁缙不在那里面，他不在，意思就是他还活着，他一定还活着。而叶梵梵，她要去救他，那算命的老头儿说过，有她在梁缙就一定能化险为夷。

"梁缙！梁缙！"她跑到港口对着海面大声地呼唤着，搜救人员都听见了她的声音回荡在这港口，那么凄厉，那么渴求奇迹。

"喂，你别跳！"正在此时，那位民警追着叶梵梵来到了港口，差一点他就要眼睁睁地看着这位年轻美丽的女子跳入这冰冷刺骨无情的海水里了。幸好，他大长腿一步跨向前及时从后面抱住了她，将她拖离了港口。

叶梵梵痛哭到不能自已，她奋力挣扎着，边哭边拒绝民警的帮助。"你放开我，我不能留梁缙一个人，我能找到他，我一定能找到他！"

高个民警看起来是新警，对于叶梵梵的悲痛欲绝有些束手无措。但是他给她吃了一剂定心丸，安慰她说："我们在尽全力地搜救，你一定要相信这个世上有奇迹，这个梁缙一定是你男朋友吧。那他就更不能出事了，对不对？你在救护车那里等着，我帮你上前去问问。"

叶梵梵现在冻得发抖，忽然间说不出话来了，就连脸颊两侧的泪水都似乎要结成了冰，她只是恳请上苍不要让这个爱她的男人消失，起码不能是在她生日这天。

"姐，你没事吧？"叶畅畅艰难地打着出租车赶到了事发地，找到叶梵梵赶紧将带来的外套给她紧紧地裹上。心疼万分的拭去她的泪水，抱着她说，"不要担心，他一定不会出事的，一定不会。"

那温热的泪水再次涌了出来，脑海里甚至浮现着和梁缙在一起的种种画面。那画面回忆起来只有停不下来的悲伤，她怎么能靠回忆来祈祷奇迹的发生？叶梵梵最终还是站了起来，在叶畅畅的搀扶下再次靠近了港口。

海面上闪闪亮着的点点红灯，每当搜救人员喊道"又捞上了一个"时，岸边那些哭天抢地的家属都捶着胸口希望是生者而不是冰冷的尸体。

"这儿有一个，还好，没有被水流冲远！快，捞上来了，还有气！"海面上传来令人振奋的消息，此刻能听到这样的声音就等于佛光普照。

叶梵梵也伸长脖子着急地望着，等着搜救人员的船只靠近。只听见不远处的搜救人员大喊一声："梵梵，谁是梵梵啊？这男人还能说话。"

忽然间听到自己的名字，叶梵梵立马瞪大眼睛，用尽全身力气朝着那艘船喊："梁缙！我在这里，我在！"

身边的民警这才缓缓地松了口气，然后对他们姐弟俩说："得赶快送医院，这零下的温度一定够呛。但是，你们也得做好心理准备。"

这番话，叶梵梵和叶畅畅都没有搭理。不需要心理准备，既然还有一口气在，就不能让他散了！救援船只靠近之后，立马将已经进行过紧急救援的梁缙抬了下来，医护人员也第一时间赶到，将他移向了担架。

"梁缙，梁缙！"叶梵梵扑向前，只感觉到梁缙的冰冷，丝毫感觉不到他的生机。"梁缙，你能听得见么？啊？不要吓我，真的不要吓我！"

叶畅畅皱着眉，不清楚梁缙到底什么状况，只是口唇紫绀，皮肤湿冷。被一起送上救护车之后，叶梵梵还是不住地和他说话。

医护人员给梁缙戴上了氧气罩，旁边的心电监护仪显示的数字叶梵梵不懂，但她也不想懂。但是，精神有些恍惚的梁缙忽然动了动手指，这让叶梵梵惊喜不已，忙抓住他的手说："梁缙，你听得见我说话对不对？"

然后救护车上所有人都看见梁缙微微地点了点头，而后被叶梵梵握着的手慢慢地舒展开来，映入眼帘的是一枚精致漂亮的戒指。那枚戒指深深地嵌在了他的手掌心，那圈红到发紫的痕迹就像是一种证明。证明了梁缙有多么努力地活着直至重新见到叶梵梵。

见梁缙嘴巴张了张，就连眼睛也眨了眨。医护人员感觉到梁缙应该伤得不重，看了叶梵梵一眼说："他好像有话要说。"

在叶梵梵的同意下，他们摘下了梁缙的氧气罩。梁缙眼睫毛上的水还未干，眼眸里充斥着血丝，他望着近在眼前的叶梵梵，一个字一个字地轻声说："以前什么都不怕，大胆得很。可是当我坠入大海，生死未卜的时候，我突然发现我怕了，很怕自己会死掉，然后只剩下你一个人……"

这边，叶梵梵已经再度哭成泪人儿。她捂着嘴巴，到底也还是哭出了声音。旁边叶畅畅一直在轻抚着姐姐的背，希望能安慰到她。

"梵梵，我现在这副样子一定特别狼狈，特别不帅吧。但是，我找不到更合适的机会了。"他吃力地喘了口气道，"嫁给我好吗？"

顿时，救护车内泛起一片粉红色。叶畅畅也低声道："你都拿命相要挟了，我姐能不答应你吗？"说完，扭过头，擦了擦眼角的泪。

叶梵梵哭得说不出话，只是一个劲地点头。梁缙笑笑，抬起另一只手将戒指拿起，郑重地戴在了她左手的无名指上。"啊，我现在终于能安心了，叶梵梵终于是我的老婆了。"感叹完，立马咳出了一口海水。

"让你得瑟！"这是叶畅畅态度八十度转弯的幸灾乐祸。

送到医院后，经过急诊室半小时的救治之后，梁缙已无大碍，转到留观室。在那里，叶梵梵寸步不离。叶畅畅刚走出留观室正好就撞见了那个民警，原来他把叶梵梵的车给开到了医院，顺便把钥匙也交到了叶畅畅的手里。得知梁缙平安无事之后，敬了个礼再次回到了出事的现场。

"好像当警察也不错啊。"这个想法在当时就缠绕在了叶畅畅的心头。

留观室里，梁缙稍稍恢复了血色，但几乎精疲力尽。叶梵梵不用问，也知道他在水里拼了命地挣扎很久，体力透支加上温度偏低，纯爷们儿也会被打垮的。

"我能抱抱你么？"这是最有温度的一句话了。

叶梵梵二话不说，俯身就抱住了他。靠在他的胸膛，听着他的心跳声，感叹那之前的担惊受怕简直就是场噩梦。而她，几乎在那刻也体会到了一次生不如死。

"当初我说在我出差的时候把你也带上，现在看来真的是必要之举。"梁缙也抱住她，拍着她的背说，"我想起那个算命老头儿说的话，你说他是不是神仙？"

"不知道，我只希望以后再也不要让我遇见那老头儿。"

"呵呵，我的夫人一定吓坏了吧？"

"那可不，差点夫人都没得做了。"

梁缙笑了，长叹了一口气，摸摸她的头说："叶梵梵，我没有你恐怕就真的活不下去了。所以无论发生事情，我都会像鼻涕虫一样永远粘着你了。因为我把命交给你了。"

　　"那你千万要活得比我久。"真的，梁缙不要留我一个人在世上。

　　梁缙不语，他只是亲吻了下叶梵梵的额头。他希望他们的爱能够他们长命百岁，他甚至不想死。但人生苦短，及时行乐为上。

第
三
十
九
章　
愿
冠
以
他
姓

　　答应梁缙求婚后还不到一个星期，叶梵梵就觉得自己亏了。那种场合下的求
婚分明就是乘人之危嘛。哪有人拿命来求婚的，真是。而且，求婚这么大的事，
居然连张照片都没有。

　　"姐，你这就是作死。"对此，叶畅畅这么说道，"梁缙那会儿根本死不了，
你完全可以不答应。不过那求婚都被传成佳话了，还差点登报了。"

　　没登报的原因用膝盖想想也知道，当时那种氛围下这样的只关乎梁缙和叶梵
梵两个人的喜事根本不能和那悲剧相提并论。

　　"我那个时候在想，梁缙是不是把那枚戒指当成命一样。如果他松手戒指就
会沉入海底再也无迹可寻，而他会不会也因此消失在我的世界里。"

　　对于这样文艺的措辞，叶畅畅冷哼一声："贱人就是矫情。"说完下一秒，叶
梵梵就狠狠地把手里头的新华字典拍在了他的脑袋上。

　　因为正值春节，民政局都没有上班，这让梁缙略微有些抓狂。早上梁缙和叶
梵梵坐在书房各自做着自己的事情，尤其是提前做了全职太太的叶梵梵总算是找
到了自己的爱好。这个爱好让梁缙有些吃惊。"吃好喝好睡好不好吗？"

"我是猪么请问？"

"你不是。吗？"

对于梁缙的捉弄，叶梵梵习以为常了。于是最好的办法就是不搭理，也不要表现出经常使用的省略号的表情，直接走开就是了。

"我的意思是，你真的要学做糕点？"梁缙无可奈何追着叶梵梵走出了厨房，目光相当排斥地瞥了眼书桌上那本美食制作秘籍。

来到卧室，叶梵梵拿起手机拨通了一个电话，声音很是温柔说："喂，周老师，我什么时候能来学习？哦，初八之后的任何一天过来学都可以是吗？好的，谢谢。"

这通电话让一旁站着的梁缙大惊失色，他上前不可思议地问："你已经报名了？在没有和我商量的情况下？培训地点在哪儿，培训多久，学员男的多还是女的多，还有周老师的性别？"

"……"

唉，面对这种情况已经休假的梁缙分分钟就给查清楚了。然后更是一脸的反对，但是他从不明着说。每个周末的那个学习时间，梁缙雷打不动地送叶梵梵去上课，坚持不懈地接她下课，甚至有事没事还在家也自学这个蛋糕制作。

结果半个月后，叶梵梵的戚风蛋糕做得四分五裂，梁缙的戚风蛋糕却是完整精美。家里人在看到形状之后，将票投给了梁缙。于是，叶梵梵黑着脸强烈要求培训学校退钱。

"没事儿，那点钱我给你。"聪明如梁缙，他说得很得意。

叶梵梵不高兴地瞟了他一眼："你一定有企图！"

"在家陪我看星星看月亮，顺便滚个床单的不好吗？"梁缙说得一本正经，还摆出了"我这么秀色可餐，你居然舍得抛下我去学做蛋糕"的样子。

"'顺便'后面那衣冠禽兽的话可以不说，梁先生。"叶梵梵已经懒得再进行下去了，从后院走回到里屋，又回头问了正在若有所思的梁缙一句，"你肚子饿吗？"

"不饿。"

"那给我做点吃的。"

"……"

到了情人节那天，梁缙鬼使神差地没有同叶梵梵赖床，而是起床到书房先上了会儿网。十分钟之后，走回卧室开始在更衣间翻箱倒柜的。

"你在干什么？"睡眼蒙眬的叶梵梵听到声响嘀咕了一句后就听到梁缙有些急切的声音，他焦灼地说："网上说今天登记的人可以绕地球好几圈，我们得赶紧排队。"

叶梵梵撩了下糊了一脸的头发，眼睛难受地说："那我们可以明天登记啊。"

"不行。"梁缙义正词严地否定了她的提案，"我已经被你忽悠了好几个明天了。今天必须去登记。穿什么衣服好呢？"

唉，再这么拖下去梁缙非得被逼疯不可。万般无奈之下，叶梵梵也起床梳妆打扮了。在万事俱备之后，梁缙突然反射性地抖了抖眉毛。

"我的户口本还在广州……"这对于梁缙来说绝对是个史无前例的噩耗。然后他就看见叶梵梵解下发带，披头散发地重新躺回了床上。此情此景让梁缙沉默了好一会儿，然后突然恍然大悟道，"你难道不应该跟我回广州登记么？"

这听起来像是一个正经的问题。叶梵梵侧身躺在床上，思前想后了好久转回身看着梁缙，眼神里有撒娇的意味。"要不我们迁到南京定居？"

梁缙早就穿戴整齐，坐在床沿，握着叶梵梵裸露在外的手笑说："想去那里再和我偶遇一次是吗？"

"你都已经是我的了，干吗还要再偶遇一次？"叶梵梵拍了下他的手背，继续说，"要偶遇那也是偶遇别的帅哥啊。尤其是在那条1912上，我敢肯定那里还有很多帅哥有待挖掘。"

话音刚落，梁缙冷冷地拨通了陆励的电话："给爷把户口本送到上海来。Now！"这边挂完电话后，又换了柔柔的语气对叶梵梵说，"梁太太，有待挖掘的那是木乃伊，就算是帅哥那也是阴间的。"

"……"

折腾了大半天，陆励终于不负众望地在民政局下班之前将梁缙的户口本妥妥地送到了他的手上。一开始以为是闹着玩的，但在陪着他们去民政局的路上，陆励终于忍不住悄声地问梁缙："你真的要结婚啦？"

"不然呢？"梁缙撇撇嘴，很是不满意陆励的这个问题。

充当司机的陆励连忙摇摇头说："你这一结婚，公司的股票估计得跌。"

叶梵梵一听，结个婚还怎么跌股票了？难不成公司成立至今都是靠梁缙黄金单身汉的魅力苦苦支撑着？那她到底是捡了个大便宜还是作了个孽？

"我现在是有老婆的人了，不好再随随便便地抛头露面。公司呢你就好生担待着，反正好多女职员不是也在觊觎你的身和心么？"

听到梁缙有史以来第一次夸奖自己，陆励显得特别振奋，点头笑道："那是。你这么说我心里就舒服一点了。你就放心结婚去吧，公司有我，垮不了。"

"呵呵，你们两个是靠卖身，才保证公司运行的么？"叶梵梵默默地看了梁缙一眼，淡淡地抛出了这么一句话，"这个登记我是不是应该再好好地斟酌一下？"

顿时吓得车子都歪歪斜斜地行驶了一段路。

民政局在最后的关头迎来了情人节这天最后一对来登记的梁氏夫妇，在拿到鲜红的结婚证之后，梁缙高兴地抱着叶梵梵转圈圈。一旁的陆励很是应景地拍起了各种照片。因为这对夫妻着实是卖相好，就连工作人员都拿出手机拍起了照片。

手捧神圣的结婚证走出民政局后，梁缙感慨万千地抱住了叶梵梵，在这个情人节里，他能送给叶梵梵的就是这辈子的承诺。

"我爱你，梁太太。"

"我也爱你，梁先生。"

在台阶下注视着他们的陆励忽然也觉得心头一阵悸动，都说婚姻是爱情的坟墓，可是看他们简直比上了天堂还高兴。还是说，最开始说婚姻是坟墓的人根本就不懂爱情。婚后的爱情变为亲情，亲情就是柴米油盐酱醋茶都能够拿来计较的矛盾体。但是，生活里怎么能没了浪漫的爱情？唯有持续地保鲜爱情，才能在最后变成亲情。

"我也想结婚了。"最后，陆励寂寞万分地叹息。

梁缙牵着叶梵梵的手真正地奔向了属于他们的未来明亮的生活，而这一切才是开始，这一刻的爱情才真正开始。

一个星期后，梁缙和叶梵梵双方的父母纷纷聚在了上海的别墅家中。在客厅肆无忌惮地聊着挑哪个日子办婚礼好，叶妈妈甚至在日历上圈了叶梵梵来事的那几天。而梁妈妈倒是希望他们能在一个举国同庆的日子里结婚。

"国庆挺好的。"不约而同地点头。

而此时，远在美国的叶畅畅也在视频中表达了自己的想法，他说："姐姐和姐夫就是在国庆的时候认识的，那个日子蛮有纪念意义的。我想他们也会很高兴的。但是，能不能不要这么早啊，我回不来可怎么办啊？我可是小舅子啊……"

后面的话被爸爸妈妈们纷纷屏蔽，装作没有听见。四个老人家沉迷于帮自己孩子筹备婚礼的乐趣中，尤其是两个妈妈，完完全全沉醉在了叶梵梵婚礼当天该穿怎么样的婚纱中。

"他们不是拍过婚纱照了吗？赶紧去拿来瞧瞧。"梁妈妈忽然想到这个问题，于是就冲着楼上喊，"梁缙，赶紧把你们的婚纱照拿下来。"

没有回应，不论是梁缙还是叶梵梵。

爸爸妈妈们诧异地一同上了楼，发现二楼的客厅没人，进去看看卧室发现同样没人，不仅没人房间床铺还收拾得干干净净的。

不敢相信家里没人的爸妈们又转战了书房，结果是一样的。就在此时，书房的电脑却发出了声响，屏幕亮起来，显示的正是梁缙和叶梵梵，定睛一看他们的身后竟是偌大的南京高铁站。

然后答案相当的明确了，这夫妻俩瞒着爸妈不参与婚礼的各项讨论活动，只奔二人的甜蜜旅游活动去了。

对此，爸妈们表示"既然孩子们都不在，那么婚礼该怎样进行都全由爸妈们决定了"。想来，这真是个愉快的决定。

"我们就这样出来不要紧吧？"关掉视频通话后，叶梵梵略微担心地问。

梁缙一手拉起行李箱的拉杆，一手牵起叶梵梵的手，十指相扣说："没关系。我想对于爸妈来说操办婚礼显然更重要。"

"但愿。"叶梵梵也笑了，紧握着梁缙的手再次光顾了南京。

这次旅行的行程全部都是梁缙安排的，南京只是第一站。拿梁缙的话来说，将蜜月提前进行，并且要进行到底。想来，他们两个应该是抱着要环球旅行的气势。

"哎哟，新婚夫妻旅行啊。"出租车司机听完梁缙高调的自我介绍之后，心情非常好，挂挡问道，"先去哪儿呢？"

"××度假大酒店。"这是梁缙和叶梵梵异口同声地回答。

司机大叔高兴地踩下油门，回话道："好嘞！这些年来南京旅游的可多了，像你们这样的小年轻就更多了。我还记得去年拉了对很有意思的小情侣呢，因为两个人的对话太有意思了。不过话说回来，我也不知道他们到底是不是情侣，反正最后吵吵着还一起上了酒店，就是这××度假大酒店……"

"大叔你慧眼啊，那绝对是货真价实的情侣啊。"梁缙笑着握住叶梵梵的手，注视着叶梵梵若有所思的眼眸说，"都一起上酒店哪能不是情侣呢？"

叶梵梵忽然"哦"了一声，很是惊讶地望向梁缙。这绝对是故地重游遇故人啊，这大叔敢情就是那晚的出租车司机啊。

刚来，不言而喻的美妙让叶梵梵又多了些期待。这趟南京之旅真的完完全全勾起了她之前的回忆，那没遇上梁缙之前以及遇上梁缙之后的种种遭遇。

而这遭遇，竟然没有好坏。

"我们先休息一下怎么样？"来到酒店，梁缙进房就开始脱外套随性地扔在了床上，然后带着坏笑靠近正在收拾着行李的叶梵梵，从身后抱住她说，"这次还要吃鸭血粉丝汤么？"

叶梵梵撩了下头发，随口答道："当然要吃了。不过你不许吃，你看着我吃。"

"我看着你，你还吃得下么？"梁缙乐呵呵地在她耳边吹着气，殊不知，自己说了句随时可以砸了自己脚面的话。

"嗯，难以下咽。"

"梵梵，你知道我不是这个意思。"

当然知道。叶梵梵挣开他的怀抱，自顾自地到一边倒了杯水一饮而尽。而后转身就再次陷进了梁缙的怀抱，她淡定地说："梁缙，要不然我们坐下来好好谈谈对于未来的计划？"

"行，我们去床上谈。"

"……"好吧，永远无法淡定。

因为早起坐飞机的缘故，两个人一直补觉到了下午两点才昏昏沉沉地起来。先醒来的是叶梵梵，她下床唰地就拉开了窗帘，强烈的光线刺激让梁缙皱一秒钟眉，然后从床上弹起。

"这样的叫醒方式等同于精神谋杀。"梁缙捂眼，难受至极。

叶梵梵往后撩了把头发，没有回应，安静地走进浴室洗脸。洗完脸之后看见梁缙还坐在床上精神神游，就递了杯水过去说："你是不习惯外面的床么？"

"我是不习惯你比我先起床。"

什么逻辑？叶梵梵当即就把水杯给撤了。

上次来南京天气也是极好的，这次也不例外。晴空万里的，总是一片澄净。梁缙和叶梵梵坐上公交车没有先是锁金村，而是直奔 1912 一条街。

"从哪里结束就从哪里开始。"这是梁先生给这样行程安排的最合理的解释，听起来还真的蛮有道理的。

叶梵梵也就无从反驳了，本来上次在 1912 只是过了个场。或许也正是因为和梁缙说的一样，那个结束似乎把某些萌生的热情一并带走了。

"你确定是走这边么？"公交站下车之后，叶梵梵又成了无头苍蝇。她东张西望，感觉每一条街都有可能是通往 1912 的。"别搜狗了。地球反正是圆的，迟早会走到的。"

梁缙不以为然，拉起她的手说："今非昔比。我可以明确地告诉你 1912 就在长江路和太平北路的交汇处。"

"你这个和说东南西北有什么区别？"

"……"

就连吐槽的话语里也满满是当初南京留给他们的记忆。这次梁缙领着叶梵梵不费吹灰之力地就找到了 1912 的正道。

"南京 1912"由 17 幢民国风格建筑物和 4 个街心广场组成，1912 是民国元年，所以这个名字一出来就深受大家的喜欢。而事实上，对于南京来说最辉煌也最心酸的就是民国时期。

这样的解说，叶梵梵算是头一次听到。

"还要拍照么？"梁缙抬起单反，问道。

"当然要。"叶梵梵爽快地回答，"你也一起来。现在的每一张照片都应该是合影。"

梁缙看了看周围，正好有个女生路过，上前瞬间展现了美男子笑容的魅力说："不好意思，能帮我和太太拍张照么？"

女生一见来者是帅哥，马上启动淑女模式，接过单反点头说："好的。"

等到梁缙站过去和叶梵梵一起拿 1912 当背景的时候，只听见叶梵梵笑着低声骂道："禽兽，居然出卖色相。"

"总比让你去出卖色相好。"梁缙看着镜头也笑着低声说，"再者，我的一切不都是你的吗？别人只能看不能摸。"

"看也不能看！"

"喔唷，梁太太这是在宣誓主权么？"

女生对准了焦距，倒数了三个数之后咔嚓一声，相亲相爱的第一张合照就新鲜出炉了。梁缙想要上前，却被叶梵梵捷足先登。她抢先接过了女生手里的单反，对她说了声谢谢之后，果断让其走好不送。

"看来我家梵梵也是醋坛子啊。"梁缙心情大好。

叶梵梵翻看了下照片，觉得这女生还算有技术，就只是瞪了梁缙一眼说："你才醋坛子，我这是属于合法的正当的维护主权的行为。"

"对，我家梵梵说得没错。不过我纠正一下，我不是醋坛子，坛子太小容不下我的醋。"

"……"

因为还没到激情的晚上。傍晚时分，梁缙就先带着叶梵梵一起找用餐的地方。找来找去，两个人还是进入了那充满异国风情的"居酒屋"。

"服务员，梅子酒。"一坐下，叶梵梵兴奋地就点了瓶酒，手舞足蹈地完全抑制不住内心的喜悦。"上次来南京最遗憾的就是没把梅子酒好好品尝一下，这次绝对要一醉方休。"

"什么？"梁缙侧身望着她，眼里是严重的怀疑与不满。"上次离开南京你最遗憾的难道不应该是没有问我要联系方式么？"

叶梵梵相当鄙视地瞅了他一眼，正色道："难道你回广州之后有在想我？"

"你有梦到过我么？"梁缙转而反问。

对于这个问题，叶梵梵还真得好好思索了一番。最后肯定地点点头说："我还真梦到你了，但是不知道梦见了什么。"

梁缙双手环胸，得意道："这就对了。我都跑到你梦里去了，你说我想你该想成什么样了才会丧心病狂地到你梦里？"

"那你怎么还熬了这么久才来见我？"

"我在等你分手啊因为。"

"……"

真的是结了婚什么话都敢说了，这样的话明明可以说得更加委婉动听的，非得这么简单粗暴，让人觉得好不愉快。于是，叶梵梵连烤肉的心情都没有，全部扔给了梁缙做，她自己一杯接着一杯喝着梅子酒。

"这酒的味道真的蛮好的，你也尝尝呗。"叶梵梵极力推荐，但是推荐失败，梁缙根本不屑于喝梅子酒。他还煞有介事地说："你一个人发发酒疯就好了。我还得保持清醒，不然你到处沾人家一身口水，我也好理智地拿出钱赔人家精神损失费。"

"让我去死一死……"

叶梵梵的晚餐就在梁缙无形的压迫下结束了，她非但没能完全好好享受梅子酒还被梁缙给气饱了，结果烤好的五花肉又全部进了梁缙的肚子。

唉，是不是嫁错人了？

1912的夜晚来得特别快，这条街上有了很多酒吧。有选择纠结症的叶梵梵有些摸不着头脑，反正她活到这么大从来不知道酒吧里面到底长什么样。说到底，都是新闻里给出的夜店的概念太狂野太放肆，让叶梵梵从不愿意涉足。

"那今晚爷带你去见识下。"梁缙带着叶梵梵选择了一家名为"苏荷"的酒吧，叶梵梵反正不知道这些酒吧的区别在哪里。刚刚在路上走过的时候，还有酒吧的人在门口招呼客人，说什么如果喜欢安静的酒吧，他家这个就不错。

叶梵梵就纳闷了，酒吧还分安静和热闹？要是想安静的话怎么不回家听古典音乐？既省钱又方便。对于叶梵梵的说辞，梁缙一笑而过，不予评价。

刚进入酒吧门口，叶梵梵就和某个一同进入酒吧内的人撞了下肩膀。叶梵梵没有在意，只知道是一个穿着黑色连衣帽的男人。

"鸡尾酒要么？这是酒吧的特色。"一进去，梁缙同她先是坐在了吧台。而叶梵梵完全被酒吧内那欧美味十足的音乐给震撼了，当然还包括在舞池跳着不同舞种的男女。

正当梁缙和叶梵梵端着鸡尾酒品尝的时候，叶梵梵居然用余光看见了离她两个座位上有个男的正警惕地东张西望，然后不动声色地把手伸向了位置上某个去洗手间的女士的包包。

"这不是在门口撞我的那个男人么？"叶梵梵喃喃一语，忽而放下杯子对梁缙喊了一句，"有小偷，快报警！"

"叶梵梵，你别给我乱来！"梁缙学聪明了，可是伸出手到底快不过叶梵梵抓贼时移动的速度，于是相当无语地自嘲道，"叶梵梵上辈子一定是警犬！到哪儿都闻到犯罪的气息！"

这次的叶梵梵没有半点纠结，拔腿就去追小偷。刚进酒吧的客人都不知道发生了什么事，纷纷给贼和叶梵梵让路，原因就是他们看起来太着急了。

"哎呀，我的钱包不见了！"从洗手间回来的女士还在悠然地拿纸巾擦着手，低头一看包不见了，顿时拉开了嗓子嚎。"放在这里的东西都能不见，让你们经理出来！"

"喂，让你站住！"叶梵梵在后面穷追不舍。小偷回头看了她几眼，更是加快了速度。叶梵梵气不打一处来，冲他吼道，"你一个大男人偷东西像话吗？我来这里度蜜月的又不是特意为了来抓你的，在这样的好日子里你就不能消停会儿吗？"

万万没想到，小偷居然开口了。他歇斯底里地喊道："怎么又是你啊，大小姐！我总共就偷了两次，第一次就被你抓住了，好不容易出来想找点儿钱花，又被你撞见了。你是不是我的克星啊！"

什么？叶梵梵震惊，敢情这小偷就是上次在夫子庙的那个小偷啊？那就更不能放他走了。心里这么想着，叶梵梵加快了速度，但是很喘。"我跟你说，你别跑呗。好说歹说，你也算是我爱情的见证人啊，握个手呗。"

"你开什么玩笑，什么见证人？你把你们的爱情建立在我失败的基础上，你还好意思开口？我把包还你，你不要追我了好不好？"

"那可不行。"梁缙不知道从哪里蹿出来，直接挡在了小偷的面前，然后三下五除二就把小偷给制服了。

跑到梁缙跟前停下的叶梵梵，大口大口地喘气。而就是这样，使得曾经南京的一幕幕全部浮现在了她的脑海里。她忍不住想，等会儿过来的警察会不会还是夫子庙的那个警察叔叔呢？如果是，她和梁缙爱情的见证人还真的都意外到齐了呢。

想来世界好疯狂，爱情也是。同这些人的不期而遇或许都是命中注定，因为对的时间里，即使是路人，也会给你带来别样的惊喜。

警车鸣笛，警察从警车上下来，走到他们跟前，上上下下扫了一眼后，震惊道："怎么又是你们？"

番

外

"他们彼此深信，是瞬间迸发的热情让他们相遇，这样的确定是美丽的，但
变幻无常更为美丽。"

——《一见钟情》辛波丝卡

梁缙焦躁于妈妈过于心急地想要他成家，受不了催婚决定离家出走一趟。在
选择目的地的时候，梁缙想：他路过西京（金国都城之一，今山西大同），到过
东京，游过北京，就差南京了。于是果断买了张飞南京的机票。

上飞机之前，手机里有无数个妈妈的未接来电。接起来一定会被骂个狗血淋
头的，因为他在决定去南京的时候就放了和他相亲的女孩的鸽子。

"呵呵，原谅我这一生放荡不羁爱自由。"梁缙哼着歌词，随手就关机了。

几个小时候后，梁缙就顺利地在南京这座城市落地了。刚下飞机，顺着人流
走出机场，一不小心大长腿绊到了人家的行李，他不动如山可害得人家的行李瞬
间倒地。

"对不起。"梁缙急忙弯腰扶起行李交还到其主人手里，他承认当时一眼就看

见了叶梵梵的相貌，五官出色却意外的悲伤。他甚至还能清晰地看到她脸上的泪痕，而她的双手因为拖着行李过分用力使得指骨分明。

"嗯。"叶梵梵没有说没关系，也没有说没事，接过行李又自顾自地往前走，甚至没有看梁缙一眼。

那个时候，梁缙呆呆地在后面望着她，只见她谦虚地让着路人，不时地撩起垂下来的长发。没有笑颜，他却看见了她身上绽放的光芒。

叶梵梵出现不过几秒钟的时间，梁缙却在那个瞬间感觉到一种强烈震撼的情愫。他不相信这个世上的一见钟情，直到遇见了叶梵梵。

到了现在他和叶梵梵终成眷属，叶梵梵终于问他为何对她一见钟情，梁缙因为同叶梵梵已经是有夫妻之名，也就不在意地懒散回答道："首先当然是因为你漂亮，其次是因为越看你越漂亮，最后因为你怎么看都好看。"

对于这样层次分明的"首先、其次、最后"，叶梵梵表示不敢苟同，她细细想来，对躺在床上却抱着她沉沉入睡的梁缙轻声说："因为遇上的正好是你。"

婚后，梁缙暂时结束了休假回到公司上班，当然也只不过是为了处理点公司留下来的事情。陆励观察入微，发现梁缙居然安安稳稳地坐起轿车来了。

陆励上前得瑟地为此事取笑道："哟，宝贝 R6 不骑了？以前不是说什么都不肯把那辆摩托存到车库的么？现在是怎样，转性了？"

梁缙整理着桌面上乱七八糟的文件，嘴上一本正经地回答："因为我有老婆了，激情和速度要不得。R6 是我的命，但是我的命是我老婆的。"

陆励："……"

这次以后，陆励再也不好奇梁缙的种种改变了。因为每问一次，他都能被梁缙每时每刻在秀恩爱的行为伤到心肝脾肺肾。如此他便不再问了，也可以让自己的小心脏得到片刻的宁静。

但是叶梵梵当时听到这个解释后，不知为什么又汗颜又好笑。她明明好几次看见梁缙在家没事干的时候都能研究那些摩托车到半夜，对比了不同款的摩托车之后，他还有模有样地分析起了其性能的差异，还写在了纸条上，不知道的以为他要改行修摩托车了。所以，叶梵梵觉得梁缙的突变纯属是忍痛割爱啊。

梁缙得知叶梵梵所想后，相当不以为然地摇摇头说："我研究摩托车到半夜难道不是因为你不肯让我睡卧室？你明知道我没有你根本睡不着，所以你还作出那样的决定到底是为什么，不爱我了么？"

叶梵梵："……"算了算了，从今往后不罚他睡浴缸就是了。以后有了矛盾，她去睡沙发，让他睡床上。

结果，梁先生狡黠一笑，悠悠道："你睡哪儿我睡哪儿。"

难得的某一日，作为叶梵梵高中时期的同学殷姗挺着大肚子来她家做客。电话里说在家太闷，然后不由分说地打的来到了她家。一见面就开门见山地问道："你什么时候要孩子啊？"

叶梵梵接她入屋，给她倒了杯水淡然地笑笑说："不急。"

殷姗小心翼翼地坐在沙发上，对叶梵梵不着急的心态连忙摇摇头，表示不赞同："高龄产妇恢复得慢，对身体不好呢。趁现在年轻，还可以多生几个不是？"

这时候，在边上一直研究客人来到该做怎样的点心的梁缙，听到了女人之间的对话便悠悠地插了一句："听说女人一孕笨三年，我家梵梵不能再笨了。"

殷姗："……"

叶梵梵："……"

一下子得罪了两个女人，梁先生会的技能是越来越多了，且杀伤力也在与日俱增。叶梵梵只能对殷姗抱歉地笑笑并赶忙转移了话题："你怀的是女宝宝么？"

殷姗这才把视线从梁缙这个外面开起来高傲实质如此腹黑的男人身上移开，心里想着梵梵的老公真的是真人不露相。"嗯，我老公喜欢女儿，说女儿是贴心小棉袄呢。"

叶梵梵对此表示了强烈地认同，但很明显梁先生并不这么认为。但是难得的没有当即就表达出自己的想法。

"梵梵，你现在在哪里工作呢？"无论怎样，都不可避免这样的提问。

梁缙很主动地接过话茬道："在家的主要工作内容就是侍寝。"

叶梵梵发誓，她要出去找工作。

于是接下来为了给不想当全职太太的叶梵梵找点事情做做，梁缙陪着叶梵梵东逛西逛，最后居然逛进了梁缙极度排斥的书店。

叶梵梵一眼就相中了一本书，兴致勃勃地拿在手里对梁缙说："哇，我们家杨冬儿是不是很厉害？居然能写出《戏里戏外看甄嬛品古诗词的意境》这么高深的书。我怎么就没有这样的水准和觉悟呢？"

梁缙扭过头看向书店门口悠悠地说："这事你自己知道就行，不用特意说出来。"

叶梵梵："……"无奈最后还是愤愤地拿着书付钱走出了书店，一天下来什么兴趣爱好都没有找着。

看着神情颇颓废的叶梵梵，梁缙搂过她安慰道："古人云，女子无才便是德嘛。"

叶梵梵刚恢复的心情瞬间又被冷水泼灭。

大夏天，叶梵梵最终还是不甘寂寞报了个教针线活的培训班，也不管是不是兴趣爱好，就是不想让自己闲着。教室里虽然开着空调，但是针线活太细致了，脑子一动就浑身冒汗。

同班的小小是个比自己大一两岁的全职太太，见梵梵不停地擦汗便问："是不是很热？"

叶梵梵甩了把汗，点头道："嗯。"

小小坐正身子说："我刚刚用微博上的话试了一下非常灵。你看啊，我想了想家里的男人，再想了想抽屉里的存折以及自己的工资和奖金，顿时心就凉了。你也试试。"

叶梵梵听后，很努力地试了一试之后，再度擦了把汗说："不行，我更热了。"

小小："……"

因为周末报了个培训班的缘故，梁缙总是雷打不动地按时送叶梵梵去上课。帮她开车门的时候总有同班的女生会看见，也总有人羡慕嫉妒空虚冷地跑来问她："你先生那么爱你，一定从来不冷落你吧？"

叶梵梵看着梁缙帅帅地倚在车身上冲她挥手说再见的样子，回头淡淡地说："有，还有周期。"

她们惊讶还带点同病相怜地问道："什么时候？"

叶梵梵冷静地答："四年一次的世界杯。"

众人："……"

世界杯的时候，不用叶梵梵惩罚，梁缙都会自觉地到沙发上过上一宿。本来叶梵梵是真的以为梁缙在沙发上睡了一晚上，殊不知，他看完世界杯躺回床上，第二天又比叶梵梵早醒，还可怜兮兮地说沙发好硬。这一度让叶梵梵感到不安，于是陪他看起了世界杯，再于是两个人一起睡在了沙发上。

婚后第三年，在双方父母的强烈要求下以及梁缙的总是欲求不满下，叶梵梵总算是怀孕了。次年就顺利地诞下了一五官非常漂亮的儿子，为此全家人高兴不已。

某天，叶梵梵哄着儿子入睡后，回到自己房间，翻了几页书后合上后漫不经心地走到书房，看见梁缙正在和叶畅畅隔空打游戏副本。

叶梵梵走过去不经意地说："书上说孩子的性别会和父母智商高的那个相反。"

梁缙当即就停下了游戏，眯着眼睛问道："你不会是想帮儿子自宫来证明我的智商高吧？梁太太，这种为夫着想的行为要不得。"

叶梵梵："……"想着，只要儿子长大之后性格不随梁缙，她就改吃素。

刚准备掉头离开书房，梁缙又不经意地说了一句："幸好是儿子，要不然女儿都不舍得嫁出去。更何况，儿子长大了要是像我，别提有多爱你了。"

好吧，人生如此，爱人如此，吃素又何妨？